BASTEI LÜBBE TASCHENBUCH

Laura Hamilton

DIE ABENTEURERIN

Erotischer Roman

Aus dem Englischen von
Markus Berg

BASTEI
LÜBBE
TASCHENBUCH

BASTEI LÜBBE TASCHENBUCH
Band 16 567

1. Auflage: März 2011

Vollständige Taschenbuchausgabe

Bastei Lübbe Taschenbuch in der Bastei Lübbe GmbH & Co. KG

Deutsche Erstausgabe

Titel der englischen Originalausgabe: »Going Too Far«
Published by Arrangement with Virgin Books LTD.,
London, England
Dieses Werk wurde vermittelt durch die Literarische Agentur
Thomas Schlück GmbH; 30827 Garbsen

Titelillustration: shutterstock
Umschlaggestaltung: Kirstin Osenau
Satz: Urban SatzKonzept, Düsseldorf
Gesetzt aus der Palatino
Druck und Verarbeitung: CPI-Ebner & Spiegel, Ulm
Printed in Germany
ISBN 978-3-404-16567-4

Kapitel eins

Auffangnetze mag ich nicht. Das Leben sollte ein Abenteuertrip sein und keine Reise durch ein Labyrinth aus Lebensversicherungen und Prämiensparverträgen mit einer netten Rente am Ende. Die Illusion, dass man immer sicher ist, ganz gleich, was geschieht, mag ich nicht. Als ich meinen Flug für einen dreimonatigen Aufenthalt in Südamerika buchte, beschränkte sich meine Vorstellung von Sicherheitsvorkehrungen darauf, mir meine Wimpern zu färben und die Haare so schneiden zu lassen, damit ich mich unterwegs nicht dauernd kämmen musste – vor allem auf dem Inka-Pfad. Dennoch, mein Dad bestand darauf, eine ›solide Versicherungspolice‹ für mich abzuschließen. Manchmal gab er sich eben großzügig, vielleicht aus einem schlechten Gewissen heraus.

Hier noch ein Beispiel, warum Auffangnetze eine Illusion sind: Dad habe ich es zu verdanken, dass ich gegen Flugverspätungen, Gepäckverlust, Diebstahl, Verletzungen, Krankheit und Tod versichert war. Das Einzige, wogegen er mich nicht versichert hatte, war ein Umstand, den keiner von uns hatte vorhersehen können. Zehn Tage vor der Reise nämlich brach sich meine Freundin und Reisegefährtin ein Bein.

Am Telefon ertrug Rachel meinen Wutausbruch bestimmt fünf Minuten lang, ehe sie den Hörer aufknallte. Ich konnte es ihr nicht verübeln. Schließlich lässt sich niemand gern als dämliche, eigensinnige Kuh beschimpfen. Aber wieso musste sie auch ausgerechnet an dem Wochenende vor unserem

Abflug in Ingleborough mit dem Mountain Bike die Berge heruntersausen – und dann noch auf Offroad-Pisten?

Nachdem ich mich verbal abreagiert hatte, zumindest fürs Erste, brauchte ich dringend ein Betäubungsmittel in Form eines großen Wodka Lemon aus dem Kühlschrank – Sonderangebot im Co-op – und ging dann in Gedanken mein Adressbuch durch. Für einen einwöchigen Urlaub in der Türkei oder auf Kefalonia hätte ich bestimmt noch jemanden begeistern können, aber drei Monate in Südamerika waren ein Problem. Die einzigen Bekannten, die sich für diese Zeit hätten frei nehmen können oder sich nicht frei zu nehmen brauchten, weil sie sowieso keine Arbeit hatten, konnten sich den Trip nicht leisten.

Sollte ich eine Annonce in *Time Out* aufgeben? Erschien mir als die beste Lösung:

THELMA SUCHT LOUISE! Smarte, intelligente Designerin, 30, plötzlich im Stich gelassen aus Krankheitsgründen, sucht Gefährtin für einen Drei-Monats-Trip nach Südamerika. Start in Peru in zehn Tagen, Ende in Argentinien. Wandern, Campen, Besichtigungen, Weintrinken inklusive. Nur zahlungsfähige, körperlich fitte Bewerberinnen, bitte mit Foto.

Ich kritzelte das auf einen Umschlag, strich alles durch und fing noch einmal an. Schließlich zerknüllte ich das Papier und warf es weg. Hier ging es um drei Monate auf einem anderen Kontinent, nicht bloß um ein paar Drinks an der Bar. Was, wenn sich mir eine Psychopathin anschloss? Irgendjemand, der in London ganz normal tickte, aber plötzlich durchdrehte, während wir mitten in der Atacama-Wüste in unserem teuren Spezial-Zelt lagen? Dann doch besser allein.

Außerdem nehmen Leute mich am Anfang immer nicht ernst. Wie viele Leute, die Sie kennen, heißen schließlich Bliss? Meine Mutter – liebenswert auf ihre Art – war ein kitschiger Hippie, als ich bei der Pferderennbahn in Plumpton gezeugt wurde. Der Fairness halber muss ich aber betonen, dass an jenem Tag ein Pop-Festival stattfand und kein Pferderennen. Es hätte schlimmer kommen können: Mum hätte mich nach einer der Bands nennen können. Fairport, Sabbath oder Purple hätte ich als Namen nicht so toll gefunden. Oder Plum zu heißen, nach dem Ort. Aber wahrscheinlich hat sie es sowieso nicht auf die Reihe bekommen, welche Bands nun wirklich spielten. Denn immerhin waren es die Monate nach dem Ende der Sechziger, aber Mum war sicher dort, wenn man ihrem Gedächtnis trauen kann.

Dad war – und ist es noch – ein Holländer namens Willem van Bon. Die beiden hatten sich zwei Tage vorher kennengelernt und in einem Rausch aus Peace, Love und Marihuana zueinander gefunden. Ich wurde unter irgendeiner Zeltplane oder, wie Mum immer behauptet, im Wald am Rande des Felds gezeugt, als Deep Purple das Konzert beendeten. Ich war immer ein bisschen enttäuscht, dass meine Eltern es nicht zum Isle-of-Wight-Festival geschafft hatten, denn davon hat jeder schon mal gehört. Manchmal frage ich mich, wie es wohl gewesen wäre, wenn ich nicht bei Deep Purple, sondern bei den Klängen von Leonard Cohen oder Bob Dylan gezeugt worden wäre.

Man hätte denken können, dass Mum und Dad nach Plumpton getrennte Wege gegangen wären und noch gar nicht wussten, dass ich unterwegs war, aber die beiden verliebten sich wirklich ineinander. Und so kam es, dass Mum bei Dad in Holland lebte. Sie erzählt mir heute noch mit verschleiertem Blick, wie cool es in Amsterdam war, als Dad noch studierte. Leider fand das unbeschwerte Leben in der Kommune neben der Gracht, wo sie Linseneintopf kochten und ihren Stoff kauften, ein Ende, als Dad seinen Abschluss machte und nach Rotterdam zog. Von da an lief er im Anzug herum und hatte einen Job. Nach einigen Jahren verdiente er einen Haufen Geld im Ölhandel – und profitierte von den Arabern, die an der Preisschraube drehten. Aber der Anzug war wohl zu viel gewesen für Mum. Längst hatte sie mich mit nach England genommen, um einen klaren Kopf zu bekommen. Leider kann ich mich nicht mehr an das Land meines Vaters erinnern und tappe im Dunklen, wenn ich mir seine Drei-Tage-Woche vorstellen soll, mit der er reich geworden ist.

Da Mum also der materiellen Welt Rotterdams den Rücken gekehrt hatte, gab sie sich damit zufrieden, in einer kleinen, schäbigen Wohnung in Stoke Newington Topfuntersetzer aus Makramee zu häkeln – nicht dass die Schäbigkeit sich auf mich ausgewirkt hätte. Die Gegend war glücklicherweise sehr multikulturell, und als ich ein Jahr später zur Schule kam, spielte ich gerne mit Freunden, die Earl und Jasmin, Elvena und Hassan oder eben Emma, Susan oder Robert hießen. Erst in der weiterführenden Schule begriff ich, dass der Name Bliss van Bon ein bisschen seltsam war.

Aber ich schweife ab. Als Nächstes musste ich Kip anrufen und zusammenstauchen. Er ist mein zweitbester Freund. Manchmal vögeln wir, aber dummerweise war er der kleine Scheißkerl, der Rachel in Ingleborough mit auf die Offroad-Pisten nehmen musste.

»Sag nichts, Bliss. Ich komm vorbei.«

Dann legte der Bastard auf.

Ich vermute, er spekulierte darauf, dass ich nach einer halben Stunde nicht mehr vor Wut kochen würde und mich wieder beruhigt hatte. Er sollte mich inzwischen besser kennen. Im Wütendsein bin ich nämlich richtig gut. Um den Druck zu erhöhen, blätterte ich in den Reiseführern und suchte all die Stellen heraus, wo die Autoren extra betonten, nicht allein zu reisen. Orte also, an denen die Gefahr bestand, ausgeraubt oder sogar ermordet zu werden. Südamerika schien wirklich nicht der Kontinent zu sein, wo eine junge Frau allein sein wollte. Kip hatte mir einiges zu erklären. Was hatte er sich zum Beispiel dabei gedacht, Rachel ausgerechnet jetzt auf ein Mountain Bike zu setzen? Ich konnte ihn nicht mal zwingen, für meine Freundin einzuspringen. Okay, ich hätte es versuchen können, aber nachdem er seine journalistischen Lehrjahre zunächst bei der *Hackney Gazette* begonnen und sich dann bei verschiedenen Zeitungen und Magazinen bis zu den Lifestyle-Seiten hochgearbeitet hatte, war er vor kurzem beim *Slice Magazine* gelandet. Ja, genau dort, bei der Stilfibel der echt coolen und furchtbar reichen Leute. Ich kann mir nicht mal das Magazin leisten, von dem Zeug darin ganz zu schweigen. Solange Kip seinen Vorgesetzten nicht davon überzeugen konnte, dass momentan ausgerechnet Südamerika extrem angesagt war und er deswegen drei Monate für seine Recherche brauchte, war ich wohl auf mich allein gestellt.

Das Telefon klingelte. Vicki wollte irgendwelchen Kram in meine Wohnung schleppen, solange sie das Auto ihres Bruders hatte. Ich musste zustimmen, obwohl das natürlich meine Rachevorbereitungen für Kip unterbrach, aber die Vereinbarung zwischen Vicki und mir hatte Vorrang. Sie zog für die drei Monate, die ich weg sein würde, bei mir ein und bezahlte die Miete, da sie sich gerade von ihrer Partnerin getrennt hatte und ein bisschen Freiraum brauchte. Das Timing hätte nicht besser sein können. Die Wohnung ist zwar nicht gerade groß, aber Stratford ist ganz angenehm. Ich hatte sowieso alle Hände voll zu tun, Spanisch zu lernen, und testete meine miesen Campingfähigkeiten im Wald von Epping. Schade eigentlich, dass Vicki lesbisch ist, denn sonst hätte ich sie bei meinem speziellen Racheplan gebrauchen können. Aber so ist das nun mal.

Als Kip kam, zerrte ich ihn an seiner Krawatte – ich wusste gar nicht, dass die Dinger wieder modern sind – in die Wohnung und schleuderte ihn ins Zimmer. Er landete recht geschickt auf dem Sofa. Das war natürlich nicht meine Absicht gewesen, denn ich hätte ihn gern lang auf dem Boden gesehen. Andererseits wusste ich, dass Kip ab und an auf Schmerzen stand, und daher wollte ich ihm nicht noch einen Gefallen tun, wenn ich ihn eigentlich bestrafen wollte. Manchmal kommt man ganz durcheinander, wenn man immer alles im Blick haben will.

»Danke, Bliss. Heißt das, mir wurde vergeben?« Jetzt hatte er sein Ich-bin-der-wilde-Mann-Lächeln aufgesetzt und gab das Raubtier mit den scharfen Zähnen.

»Wie Sodomie«, antwortete ich und bereute meinen Fehler, als ich sah, dass er sich bei der Aussicht auf schmerzhaften Analverkehr ohne Gleitmittel die Lippen leckte. »Fangen wir noch mal an, Kip.«

Ich baute mich vor ihm auf, die Hände in die Seiten gestemmt, und schaute hinab auf seinen pechschwarzen Razor Haircut. »Du hast jetzt den Mr Sorry zu spielen. Du bist zerknirscht, und du willst alles tun, um mir zu gefallen, weil du meine Reise ruiniert hast. Ich will dich demütig sehen.«

»Oh, das bin ich«, versicherte er mir, nahm die Krawatte ab und fing an, sein Hemd aufzuknöpfen. »Es tut mir leid, Herrin. Ich tue alles, was Ihr wollt, einfach alles, um meinen Fehler wiedergutzumachen.«

»Ja, das wirst du verdammt noch mal tun, aber ich weiß

nicht, warum du denkst, dass du dir die Klamotten ausziehen darfst. Du machst den Schaden nur dann wieder gut, wenn du genau das machst, was ich von dir erwarte, aber ich werde dich nicht strafen. Kapiert?«

Ein knurrender Laut verdrängte das wölfische Lächeln. »Ist klar, Spielverderberin.«

»Du bist der Spielverderber, nicht ich. Knöpf dein Hemd wieder zu. Vicki kommt gleich mit ein paar Sachen vorbei.«

»Gott bewahre, dass sie die bloße Brust eines Mannes sieht!«, schmollte er, machte aber keine Anstalten, die Knöpfe zuzumachen. »Du willst mich also bestrafen, indem du mich zugucken lässt, wie ihr zwei herummacht. Und dann schickst du mich wieder nach Hause, ohne dass ich was davon hatte, richtig?«

»Falsch. Sie steht nicht auf Publikum. Da du mich am Telefon nicht hast ausreden lassen, kannst du dich wohl kaum beschweren, dass ich meine Zeit jemand anders widmen muss.«

»Wann kommt sie denn? Ich mach's dir schnell mit der Hand, als Phase eins meines Wiedergutmach-Pakets.«

Ich schaute auf die Uhr. »In zehn Minuten. Ja, okay. Ich muss ein bisschen Spannung abbauen.«

Ich zog meinen Rock hoch, streifte den Slip nach unten und ging auf das Sofa zu. Normalerweise macht es mich schon an, wenn sich das elastische Band des Slips an meinen gespreizten Beinen dehnt, aber ich beschloss, dass ich maximalen Spaß wollte. Und daher entledigte ich mich des Slips ganz und spreizte die Beine weit. »Ich möchte jetzt für eine Weile deine Stimme nicht hören. Mach dich mit der Zunge dran, aber schnell.«

Als er sich gehorsam vorbeugte und mit seiner Zunge sein Ziel erfasste, wurde mir bewusst, dass Wut ein echter Anmacher ist. Ich war immer noch echt sauer auf ihn und beschloss daher, dass es mir nicht genügte, seine Stimme nicht zu hören: ich wollte auch sein Gesicht nicht sehen. Deshalb ließ ich meinen Rock über seinen Kopf fallen und stellte mir vor, Kip wäre Gabriel Byrne. Ich hatte immer schon was für ältere Männer übrig und, wie Sie sich bestimmt denken können, für dunkelhaarige Typen. Auch Kip ist halb Ire, aber in diesem Moment dachte ich nicht an ihn. Gabriels Zunge glitt an meiner Spalte rauf und runter und konzentrierte sich dann auf meine Perle. Ich stieß meine Hüften vor und zurück und überlegte, was ich für ihn tun konnte. Doch die Zunge war nicht hart genug.

»Deine Zunge ist geil, aber könntest du aufhören und mich fingern?«, stieß ich atemlos hervor und sprach mit Gabriel. Kip fühlte sich wohl ermuntert und lugte unter meinem Rock hervor, während er mit der rechten Hand die richtige Stelle suchte. »Dich will ich nicht sehen, Dummkopf«, schimpfte ich böse. »Sofort gehst du wieder unter den Rock. Ich will dich nicht sehen. Und halt den Mund.«

Er tat, was ich von ihm erwartete, und war vermutlich etwas verwirrt, mit wem ich gesprochen haben mochte. Ich redete derweil weiter mit Gabriel, während er auf meinen Venushügel drückte und gleichzeitig mit der Fingerspitze über die glühende Kuppe meines Kitzlers rieb. »Das ist himmlisch ... perfekt ... ich komme gleich, du bist fantastisch ... oh, mein Gott ...«

Gabriel brachte mich zu einem erschauernden Höhepunkt, bei dem mir die Knie zitterten, und fasste mich gerade fest genug an, während meine Muskeln sich rhythmisch zusammenzogen. Wenn ich mich doch nur revanchieren könnte. Kurz verlor ich mich in einem Traum, wie ich das anstellen könnte, machte mir aber dann bewusst, dass da ein Kopf unter meinem Rock steckte.

»Komm raus, Kip. Du hast dein Soll erfüllt.«

Sein Kopf war wieder zu sehen, und ich glättete meinen Rock und nahm ihn kritisch in Augenschein. Es ist ein neuer Stoff: eine Mischung aus polymer-verstärktem Leinen und Seide, die im kommenden Jahr überall zu finden sein wird. Ihr könnt mich beim Wort nehmen. Das Design ist von mir; verschwommene schwarz-weiße Spiralmuster, unterbrochen von fluoreszierenden pinkfarbenen und gelben Klecksen. Ich bin echt zufrieden mit meinem Rock.

»Verdammt großer Kopf. Du hast meinen Rock gedehnt.«

»Bis eben hast du noch nett mit mir gesprochen.«

»Nein, ich sprach gar nicht mit dir, sondern mit Gabriel Byrne. Er war im Geiste anwesend, du warst nur seine rechte Hand.«

»Was soll das nun wieder heißen? Ich bekomme also keine Anerkennung?« Er leckte sich die Finger und ließ seine große Zunge in, wie er meinte, anzüglicher Weise kreisen, aber ich hätte ihm klarmachen können, dass er noch üben musste.

Ich schaute an ihm hinab. »Du hast einen Steifen. Was willst du noch mehr?«

»Das weißt du doch …« Er setzte einen extra Schmollmund auf und leckte wieder an seinem Finger im Stile der Hochglanzmagazine auf den obersten Regalen. Manchmal weiß ich bei Kip nicht, ob ich lachen oder weinen soll.

Als es klingelte, hörte er endlich mit dem Gelecke auf und wischte sich die Hand am Mund trocken. Derweil ging ich zur Tür.

Vicki hatte offenbar vergessen, dass meine Wohnung möbliert war. Sie brachte eine Hi-Fi-Anlage mit, eine Stehlampe, einen Fernseher, zwei große, aber kränklich aussehende Pflanzen und vier schwere Kartons. Das Material fürs Malern und Dekorieren war noch unten im Wagen.

»Und das sind noch nicht mal deine Klamotten«, sagte ich. »Wird ganz schön eng.«

»Sind ja nicht viele«, erwiderte sie düster.

Wir umarmten uns, extra lange, weil sie mir leidtut. Ich muss mich verbessern: sie *tat* mir leid, weil sie mit Jo zusammengelebt hatte, aber jetzt, da sie einen Schlussstrich gezogen hat, kann es ja nur besser werden. Jo ist wirklich eine egozentrische Schlampe, die sich neurotisch mit dem Älterwerden beschäftigt. Und das lässt sie alles an Vicki aus. Die arme Kleine hat wirklich gelitten; es ist, als müsste man mit Sister George leben. Vicki ist eigentlich ganz attraktiv, aber weil Jo so eifersüchtig ist, wurde Vicki im Laufe des letzten Jahres immer mehr zur grauen Maus, damit Jo attraktiver dastand. Noch ist nichts zu spät. Wenn Vicki sich erst mal bei mir einlebte und sich an meinem Kleiderschrank und meinem Make-up bediente, dann könnte sie noch was aus sich machen.

»Kip kennst du doch, oder?«

»Wir haben uns schon mal gesehen«, sagte sie und nickte ihm gleichgültig zu. »Dein Hemd ist auf.«

»Ich habe gerade einen auf Gabriel Byrne gemacht«, erklärte er. Ob Vicki das nun verwirrte, wusste ich nicht. Sie ließ sich jedenfalls nichts anmerken.

»Wo soll ich den Kram jetzt lassen?«

»Da ist genug Platz im Schlafzimmer.« Sie folgte mir, und ich stellte den ersten Karton beim Fenster ab und machte das Licht an. Ich gehe nur zum Schlafen und Anziehen in den Raum und lasse die Vorhänge zu. Sex im Bett törnt mich echt ab. Über Nacht lasse ich keinen in meiner Wohnung, und daher ist mein Schlafzimmer für mich meine Nonnenklause.

Während wir die Kartons und das andere Zeug schleppten, hockte Kip auf dem Sofa und schaute uns zu. Es ist nicht so, dass er faul ist: er mag es einfach, wenn man ihm Befehle gibt, aber ich enttäuschte ihn. Da Vicki sich Männer immer vom Leibe hält und obendrein etwas schüchtern ist, fragte sie ihn nicht, ob er helfen könne.

»Hol das Bier, Kip«, befahl ich schließlich, als ich spürte, dass er sich danach sehnte, einen Auftrag zu bekommen. Wie selbstverständlich schlenderte er zur Küche.

»Nein, du Volltrottel, aus dem Getränkemarkt.«

Er nickte resigniert. Kurz darauf, als ich gerade den Fernseher vor dem Bett abstellte, hörte ich, wie Kip unten seinen alten, geliebten Karmann Ghia anwarf. Der Getränkemarkt ist zwar nur zweihundert Meter entfernt, aber Kip geht nun mal nicht gern zu Fuß. Er bevorzugt seinen VW, seine Suzuki und sein Mountain Bike gleichermaßen, und an Letzterem sehen wir ja, dass er sich durchaus gern körperlich betätigt. Bei ihm ist es nur so, dass er meint, seine Füße seien nicht in erster Linie zum Gehen gedacht, sondern wie geschaffen für eine gelegentliche Bastonade mit einem Lineal.

»Vögelst du noch mit ihm, Bliss?«, wollte Vicki fast ungläubig wissen.

»Hin und wieder mal«, erwiderte ich. »Du magst ihn nicht, oder?«

Sie zuckte die Schultern. »Er ist schon okay, wenn man mal von den Designerklamotten und dem coolen Haarschnitt absieht. Es wäre besser für ihn, wenn er sich selbst eingesteht, dass er schwul ist.«

»Ist er aber nicht«, versicherte ich ihr. »Er ist ein Masochist. Meistens jedenfalls. Ist nicht so, dass er noch nie was mit Kerlen gehabt hätte. Es kommt ihm einfach nicht darauf an, wer ihm die Schmerzen zufügt.«

»Aha, verstehe. Und wieso liegt dann dein Slip auf dem Boden?«

Ich blinzelte ihr zu. »Er war mir noch was schuldig. Eigentlich schuldet er mir noch 'ne Menge. Neidisch?«

»Red keinen Blödsinn. An Hetero-Frauen bin ich nicht interessiert. Es wird Zeit, dass du ein Nein akzeptierst.«

Es macht mir immer Spaß, Vicki zu ärgern. Eigentlich habe ich gar nichts für sie übrig, aber ich glaube, es gefällt ihr, wenn ich sie von Zeit zu Zeit trieze, vor allem da ihr Selbstvertrauen so angeknackst ist wegen Jo. Um sie ein wenig aufzumuntern, erzählte ich ihr von meiner Idee, Kip solle zuschauen, wie sie und ich es trieben.

»Wenn er wirklich ein Masochist ist, dann würde er es nicht genießen, oder? Die meisten Männer wüssten nur zu gern, was Lesben so machen, und die Aussicht, zwei Frauen zuzuschauen, müsste verlockend sein.«

»Ja, aber die Idee war ja, dass ich ihn nach Hause schicke, ohne dass er sich betätigen konnte.«

Vicki fand weitere Gründe, warum das für einen Masochisten nicht so toll wäre, während ich meinen Slip wieder anzog. Dabei ließ ich mir schön viel Zeit, als wolle ich Vicki anmachen. Ihre Wangen waren gerötet, und ich denke, sie fasste mein Benehmen als Kompliment auf. Ich muss dazu sagen, dass ich echt lange, schön geformte Beine habe, die nicht zu muskulös wirken. Meine Waden werden noch durch die billigen schwarzen Stöckelschuhe betont, die ich mir mit dem angesagten Rock gekauft habe. Gekrönt werden meine Schenkel von dem blonden Busch und den rosafarbenen Labien, die durch Kips Zuwendung noch schön geschwollen und feucht waren. Der Slip war auch nicht schlecht: ein eher teurer, cremefarbener Tanga aus Satin, den ich mir dank Dads letztem Scheck leisten konnte. Während ich also in den Slip stieg, wandte ich mich unabsichtlich ab, um Vicki meinen Po zu präsentieren – damit sie sah, was ihr entging. Zum zweiten Mal glättete ich meinen Rock und hielt Vicki einen Vortrag über das Material und die Rolle des Polymers in der Stoffverarbeitung des einundzwanzigsten Jahrhunderts. Ich forderte sie auf, den Stoff zu berühren. Sie strich über meinen Arsch und lachte, und ich fragte mich einmal mehr, ob ich sie nicht doch eines Tages davon überzeugen könnte, dass gewöhnliche Hetero-Frauen nicht beißen.

Kip kam mit einem Kasten Beck's zurück, und ich drängte ihn zu dem Geständnis, dass er ein schlimmes Verbrechen begangen hatte, weil Rachel wegen ihm aus dem Rennen geworfen wurde. Zugegeben, mir war noch gar nicht in den Sinn gekommen, Vicki zu fragen, ob sie vielleicht an Stelle von Rachel mitwollte. Sie ist schließlich nur eine Sozialarbeiterin, und ich glaube nicht, dass es irgendjemandem etwas ausmachte, wenn sie mal für drei Monate aussetzte. Wenn ich Ihnen auch noch verraten würde, in welchem Viertel sie arbeitete, dann würden auch Sie glauben, dass ihr Fehlen nicht mal auffallen würde. Dennoch, sie sah fast beleidigt aus, als sie sich vorstellte, ihre ganzen Fälle länger als ein Wochenende liegen lassen zu müssen. Damit hatte sich die Sache.

Nach einem Bier ging sie dann auch schon, was auch ganz okay war, denn sie ist eine furchtbar schlechte Fahrerin. Nun war ich wieder mit Kip allein, und wir beide musterten einander mit herausfordernden Blicken. Ich wusste immer noch nicht genau, ob ich ihn noch bestrafen sollte oder nicht. Und was wäre für ihn die größere Strafe gewesen?

»Phase zwei des Wiedergutmach-Pakets«, bot er an. Da ich einen großen Wodka und ein Bier intus hatte, war mir schon ein bisschen schwummrig, und fast hätte ich der Versuchung erlegen, mich schön gemütlich von ihm bumsen zu lassen. Doch da zog er einen Zettel aus seiner Hosentasche.

»Ich habe einen Freund –«, begann er und ließ die Worte

bedeutungsvoll in der Luft hängen. Ich war sogar überrascht, denn ich dachte immer, Rachel und ich seien seine einzigen Freunde.

»Ich habe einen Freund«, wiederholte er, »in Südamerika.«

»Was?« Mein Erstaunen kannte keine Grenzen. »Warum hast du mir das nicht eher gesagt? Wie heißt er?«

»Charlie oder Carlos, wie er sich jetzt nennt, ist in diesem Augenblick –«, er schaute auf seine Uhr und rechnete im Kopf die Zeitverschiebung aus, »– in einem Fischrestaurant in Downtown Milaflores und isst zu Mittag. Und falls du nicht weißt, wo Milaflores liegt: in Lima.«

Verwirrt schaute ich ihn an. »Welches Lima?«

»Wie viele Limas gibt es wohl? Lima in Peru. Die Stadt, in die du in ein paar Tagen fliegst. Ich habe ihn erreicht, und er meint –«, er blickte angestrengt auf seinen Zettel, »– er würde sich freuen, Freunde von mir kennenzulernen und ihnen die Stadt zu zeigen.«

Ich riss ihm den Zettel aus der Hand. »Ach ja? Zeig mal her.«

Es handelte sich um eine E-Mail aus Lima. Carlos fing an mit dem üblichen »Hey-Kumpel-lange-nichts-von-dir-gehört«-Zeug und schrieb weiter, er sei für einige Monate in Peru als Vertreter einer Entwicklungsagentur und, ja, er würde sich freuen, mich kennenzulernen. Er sei den ganzen Tag im Büro, nur mittags nicht, da sei er in einem Fischlokal usw.

»Wenn das koscher ist, warum hast du mir nichts davon erzählt? Selbst wenn Rachel mitgekommen wäre, wäre es nett gewesen, jemanden in Lima zu kennen.«

Kip hatte die leicht überhebliche Miene eines Magiers aufgesetzt, der gerade das perfekte Kunststück vollbracht hatte.

»Weil er beim letzten Mal, als ich von ihm hörte, noch in

den Staaten lebte. Aber er kommt ursprünglich aus Peru, und als klar war, dass Rachel für sechs Wochen mit einem Gips humpeln muss, rief ich ihn in seinem Büro in den USA an, weil ich wissen wollte, ob er nicht irgendwelche netten alten Tanten oder Kumpel in Südamerika hatte. Und erstaunlicherweise sagten mir die Leute aus seinem Büro, Carlos sei schon seit einem halben Jahr dort unten und halte sich im Augenblick in Peru auf. Von denen habe ich auch seine E-Mail-Adresse und *voilà*, oder *hola*, falls das besser passt.«

Ich überflog die Mail noch einmal und suchte im Geiste nach dem spanischen Ausdruck für »Na bitte«, mir fiel aber nur *ecco!* ein, was definitiv Italienisch ist. Einerseits wollte ich Kip jetzt rausschmeißen, da er inzwischen Abbitte für Rachels Unfall geleistet hatte, wenn auch nicht genug, und ich mich wieder meinem Sprachkurs widmen wollte. Andererseits war ich so froh, ausgerechnet jemanden in der Stadt zu kennen, bei der ich mich ein bisschen unsicher fühlte, dass ich kurz darüber nachdachte, Kip als Gegenleistung einen runterzuholen.

»Woher kennst du ihn? Und wie meintest du das, dass Charlie sich jetzt Carlos nennt? Wenn er doch aus Peru stammt, wieso heißt er dann Charlie?«

»Weil er halb Engländer und halb Peruaner ist. Wir lernten uns auf der Uni kennen, waren im selben College, aber nicht im selben Semester. Ich stieg in den Journalismus ein, er ging nach Harvard. Wir begegneten uns noch einmal, als ich für den *Evening Standard* arbeitete und er für irgendeine hochwichtige Unternehmensberatung in London. Dann bekam er einen Job in Madrid, während ich mit den Magazinen anfing. Vor ein paar Jahren zog er in die Staaten. Weißt du nicht mehr, dass ich bei einem Freund in New York unterkam, als ich letztes Jahr wegen eines Auftrags drüben war?«

»Leider kann ich mich nicht an jedes Detail deiner Reisen erinnern«, antwortete ich trocken.

»Bestimmt«, sagte er selbstzufrieden. »Wie dem auch sei, ich dachte immer, er ist zur Hälfte Spanier. Aber ob du es nun glaubst oder nicht, Bliss, ich habe mir solche Vorwürfe gemacht, in was für eine missliche Lage ich dich gebracht habe, und da fiel mir ein, dass Charlies Vater Peruaner war. Vor seiner Geburt kam es zu irgendeinem Staatsstreich von linken Revolutionären, und daher verließ die Familie das Land, als er noch ganz klein war. Ich weiß noch, dass er mir das mal erzählt hat. Seine Familie war wohlhabend, aber die Regierung gab das Land den Bauern, und so vertrieb man seine Eltern von der Hazienda oder der *estancia*, wie sie es dort wohl nennen. Die ersten zehn Jahre verbrachte Charlie in Spanien, ehe er hierher zur Schule kam.«

»Und wie ist er so, abgesehen von den Details aus seinem Leben? Wie sieht er aus, was für ein Typ ist er?«

»Er ist eher still und nachdenklich, kräftig und muskulös. Eigentlich so wie ich.«

Ein Segen!

»Dann musst du dich ja stark verändert haben«, stellte ich schelmisch fest und mochte den großspurigen, zügellosen Kip von Minute zu Minute mehr. »Aber erzähl mir jetzt nicht, dass ihr beide dieselben Vorlieben habt.«

Ich fixierte ihn mit meinem Blick und kniete mich zwischen seine Beine. Mit den Fingern schob ich sein Hemd weiter auseinander, tastete mich hoch bis zu seinen Nippeln und drückte zu, erst leichter, dann richtig fest. Kips Atem beschleunigte sich.

»Also?«, verlangte ich und zwickte ihn gemein. Dann ließ ich von seinem Nippel ab und drückte Kips Kopf hart zurück. Sein Gesicht wirkte blass unter dem rabenschwarzen Haar.

»Nein, hat er nicht. Ich weiß es nicht so genau, ehrlich. Aber eine Bekannte von mir ging mal eine Zeit mit ihm und meinte ... er sei schräg.«

Auch mein Atem beschleunigte sich jetzt. »Wie schräg?«

Seine Augen verengten sich, als ich seine Hose aufmachte und seinen Steifen mit einer Hand umfasste. »Sie musste sich ... ausstaffieren. Korsetts und so weiter.«

»Das mache ich auch gern. Ist normal.«

»Und er hatte Handschellen, aber dafür hatte sie nichts über.«

Mein Interesse war endgültig erwacht. Zwischen meinen Schenkeln begann es zu pulsieren. Kips Schwanz war dick und hart, und ich massierte ihn kräftig, so wie er es mochte. »Musste sie irgendwas machen, was sie nicht wollte?«

»Nein, verdammt, er ist ein Freund von mir. Er mag eben ein paar kleine Rollenspiele. Erzähl mir nicht, dass du betroffen bist.«

»Im Gegenteil, es erregt mich. Zieh die Hose aus.«

Er stand auf, um aus der Hose zu steigen, und wie immer kehrte er mir dabei den Rücken zu, damit ich seine dünnen Narben sah, die sich schneeweiß von dem blassen Körper abhoben. Einmal hatte er sich zu hart schlagen lassen, und von da an war ihm klar gewesen, dass er zwar auf mittlere Schmerzen stand, aber doch kein richtiger Masochist war. Ich könnte mir gut vorstellen, die Peitsche zu spüren und um Gnade zu winseln, aber wenn es ernst würde, wäre ich dann doch zu ängstlich. Aber als ich jetzt so auf Kips Narben schaute und mir ausmalte, ich wäre das Opfer gewesen, durchfuhr mich ein Kribbeln. Ich zog meinen Rock und das schwarze Top aus und stand in meinen Stöckelschuhen da, nur noch bekleidet mit meinen teuren Dessous aus cremefarbenem Satin. Aber vor meinem geistigen Auge sah ich mich in einem engen, schwarzen Korsett und Strapsen vor Carlos alias Charlie stehen.

»Wie sieht er aus?«

»Ja, vergiss mich ruhig«, schmollte er. »Dunkle, lange Haare, gedrungener, muskulöser Körper, nettes Gesicht, große Nase, eben wie ein Spanier. Können wir jetzt endlich ficken?«

»Noch nicht.« Ich kniete mich hin, nahm seinen Schwanz in den Mund, geizte nicht mit Speichel und leckte und saugte abwechselnd. Dann, als Kip den Blowjob gemütlich genießen wollte, bohrte ich ihm meine Fingernägel in seine Arschbacken und ließ sie dort kreisen, während ich seine Eichel verwöhnte. Kip gab kehlige Laute von sich, als ich ihm die Haut an den Oberschenkeln mit meinen Nägeln ritzte.

»Vicki meint, du bist heimlich schwul«, sagte ich, als ich seinen Schwanz aus meinem Mund zog und ihn weiter mit den Händen bearbeitete. »Aber ich sagte ihr, es sei dir egal, mit wem du fickst, solange man dir die Nägel in die Haut bohrt.«

»Es gibt da einen Typen«, keuchte er, als ich mit der linken Hand über seine Eier strich und mit der Rechten über seinen langen, nassen Schwanz fuhr. Verglichen mit seinem blassen Körper, ragte sein Schwanz pink aus dem weichen, dunklen Haar auf. Ich wollte mehr über den Typen erfahren und Kip dazu bringen, mir mit Begeisterung von ihm zu erzählen. Daher langte ich zu meinem Schreibtisch und holte mein kleines Trickkästchen hervor. Kip seufzte befriedigt, als er sah, dass ich den schmalen, fingergroßen Aufsatz auf den Vibrator schob. Ich quetschte seine Bälle mit der anderen Hand und befahl ihm, das Gummi überzustreifen und sich wie ein Hund auf allen vieren hinzuhocken. Er keuchte vor Erregung. Ich schmierte Kips Loch und den Vibrator mit Gleitmittel ein, drückte den Vibrator langsam, aber fest hinein und drehte ihn schnell hin und her. Bis ich sicher war, dass Kip das Spielchen bereits genoss, ohne dass ich das Ding eingeschaltet hatte. Ich ließ den Vibrator kurz los, zog meinen Slip aus und schaltete das Gerät dann ein, sodass Kips Hintern vibrierte, während ich mich unter Kip legte: Gesicht an Gesicht, Muschi an Schwanz. Nun schlang ich die Beine um seine Hüften und schob mir ein Kissen unter den Po, damit ich nass und feucht über seinen Steifen rutschen konnte. Sein Schwanz war jetzt sogar noch geschwollener als vorher, und ich nahm ihn mit einem Ruck in mich auf. Die Beine um seine Hüften geschlungen, tastete ich akrobatisch nach dem Vibrator und bewegte ihn schön langsam vor und zurück.

»Was ist nun mit diesem Typen?«, forschte ich nach.

Das Sprechen fiel ihm schwer. »Fotograf, heißt Stevenson. Lange Haare, zurückgebunden. Trägt Schwarz, großer Typ. Er hat Ausstrahlung, weißt du? Spricht gern über Sex. Fast wäre ich gekommen, als er an der Bar über seine Vorlieben sprach.«

»Was? Der Mann, der auf handfeste Bösartigkeiten steht, kommt beinahe so, ohne einen Hieb?«

»Ja, nachdem wir uns ein bisschen besser kannten, erzählte ich ihm von meinen Vorlieben. Und dann meinte er, das erinnerte ihn an die Story einer Frau, die er kannte. Sie hatte gleich zwei Verehrer, aber bevor die beiden sie bekamen, zwang sie die Typen, sich gegenseitig Schmerzen zuzufügen, während sie dabei zuschaute. Kam mir am Anfang nicht so abgefahren vor: ein bisschen leichtes Peitschen und Kneifen, gerade so viel, dass die beiden sie anflehten, endlich aufhören zu dürfen. Dann erst wollte sie beide belohnen und sich von ihnen vögeln lassen. Doch die Sache wurde härter und gemeiner, und als die Frau meinte, sie könnten jetzt aufhören, baten sie sie, noch etwas weitermachen zu dürfen.«

»Hört sich ganz danach an, als hätte sie ihre wohlverdiente Strafe bekommen.« Jetzt hatte ich Kips Schwanz fest in der Enge meiner Pussy und bewegte meine Beine so, dass ich ihm meine spitzen Absätze in die Flanken bohren konnte. Sein Atem kam stoßweise, und sich schätzte, er würde jeden Augenblick kommen.

»Ja, aber dann wollte sie den beiden eine Lektion erteilen und befahl ihnen, sich gegenseitig zu ficken. Sie glaubte zumindest, es ihnen befehlen zu müssen, aber wahrscheinlich hatten sie es sowieso vor. Alles fing langsam an, erst ein oder zwei Finger, dann der Vibrator, aber schon bald danach besorgten sie es sich gegenseitig von hinten. Schließlich hatte sie genug vom Zuschauen und ließ sich von beiden abwechselnd vögeln und befingern, aber nach einer Weile waren die beiden so aufgegeilt, dass sie es wieder nur miteinander trieben.«

»Sie haben sie links liegen gelassen?« Ich rieb mich weiter an ihm, bis mein überreizter Punkt kleine Stromschläge durch meinen Körper schickte, aber ich brauchte noch mehr. Ich ließ den Vibrator einfach laufen und schüttelte meine Schuhe ab, ohne meinen Rhythmus zu unterbrechen. Als Kip bestätigte, dass die beiden Typen es sich später von ihr noch mit der Hand hatten besorgen lassen, steckte ich ihm einen Absatz in den Mund und rieb mit dem anderen über meinen Kitzler. Kip kam Sekunden nach mir.

Ich zog mich von seinem Schwanz zurück und stützte mich auf den Ellbogen ab. Mit dem Schuh im Mund, dem Gummi über dem kleiner werdenden Penis und dem Vibrator im Arsch hätte er nicht lächerlicher aussehen können. Ich schoss ein Foto von Kip. Obwohl er mir meine Reisepläne vermasselt hatte, war ich zufrieden und bereute es nicht, ihm eine Sonderbehandlung verpasst zu haben.

Auf meiner Abschiedsparty waren jede Menge Leute, die absolut nichts miteinander gemein hatten. Rachel kam mit ihrem Gipsbein, und später gingen alle sturzbesoffen, abgesehen von dem Objekt von Kips Begierde. Der Mann in Schwarz, der zwar attraktiv, aber für meinen Geschmack viel zu reserviert war, blieb nüchtern. Er ließ sich auf Kip ein. Jeden Tag erzählte mir Kip am Telefon, dass ihre Beziehung vorankam, allerdings nur langsam. Während Stevenson so tat, als wolle er ein, zwei Striche Kokain in einer Toilette schnupfen – Kip hatte noch nie Nein sagen können zu einer illegalen Substanz –, machte der Typ bei Kip »den besten Blowjob, den ich in meinem ganzen Leben gehabt habe« (Danke, Kumpel!). Mit dem feinen Unterschied, dass er Kip nicht kommen ließ. Wenn Kip dann abends Schmerzen in den Bällen hatte, geschah ihm das recht, dachte ich.

Mum brachte Terry mit, ihren neuen Freund, den ich ein paar Mal gesehen habe und bei dem es mir kalt den Rücken runterläuft. Er hat mich zwar noch nie begrapscht, aber er nutzt jede Gelegenheit aus, mich irgendwie anzufassen. Und dann sehe ich in seinen Augen hinter den Gläsern der kleinen John-Lennon-Brille, dass Terry sich immer noch an seiner Fantasie aufgeilt, es mit Mutter und Tochter zu treiben. Träum weiter!

Meine Arbeitskolleginnen waren angesäuert, dass Kip und Stevenson hipper aussahen, und scharwenzelten dauernd um mich herum, als wären wir die engsten Freunde. Okay, ich gebe zu, dass ich ihnen sagte, ich käme nach dem Trip wahrscheinlich zurück, aber ich hatte das Gefühl, ich würde Mutterschaftsurlaub nehmen. Einige Gäste wunderten sich über das Poster, das ich von dem Schnappschuss von Kip hatte machen lassen, aber die meisten fanden es toll. Ich war mir nicht sicher, ob auch Mum das Foto sehen sollte, aber sie ist in ihrem Alter so eitel, dass sie ohne ihre Brille sowieso nichts erkennen kann. Daher weiß ich nicht, ob sie überhaupt wusste, um was es ging. Fotografie könnte mein nächstes Betätigungsfeld sein, und obwohl mir Stevenson nicht sympathisch war, war ich einigermaßen nett zu ihm, weil er das Foto ausdrücklich lobte.

Die Lesben auf meiner Party, angeführt von Vicki (ohne Jo), hatten ihren Spaß, und es freute mich, Vicki so entspannt und fröhlich zu sehen. Was mich noch mehr freute, waren die Blicke von Vickis Freundin Sally. Und es wurde noch besser, je weiter der Abend voranschritt und je mehr Alkohol konsumiert wurde.

»Deine Haare sind toll. Warum hast du das nicht schon eher gemacht?«, fragte sie und strich mit einer Hand über meine Kurzhaarfrisur. »Hat das irgendeine tiefere Bedeutung? Ich meine, du planst die lange Reise mit Rachel, lässt dir die Haare schneiden. Gibst du so eine Art Statement ab?«

»Ob ich mich oute? Nein, aber ich bin sehr flexibel«, verriet ich ihr und hielt ihre Hand fest, die gerade auf meinem Nacken ruhte. »Und wie ist's mit dir?«

Sie lachte und sah mich mit großen Augen an. »Wann soll das Ganze hier enden?«

»Keine Ahnung, aber du siehst so aus, als würdest du noch lange durchhalten.« Ich klimperte mit meinen frisch gefärbten Wimpern, warf ihr einen Blick aus leicht verengten Augen zu und hatte die Lippen halb geöffnet. Und wenn mein mit Strähnchen durchsetzter Pony oder mein anrasierter Nacken ihren Zweck nicht erfüllten, dann wusste ich auch nicht weiter. Ich hatte schon länger über eine Kurzhaarfrisur nachgedacht, aber offenbar brauchte ich erst einen konkreten Anlass wie die Reise, um die Idee auch umzusetzen. Meine frische Gesichtsfarbe und die Sommersprossen gaben mir ein fast jungenhaftes Aussehen, das offenbar attraktiv wirkte, zumindest auf Lesben und schmerzverliebte Möchtegern-Schwule.

Sally konnte dann doch nicht so lange bleiben, wie sie vielleicht gewollt hatte, weil Mum und Terry einfach nicht gingen und Rachel in einem fort von dem Trip ihres Lebens erzählte, den sie nun vergessen konnte. Derweil waren Unity und Franco, meine beiden Lieblingskollegen, damit beschäftigt, Rachels Gipsbein künstlerisch zu gestalten.

»Du willst also wirklich zelten? Ganz allein?«, erkundigte sich Mum ängstlich.

Ich schüttelte den Kopf. »Nein, das hätte Schwierigkeiten gegeben. Wir hatten ja schon zu zweit Probleme, das Zelt aufzubauen und die Heringe in den Boden zu kriegen. Ich werde einen Schlafsack und eine Isomatte mitnehmen, weil ich den Inka-Pfad wohl in einer Gruppe wandern muss. Da habe ich lieber mein eigenes Zeug dabei. Oder würdet ihr etwa gern in einem Schlafsack liegen, in dem schon zig dreckige Wanderer gelegen haben?«

Je länger ich redete, desto zerknirschter sah Rachel aus – zu Recht. Ein Grund, warum wir ausgerechnet jetzt gebucht hatten, war, dass die peruanischen Behörden bald verbieten würden, dass Touristen allein über den Inka-Pfad wanderten. Es sollte nur noch organisierte Gruppenreisen geben. Da ich das aber nicht mag, hatten wir den Flug so gebucht, dass wir die neue Regelung umgehen konnten. Aber das war ja jetzt sowieso alles egal.

»Tut mir echt leid«, jammerte Rachel zum tausendsten Mal, aber diesmal schimmerten Tränen in ihren Augen. Und da ahnte ich, dass sie so viel Alkohol intus hatte, dass sie die ganze Nacht durchflennen würde. Franco versuchte, ihre Tränen wegzuwischen, als Unity sich mir zuwandte.

»Kommst du denn dann wieder zur Arbeit?«, fragte sie leise.

Ich zuckte mit den Schultern. »Nur wenn alles andere nicht klappt. Ich möchte etwas machen, bei dem ich mehr ich selbst bin, weißt du? Das sollte nur ein Job auf Zeit sein, um Erfahrung zu sammeln, und jetzt bin ich schon fünf Jahre dabei. Nur weil ich dieses Textilprojekt am College gemacht habe, bedeutet das noch lange nicht, dass ich mein Leben lang Kleider entwerfen will.«

»Aber das liegt dir doch«, meinte sie.

»Ja, okay, ich bin auch gut im Vögeln, aber das heißt nicht, dass ich mein Leben als Nutte verbringen will.«

»Ach, Bliss«, seufzte Mum. »Ich mache mir Sorgen um dich. Peru ist gefährlich, musst du wissen. Was ist denn mit diesen Revolutionären?«

»Ist doch alles ewig her, Mum. Mach dir keine Sorgen, ehrlich. Kips alter Studienfreund lebt dort. Er wird mich abholen.«

Sie strahlte. »Oh, das ist toll. Dann habe ich auch keine Angst mehr, versprochen.« Sie wuschelte mir durchs Haar, als wäre ich noch zehn Jahre alt. »Mit deinen kurzen Haaren siehst du wie Dad aus.«

Ich runzelte die Stirn und schob Mums Hand beiseite. »Mum, ich dachte, Dad hatte lange Haare, die ihm bis weit über den Rücken gingen, als du mit ihm zusammen warst.«

»Hatte er ja auch, bis er diesen Job bekam. Jammerschade. Aber jetzt siehst du wie er aus.«

»Du meinst, ich sehe jetzt so aus wie er, als er dreißig war und beschloss, zur Vernunft zu kommen.«

»Er hat mich enttäuscht«, sagte sie ernst, »als er sich von einem auf den anderen Tag so radikal veränderte. Doch es ist ja noch mal alles gut ausgegangen.«

Für einen kurzen Moment wunderte ich mich, warum Mum sich überhaupt in einen Typen wie Willem van Bon verguckt hatte und nicht in einen Mann, der eher wie Willem Dafoe aussah. Markante Wangenknochen und ein großer Mund gefallen einer Frau doch besser als Dads Stupsnase und das rundliche Gesicht. Man kann eben nicht alles haben.

Irgendwann hörte ich auf, darauf anzuspielen, wie spät es schon sei, und schmiss die ganze Bande raus. Zumindest einmal hatte ich mitgedacht und die Party nicht einen Abend vor dem Flug geplant, sodass ich am nächsten Tag in Ruhe aufräumen konnte. Um ins Bett zu kommen, musste ich allerdings erst noch die Wohnzimmermöbel aus dem Schlafzimmer schieben. Meine Geschenke zum Abschied stapelte ich auf dem Sofa: Reiseführer, Kondome – erstaunlich, wie viele Leute das für originell halten –, ein paar anständige Taschenbücher, was angesichts des langen Flugs klug war, und eine Uhr, deren Ziffernblatt im Dunkeln leuchtete. Wäre toll im Zelt gewesen, aber Mum hatte sie schon vor dem Desaster mit Rachel gekauft.

Als ich mit dem Möbelrücken fertig war, gönnte ich mir noch ein letztes Glas Wein und dachte darüber nach, dass ich doch noch eine von Vickis Freundinnen getroffen hatte, die sich bei dem Gedanken, es mit einer Hetero-Frau zu machen, nicht gleich bekreuzigte oder in eine Knoblauchknolle biss. Aber die Gelegenheit, es mal mit Sally zu versuchen, hatten mir meine so genannten Freunde und Mum vermasselt. Vielleicht wäre ich sowieso zu müde gewesen.

Das Telefon klingelte. Ich dachte, es wäre Mum, die nur kurz Bescheid sagen wollte, dass sie gut nach Hause gekommen war – als wäre sie das Kind und ich die Mutter. Aber es war nicht Mum.

»Sind alle weg?«

»Endlich. Ich wünschte, du wärst geblieben.«

»Sorry. Aber der Freund deiner Mutter hat mir einen Schauer über den Rücken gejagt.«

»Ja, mir auch. Ich nehme an, wir sehen uns vor meiner Reise nicht mehr?«

»Wohl kaum, es sei denn, du bist noch nüchtern genug, um jetzt noch nach Peckham zu fahren.«

»Ich bezweifle, dass ich es morgen bis zum Ende der Straße schaffe. Aber da ich kein Auto habe, ist das auch kein Kunststück.«

Sie kicherte. »Ich bin noch hier, wenn du zurückkommst.«

»Ich schick dir eine Karte.«

»Bis dann, mach's gut.«

Ich ging ins Bett und musste an Sally denken. Aber auch an Carlos ›Charlie‹ Garcia. Und ein Kribbeln durchlief mich, als ich mir vorstellte, dass er darauf stand, wenn Frauen sich aufmachen. Als ich langsam eindämmerte, sah ich mich in einem Catsuit aus schwarzem Leder vor Sally knien, die Latex und rote Spitze trug und an die Wand gekettet war. Carlos, der wie Che Guevara aussah, stand in seiner Militäruniform wie ein südamerikanischer Diktator neben mir und befahl mir lautstark, was ich mit meiner Zunge zu machen hatte. Meine Hand wanderte hinab in meine feuchtheiße Zone, und nur Sekunden später verspannte ich mich und kam. Und ehe ich mich versah, wachte ich auf, und es war Morgen.

Kapitel zwei

Das Fliegen ist wohl die todlangweiligste Methode, die Zeit zu verbringen, abgesehen vielleicht vom Hüpfen auf einem Stepper. Bei Letzterem tust du vielleicht deiner Gesundheit was Gutes. Ich weiß, Fliegen muss nicht gesundheitsschädlich sein, es sei denn, man hat ein Blutgerinnsel, und solange man sich an die Regel hält, keinen Alkohol zu trinken und nicht zu viel zu essen, gibt's keine Probleme. Ich halte mich selbst für jemanden, der auf Gesundheit und Fitness achtet, aber diese ganzen Warnungen, wie man sich während eines Fluges zu verhalten habe, sind doch übertrieben. Ich mache in meinem Leben einfach nicht die Dinge, die als vernünftig gelten, und an Bord nur Wasser zu trinken und am besten nichts zu essen ist für mich der erste Schritt in die Katatonie. Ich hatte zwar auf dem Weg nach Amsterdam nichts gefrühstückt – ein bizarrer, aber billiger Trip –, aber als ich den nächsten Flieger nahm, war ich bereit für etwas Nahrhaftes, gern auch aus dem Angebot der alkoholischen Bordgetränke.

Die Frau, die anfangs neben mir gesessen hatte, war freundlicherweise auf den Platz am Gang gerutscht, als nach dem Start niemand mehr kam. Daher hatte ich mit meinem Kram – Sweatshirt, Magazine, Bücher und Tagebuch – den Sitz in Beschlag genommen, als die Stewardess kam. Ich wollte gerade ansetzen und irgendetwas zu trinken bestellen, musste aber sehr zu meinem Ärger registrieren, dass die Stewardess meine Bestellung nicht aufnahm, sondern einen anderen Fluggast auf den leeren Platz neben mich führte. Enttäuscht sammelte ich meine Sachen ein.

»Tut mir leid, ich saß weiter vorn bei einer Horde Kinder und –«

Mit einem höflichen Lächeln verstaute ich meine Sachen in der Tasche am Vordersitz. »Kein Problem.«

Dennoch ärgerte es mich, dass ich den Stauraum wieder eingebüßt hatte. Aber der Typ sah gut aus, Holländer wahrscheinlich, mit dunklem Teint und feinen Zügen, also nicht der häusliche Bauerntyp. Ich hätte mit ihm flirten können, aber als ich sah, dass er sein *Wall Street Journal* herausholte, steckte ich meine Nase wieder in meine *Marie Claire* und zählte im Geiste, wann der Getränketrolley auf unserer Höhe halten würde.

Endlich bekam ich meinen Wodka – wenn auch *en miniature* –, gefolgt von einer dieser kleinen Weinflaschen, die zum ›Essen‹ gereicht wurden, und fühlte mich schon ein bisschen besser. Am Fenster hatte ich demonstrativ mein Buch über Wandertouren in Peru aufgeschlagen liegen; ich hätte also locker so tun können, als gäbe es den Sitznachbarn nicht, aber auf einem so langen Kontinentalflug wäre ich irgendwann gezwungen gewesen, mich mit dem Typen zu unterhalten.

»Sieht so aus, als planten Sie einen Abenteuertrip.«

Ich konnte es ihm nicht verübeln, dass er sich gern ein bisschen mit mir unterhalten wollte; offenbar hatte er keine Lust zu lesen, und die Frau neben ihm am Gang sah aus wie die alte Zicke Nana aus *The Royle Family*.

»Ja, könnte man sagen.«

»Haben Sie so was schon mal gemacht?«

»Nein.«

Vielleicht wär's ein Spaß gewesen, zu gucken, wie lange

ich mich bei dem Gespräch auf einsilbige Antworten beschränken könnte.

»Sind Sie allein unterwegs?«

»Ja.« Dabei schaute ich mich um und tat erschrocken, dass ich meinen Kumpel verloren hatte.

Er lachte. Nettes tiefes Glucksen.

»Sie müssen sich nicht mit mir unterhalten. Haben Sie Flugangst?«

»Nein.«

»Ich dachte nur, weil Sie die Alkoholkarte abarbeiten ... vielleicht sind Sie auch Alkoholikerin?«

»Frechdachs.«

»Okay, dann trinken Sie eben aus Langeweile. Ich rede trotzdem munter weiter. Ich heiße übrigens Peter. Und Sie?«

»Bliss.«

Jetzt brach er in schallendes Lachen aus.

»Im Ernst?«

»Ja.«

»Peter Verhoeven.«

»Bliss van Bon.«

Wir schüttelten einander die Hand. Er hatte eine ernste Miene aufgesetzt, aber seine Mundwinkel zuckten. Und ich fragte mich, ob er dachte, ich hätte den Namen erfunden, als Teil des Einsilben-Spiels.

»Sind Sie Niederländerin?«

»Halb.«

»Mutter oder Vater?«

Ich zuckte mit den Schultern. Ich mag die Holländer, wie Mum. Es kommt mir so vor, dass sie den Engländern sehr ähnlich sind. Sie haben denselben Sinn für Humor und für Sachlichkeit. Unter gutem Essen verstehen sie indonesisches Essen, während wir chinesisches bevorzugen, und wir haben

Soho, die Holländer ihren Red Light District. Der einzige Unterschied ist, dass wir bei Sex und Drogen zugeknöpfter sind als die Holländer. Ich mag die Vorstellung, dass ich meine tolerante Geisteshaltung eher von meiner holländischen Seite habe.

Peter Verhoeven wandte sich kurz von mir ab, um bei der Stewardess noch zwei Flaschen Wein für uns zu bestellen, wofür ich ihm – einsilbig – dankte.

»Ganz schön mutig, allein nach Lima zu fliegen. Kennen Sie dort jemanden?«

»Ja.«

»Und sie werden am Flughafen abgeholt?«

»Sicher.«

»Gut, denn es ist nicht ungefährlich dort. Und holt Sie dort ein Freund oder eine Freundin ab?«

»Ein Freund.«

»Aha.«

Er wirkte ein wenig enttäuscht, und ich begann, mich ein bisschen mehr für ihn zu interessieren. Schließlich wäre es doch nett, einen gut aussehenden Holländer in der Stadt zu kennen, falls Carlos sich als nervig, schwul oder masochistisch entpuppte – denn von Kips Vorlieben hatte ich vorerst die Nase voll. Aber der Flug war so verdammt lang, und ich wollte mein Spielchen jetzt noch nicht beenden. Deshalb kippte ich meinen Wein runter, stellte den Sitz zurück und stopfte mir mein Sweatshirt in den Nacken.

»Schlafen.«

Ich schloss die Augen und duselte erstaunlich schnell ein.

Als ich aufwachte und die Augen aufschlug, sah ich, dass Peter Verhoeven in meiner *Marie Claire* las.

»Hey, Bliss van Bon. Gut geschlafen?«

»Ja.«

Er ließ das Magazin sinken. »Oh, nein, wollen Sie jetzt etwa mit diesem dummen Spiel weitermachen?«

»Nein, geben Sie mir noch eine Chance. Bin eben erst aufgewacht.«

»Gut. Ich lese gerade, was Frauen wirklich wollen, und da hoffte ich, Sie würden mir sagen, ob das stimmt, was hier steht.«

Ich schielte auf den Artikel und spähte dann hinüber zu der Frau neben Peter.

»Sie ist Holländerin und spricht kein Englisch«, erklärte er.

»Hoffentlich spricht sie Spanisch, wenn sie nach Lima fliegt.«

»Nein, sie steigt in Aruba aus und besucht ihren Sohn, der dort arbeitet.«

»Okay. Also, was wollen Frauen wirklich? Im Augenblick eine Kanne Wasser. Irgendwas im Angebot?«

Was für ein Glück, er zauberte eine große Flasche Vichy hervor. Ich betrachtete ihn jetzt mit mehr Respekt. Wenn es ein Mineralwasser gibt, das einen eigenen Geschmack hatte, dann Vichy. Es hat den Salzgehalt, der, ehrlich gesagt, wie Muschisaft schmeckte. Und das sagte ich ihm.

»Oh, Bliss«, sagte er leise und kam etwas näher. »Was für eine schöne Vorstellung. Und noch schöner, zuzusehen, wie Sie es trinken.«

Ich setzte sofort die Flasche an die Lippen und trank. Natürlich nicht alles auf einmal. Als etwas von dem Wasser auf mein T-Shirt tropfte, holte Peter gleich ein weißes Taschentuch hervor, wartete kurz mein zustimmendes Nicken ab und tupfte meinen Hals trocken. Ich schloss die Augen, um die sanfte Bewegung seiner Hand zu genießen, die in weiche Baumwolle gehüllt war. Zärtlich strich er mir über das Schlüsselbein und vorn über mein Shirt. Ich hatte gar nicht gemerkt, dass ich so viel Wasser verschüttet hatte, aber Peter war erst zufrieden, als er mich bis zum Ansatz meines BHs aus Satin trockengetupft hatte.

»Dummes Mädchen«, schalt er mich. Ich schlug die Augen auf. Er hatte sich halb über meinen Sitz gebeugt und das Taschentuch auf das Magazin in meinem Schoß gelegt, fuhr aber mit den Fingerspitzen weiter über den Ansatz meiner Brüste unter dem T-Shirt. »Ich denke, Sie sind jetzt trocken.«

»Oh, nein, bin ich nicht. Aber Sie haben das Wasser abgetupft, dass ich verschüttet habe. Diesmal passe ich besser auf.«

Ich nahm noch einen langsamen Schluck und reichte ihm dann die Flasche. Er setzte die Flasche an den Mund, ohne sie abzuwischen, und trank.

»Ich bin mir nicht sicher, ob Sie recht haben mit dem Geschmack dieses Wassers. Ich brauche einen Vergleich.«

»Wie schade. Hier geht's nicht, mit all den Leuten. Aber wenn Sie jetzt denken, ich folge Ihnen in die Toilette, um über einer vollgepinkelten Schüssel mit Ihnen zu ficken, müssen Sie sich was anderes einfallen lassen. Mit solchen Sachen habe ich schon lange aufgehört.«

Er lachte. »Kann ich mir vorstellen, und ich würde nicht mal im Traum daran denken, Sie zu fragen. Da hatte ich eher an die blonde Stewardess gedacht. Hätte ich bei ihr wohl Chancen?«

Ja, schon viel besser. »Kann ich zuschauen?«

»Wieso nicht?«

Die private Sexshow wollte ich auf keinen Fall verpassen. Ich schlug ein Bein übers andere – gar nicht so einfach in einem Flieger – und spannte meine Sexmuskeln und Schenkel an. Da die Naht meiner Jeans schön eng auf meinen Schoß drückte, war ich sogar kurz vor einem Orgasmus. Peter beobachtete mich, und ich hatte absolut keinen Zweifel, dass er genau wusste, was ich im Sinn hatte.

Er legte das Magazin wieder auf meinen Schoß und bot mir wortlos einen Schluck aus seiner Weinflasche an.

»Nein, wir sollten unsere kleine Unterhaltung fortführen, wenn Sie nichts dagegen haben. Vielleicht können Sie den Geschmackstest machen, wenn wir Aruba verlassen.«

»Prima. Übrigens bin ich im Marketing tätig, und das ist genau der Grund, warum ich nach Peru fliege.«

»Was? Oralsex?« Ich musste laut lachen.

»Nein, Geschmacksstandards. Wir bringen einen neuen Softdrink auf den Markt.«

»Wirklich? Ich dachte, die hätten schon einen. Inca Kola, nicht wahr?«

Peter verzog angewidert das Gesicht. »Warten Sie, bis Sie das probieren. Schmeckt wie Kaugummi. Das wird ein Hit, wenn auch nicht unbedingt auf dem südamerikanischen Markt. Eine Mischung aus Brause und Milchshake. Haben Sie als Kind Ice-Cream Floats probiert?«

»Hm, köstlich. Aber wie wollen Sie das von Holland nach Peru exportieren? Kostet doch ein Vermögen, es dorthin zu bringen.«

Er lachte belustigt. »Oh, Bliss, vom Business verstehen Sie nicht ganz so viel, was? Natürlich werden wir es nicht exportieren. Wir lassen es vor Ort produzieren und liefern nur das geheime Konzentrat, wie es alle anderen auch tun. Schließlich gibt es keinen Grund, warum die Amerikaner den ganzen Markt mit ihrer Coke und Pepsi beherrschen sollten.«

Ich verdaute die Informationen. Er hatte recht, mit Geschäftemachen kannte ich mich nicht aus. Mein Job war es, Stoffe zu entwerfen, und näher wollte ich der materiellen Welt nicht kommen.

»Toll. Könnten wir dann wieder über Sex sprechen?«

Als wir beim Landeanflug in Aruba die Gurte anlegen mussten, hatte ich das Gefühl, selbst in einer Lache geschmolzener Eiscreme zu sitzen. Peter nahm meine Hand und führte sie unter sein *Wall Street Journal*, um mir zu demonstrieren, dass er auch bereit für die Aktion war.

In Aruba stiegen nur eine Hand voll Leute aus, aber nachdem sie fort waren, ließ die Stewardess die übrigen Passagiere wissen, man könne sich vor dem Weiterflug noch eine halbe Stunde die Beine vertreten. Ich stand sofort auf, doch Peter hielt mich zurück.

»Schauen Sie doch, wie viele aussteigen«, flüsterte er. »Könnte gleich schön still und ruhig hier sein.«

Tatsächlich stiegen fast alle aus dem Flieger. Die Stewardess mit dem blonden Pferdeschwanz ging herum und sagte jedem, dass die Türen bald geschlossen würden. Als sie sich zu uns herüberbeugte, sagte Peter etwas auf Niederländisch zu ihr, doch sie schüttelte den Kopf. Dann fügte er leise etwas hinzu, schaute dabei kurz zu mir, doch sie brach in Lachen aus und schüttelte wieder den Kopf. Aber er blieb hartnäckig, und so ging es hin und her, ohne dass ich folgen konnte. Schließlich verschwand sie wieder nach vorn, worauf Peter sofort aufstand, mich mitzog und mit mir nach hinten ging.

Gerade machte er die Toilettentür auf, als die Stewardess die niederländische Durchsage beendete und auf Englisch sagte: »Meine Damen und Herren, wir möchten Sie darauf hinweisen, dass die Toiletten während des Aufenthaltes auf dem Flughafen nicht benutzt werden können. Danke.«

Kurz darauf kam sie zu uns. Inzwischen hatte Peter das Waschbecken trocken gemacht und Papierhandtücher auf dem Boden ausgebreitet.

Schnell machte er mich mit der Blondine bekannt. »Bliss spricht kein Niederländisch, Marjo, auch wenn sie van Bon heißt. Macht es dir was aus, Englisch zu sprechen?«

»Du willst mich schön lecken, Peter; da ist es mir egal, in welcher Sprache du es machst«, antwortete sie und blinzelte mir zu. »Ich glaube, ich hatte noch nie Zuschauer, Bliss. Machst du so etwas oft?«

»Ist für mich auch das erste Mal.« Ich kam mir fast wie eine unerfahrene Jungfrau vor, als Marjo wie beiläufig den Reißverschluss ihres Rocks aufmachte und den Rock ablegte. Darunter trug sie schwarze Seidenstrümpfe und Strapse, also erzähl mir keiner, dass sie es nicht gewohnt war, auf langen Flügen mit Passagieren zu vögeln. Sie faltete den Rock zusammen und legte ihn auf den Toilettendeckel. Dann stieg sie aus ihrem Slip und legte ihn oben auf den Rock.

»Ich hatte schon viele Angebote auf den Flügen, aber es ist das erste Mal, dass mir ein Mann sagte: ›Ich möchte dich schön lange lecken, und diese junge Dame hier möchte zuschauen‹«, vertraute sie uns an, kletterte auf den Rand des Waschbeckens und spreizte die Beine. »Oben ohne?«

»Oh, auf jeden Fall«, antwortete Peter ernst. Schon knöpfte er ihre Bluse auf und förderte ziemlich eindrucksvolle Titten unter einem schwarzen Spitzen-BH zutage, der zu den anderen Dessous passte.

»Du hast erst nicht gewollt«, riet ich, als Peter sich auf die Papiertücher kniete und mit den Händen über die schwarzen Seidenstrümpfe strich und die cremefarbene Haut darüber verwöhnte. Ich war kurz davor, ihn mit dem Ellbogen zur Seite zu stoßen, um ein zweites Mal Vichy-Wasser zu kosten, schaute dann aber wie gebannt zu, wie Peter mit beiden Daumen sacht über ihren hellbraunen Flaum streichelte und ihre Lippen auseinanderschob.

»Klar habe ich gewollt. Dann sagte er mir, dass du meintest, Vichy-Wasser schmecke wie ... Sexsäfte, und da dachte ich, woher weiß sie das? Und als er sagte, er erwarte keine Gegenleistung, da dachte ich mir, warum nicht?«

Sie schloss die Augen, und ich sah, wie Peters Zunge leicht über Marjos Perle glitt. Sie sah wie ein rosafarbener Edelstein aus, hart und glänzend, umgeben von feuchter, pinker Haut. Ich hörte, wie Marjo scharf die Luft einsog.

»Ist das schön, Marjo?«

Ihr Schnurren kam aus tiefer Kehle. »Hatte noch nie eine Zunge an meinem Kitzler, die nicht geil war. Und du?«

»Unser Schäferhund war manchmal ein bisschen rau, aber ... nein, war ein Scherz.«

Marjo lachte wieder, aber ich merkte, dass sie mir einen Augenblick lang geglaubt hatte. Sie wirkte nicht etwa geschockt, sondern eher noch aufgegeilter. Peter tauchte tief mit der Zunge in ihre Muschi, und Marjo stöhnte und umklammerte die Wasserhähne hinter sich. Ich war in Versuchung, mir in die Jeans zu fassen, beschloss dann aber, noch auf etwas Besseres zu spekulieren.

Peters Zunge glitt nun fordernd zwischen Kitzler und hinterem Loch hin und her, dass ich schon neidisch wurde.

»Bist du kurz vorm Kommen, Marjo?«

Sie öffnete die Augen. »Fast. Hat er das auch schon mit dir gemacht?«

»Nein, wir haben uns nur unterhalten. Er hat nur ein bisschen Wasser aufgetupft, das ich verschüttet hatte.«

»Wirklich?« Ihre Augen weiteten sich. »Dann bist also du gleich dran?«

Ich überlegte. »Ich glaube, nein. Wie wär's, wenn wir beide es gleich versuchen würden?«

»Shit!« Ihr Atem ging schneller. »Weiß nicht. Habe ich noch nie zuvor gemacht.«

»Aber die Vorstellung macht dich doch an, oder?«

»Klar, die Vorstellung ...«

Ich trat vor und rieb mit den Handflächen über ihre Nippel unter dem Spitzen-BH. Mit dem Schoß drückte ich nun gegen Peters Hinterkopf, der rhythmisch auf und ab wippte. Ich wusste, dass er Marjos Kitzler jetzt hart bearbeitete und sie jeden Moment kommen würde. Ich wollte es ihr noch ein bisschen schöner machen, zog den BH herunter und knetete ihre Brustspitzen fester. Sie trug Lippenstift auf ihren sinnlichen Lippen, und ich brachte meinen Mund näher an ihren. Da ich nichts verderben wollte, wartete ich erst, wie sie reagieren würde. Doch sie schloss die Augen wieder und bot mir ihren Mund dar. Als sie die Lippen öffnete, erhaschte ich noch einen Blick auf ihre rosafarbene Zunge, ehe ich ihren Mund mit meinen Lippen verschloss. Da ich ihr nun noch näher kam, drückte Peters Kopf die Naht meiner Jeans fester gegen meinen Kitzler. Während Marjos Zunge begierig nach meiner suchte und meine Hände ihre prallen Brüste massierten, schmiegte ich mich noch enger an sie. Als wir beide bei unserem lasziven Kuss kamen, war Peter vergessen und nicht mehr als ein unpersönliches Instrument unserer Höhepunkte. Ich fragte mich kurz und mit einem Gefühl des Triumphs, ob er sich benutzt fühlte, während ich meinen Venushügel an seinen Hinterkopf presste. Ob er die heftigen Kontraktionen meiner Muskeln spürte?

»Gute Arbeit, Verhoeven«, stellte ich cool klar, als ich

mich von Marjos Lippen löste und meinen Schoß von seinem Hinterkopf nahm. »Und, wie lautet das Ergebnis des Geschmackstests?«

Er stand auf und wandte sich mir zu. Dann, ohne Vorankündigung, küsste er mich mit der von Marjos Säften nassen Zunge. Ich reichte ihr den Slip, während ich mich auf Peters Zunge einließ.

»Definitiv Vichy, aber stärker und cremiger«, sagte er, als wir den Zungenkuss unterbrachen. »Ich habe noch nie eine Frau mit meinem Hinterkopf zum Orgasmus gebracht.«

»Glaub nicht, dass ich mich schon mal an dem Kopf eines Mannes gerieben habe«, entgegnete ich. »Und eine Stewardess habe ich auch noch nie geküsst.«

Marjo steckte sich die Bluse in den Rock. »Nettes Timing. Vielen Dank euch beiden.«

»Ja, wir fliegen gern wieder mit dir«, sagte ich und zwinkerte ihr zu, als sie die Toilettenkabine verließ. Ich schloss hinter ihr ab. Nachdem ich Peters Kopf zwischen uns gequetscht hatte wie einen zweiseitigen Vibrator, meinte ich, dass Peter eine Gegenleistung verdient hatte. »Möchtest du auch eine Zungenvorstellung? Oder einen Handjob?«

»Keine Chance auf eine Nummer?«

Okay, solange es schnell und unpersönlich blieb. Marjo zu küssen und ihre Titten zu kneten war schon genug Aufregung für einen Tag. Als ich zustimmend nickte, holte er ein Gummi aus seiner Tasche. Ich streifte mir die Jeans und den Slip bis auf die Knöchel und beugte mich über die Toilette. Er war groß und glitt befriedigend in meine nasse Höhle, und mit ein paar geraunten verbalen Obszönitäten als Anfeuerung kam er nach kurzer Zeit.

Nette Leute, die Holländer.

Fast vierundzwanzig Stunden später wachte ich mit dem üblichen Schreck »verdammt, wo bin ich?« auf, ehe ich mich erinnerte. Ich war in Lima und hatte – hoffentlich – den Jetlag ausgeschlafen, und zwar auf Carlos' Sofa. Jetzt lag ich da und hatte einen Mordsbrand.

Erschöpft quälte ich mich von der Couch – sind einfach immer unbequem, diese Teile – und konnte allmählich wieder klar denken, während ich die Küche suchte. Kein Kater, Gott sei Dank, denn nach dem überschwänglichen Treffen mit Carlos, der überhaupt nicht wie Gabriel Byrne (schade), sondern eher wie ein schwarzhaariger David Ginola aussah (toll) und mich auf der Fahrt zu seiner Wohnung zugelabert hatte, war ich gleich wie ein überdrehtes Kind zusammengeklappt. Ich ahnte, dass ihn meine Begeisterung zufrieden stellte und amüsierte. Aber ich machte mich auch darauf gefasst, dass er total sauer werden könnte, einen leicht zu beeindruckenden Naivling unter seinem Dach zu haben. Doch ich würde ihm bald zeigen, was in mir steckte.

In der Küche fand ich jede Menge Wasserflaschen, dazu Kaffee, Brot und eine Notiz.

Guten Morgen, Bliss! Bin bis gegen fünf Uhr auf der Arbeit. Ich rufe nicht an, um dich nicht zu wecken. Im Kühlschrank sind Würstchen und mehr, die Straße runter gibt's aber auch eine Menge Cafés (s. Karte). Bedien dich einfach, und fühl dich wie zu Hause. *A las tardes*.

Musste Spanisch sein für »Wir sehen uns später«; unglaublich, was die Sprachführer einem nicht verraten. Nachdem ich einen Liter Wasser getrunken hatte, überprüfte ich die

Zeit. Meine Uhr hatte ich nicht umgestellt, aber sowohl am Videorekorder als auch am Funkwecker sah ich, dass es fast zwei Uhr war. Toll, am Abend waren wir gegen acht Uhr zurückgekommen, ich hatte also genügend Schlaf bekommen.

Das Brot sah frisch aus, aber ich wollte auf Entdeckungstour gehen. Nach einer viel zu kurzen Dusche, die sich schlecht einstellen ließ, griff ich nach meinem *Südamerika-Handbuch* und Carlos' Karte und machte mich auf nach Downtown Miraflores.

Rachel und ich hatten uns gegenseitig ins Gewissen geredet, was den Umgang mit Geld betraf: wir verdienen beide kein Vermögen, kaufen aber immer gleich alles, was uns gefällt, und haben dann am Ende des Monats nichts mehr. Daher hatten wir uns geschworen, unser Geld für die Reise gut einzuteilen. Da ich aber eine Menge Geld sparen würde, weil ich einige Nächte bei Carlos wohnte und vom Flughafen abgeholt worden war, beschloss ich, dass ein anständiges Essen drin war. Ich tauschte ein paar Travellers' Cheques gegen peruanische Sols – schöner Name – und ging die Speisekarten durch. Das Straßencafé grenzte an ein Blumenbeet, und nachdem ich umgerechnet hatte, dass das Zwei-Gänge-Menü nicht mehr als 5 Pfund kostete, suchte ich mir draußen einen Tisch.

Ich gönnte mir gefüllte Avocado, gefolgt von Nudeln mit Fleischbällchen, probierte dazu das landesübliche Bier und war zufrieden. Das Gefühl verstärkte sich noch, als ich den Zettel auseinanderfaltete, den ich am Abend zuvor ungelesen in mein Portmonee gesteckt hatte.

Peter Verhoeven, Hotel Arequipa, bis Freitag. Danke, dass du den Flug so abwechslungsreich gemacht hast.

Das Zentrum von Lima konnte einen erdrücken, aber man war in der Zivilisation. Junge Leute gingen zielstrebig oder Arm in Arm über den großen Platz, während junge Damen in teuren Tweedanzügen an den Nachbartischen aßen, obwohl es ziemlich warm war. Die Sonne lugte zwar nur durch den Nebel, der vom Meer kam, doch ich vermutete, dass sie stärker schien, als man dachte. Daher merkte ich mir, am nächsten Tag Sunblocker zu nehmen. Ein paar Mädchen, die wie Amerikanerinnen aussahen, saßen am Geländer des Blumenbeets und hatten ihre Reiseführer auf ihren Rucksäcken ausgebreitet. Ich lächelte nachsichtig. Denn ich fühlte mich nämlich schon heimisch und bildete mir ein, man würde mich in meinen Jeans, dem T-Shirt und der Sonnenbrille für eine Einwohnerin Limas halten, die kurz zu Mittag aß. Belustigt von dieser Vorstellung, verbarg ich den Reiseführer unter *Tante Julia und der Kunstschreiber* und stellte mir trotz meines europäischen Aussehens vor, ich wäre eine wohlhabende Peruanerin, die versuchte, ihr Englisch aufzubessern, bevor Daddy ihr die Reise nach England bezahlte.

Zurück in der Wohnung, schaute ich mich erst mal gründlich um. Schließlich hatte Carlos mir geschrieben, ich solle mich wie zu Hause fühlen. Am Abend zuvor hatte er mir erzählt, er habe die Wohnung nur für kurze Zeit angemietet, da er viel unterwegs sei, daher war ich nicht überrascht, wenn alles ein bisschen unpersönlich aussah. Dennoch konnte ich seinen Lesegeschmack einschätzen, zumindest was englische Bücher anbetraf – eine Auswahl zeitgenössischer amerikanischer Fiction. Bei seinem Musikgeschmack dominierten ganz klar Salsa und andere südamerikanische oder karibische Klänge. Ich legte eine CD ein und tanzte dazu im Wohnzimmer. Trotz des langen Flugs und der Zeitumstellung hatte ich noch Energie – Kip meinte dann immer, ich sei ausgelassen.

Bevor ich zum Essen gegangen war, hatte ich die Bettcouch wieder zusammengeschoben und nahm mir jetzt vor, den Rucksack auszupacken. Im Schrank war jede Menge Platz, also hing ich meinen Rock, meine Bluse, ein Kleid und eine Hose auf und packte den Rest der Klamotten neu. Ich öffnete die andere Schranktür, weil ich noch Platz für den Schlafsack und die Isomatte brauchte. Als ich einige Schuhe aus einem Fach kramte, war ich kaum überrascht und sogar hellauf begeistert, als ich nicht nur schicke Büroschuhe und Laufschuhe, sondern auch Stilettos und schwarze Schaftstiefel entdeckte. Also hatte Kip mir doch die Wahrheit gesagt.

Auf dem Zettel hatte gestanden »Fühl dich wie zu Hause«, und daher durchsuchte ich ohne schlechtes Gewissen den Rest des Schranks: Bingo. Zwei Torseletts, eins schwarz, eins rot, ein schickes, schwarzes Korsett zum Schnüren – ein bisschen zu ernst – und ein schwarzer Leder-BH und kurze Hosen.

Die Frage war nun: Wollte er, dass ich die Sachen fand? Ich überlegte, was alles dafür sprach. Ging er davon aus, dass Kip mir von seiner Vorliebe für Accessoires erzählt hatte? Wäre er begeistert, wenn er nach Hause käme und mich im Korsett und Stilettos sähe? Und wenn er es nicht toll fände, warum hatte er die Klamotten dann nicht besser versteckt? Oder dachte er, ich würde nicht in seinen Schrank schauen? Und wer trug die Sachen eigentlich? Wenn ich das richtig verstanden hatte, war er selbst ein Transvestit.

Ich folgte meinem Instinkt und zog das rote Torselett an. Ich hatte Strumpfhalter dabei und an schwarze Seidenstrümpfe gedacht – okay, ich weiß, es sollte ein Trekkingurlaub werden, aber als Frau weiß man ja nie, und die Strümpfe nehmen keinen Platz weg. Ich kramte noch einen kleinen, schwarzen Slip hervor und zog mich entsprechend an. Alles saß prima, wenn auch ein bisschen eng. Die Schaftstiefel passten auch, verdeckten aber die Strümpfe, daher versuchte ich mein Glück mit den Stilettos. Sie hatten unglaublich hohe Absätze. Ich hatte geglaubt, zu Hause die höchsten Absätze zu haben, aber diese waren der Hammer. Leider waren sie zu groß. Da meine Füße nicht gerade klein sind – 38 an guten Tagen –, hielt ich es für möglich, dass Carlos sich tatsächlich ab und zu verkleidete. Aber ich wollte nicht zu schnell aufgeben, zog spontan weiße Söckchen über die Strümpfe und schlüpfte damit in die Schuhe. Sie saßen nicht schlecht. In meinen Augen ein Anmacher, und die Andeutung der Schulmädchensöckchen ließ den Rest noch dekadenter erscheinen. Die Absätze waren so hoch, dass meine Füße in den Söckchen fast senkrecht nach unten zu gleiten schienen, als würde ich auf den Zehenspitzen gehen. Wenn es Carlos nicht gefiel, könnte ich ja vielleicht ein Taxi ins Hotel Arequipa nehmen, denn dort würde jemand begeistert sein. Eins stand fest: irgendjemanden musste ich finden, der auf so etwas stand, weil ich mich in der Aufmachung selbst ziemlich aufregend fand.

Es war kurz nach fünf. Da ich keine Ahnung hatte, wie weit Carlos' Büro entfernt war, wusste ich nicht, wann er in der Wohnung sein würde. Als Tarnung zog ich meinen einzigen Rock und mein Top (mit langen Ärmeln und tiefem Ausschnitt aus dehnbarem Jersey) über die anderen Sachen, machte Kaffee und wartete auf den Moment, Carlos fragen zu können, ob er einen schönen Tag im Büro gehabt hatte.

Obwohl ich am Abend zuvor noch müde von der Reise gewesen war, war mir nicht entgangen, dass Carlos ziemlich gut aussah in seinen schwarzen Jeans und dem Rollkragenpullover. Aber jetzt, in dem cremefarbenen Anzug und dem weißen Shirt ohne Kragen wirkte er so einladend wie eine doppelte Portion Vanilleeis; ich hätte ihn ablecken können. Ich weiß, der cremefarbene Anzug ist ein Latino-Klischee, aber gönnt einem Mädchen wie mir eine Pause. Ich war den hippen Kip und die Modefetischisten auf der Arbeit leid und freute mich daher über Carlos' konventionellen und ziemlich eindrucksvollen Anblick. Er roch schwach nach einem herben Aftershave oder Cologne, und obwohl ich es lieber hatte, wenn Männer nur ihren männlichen Duft an sich haben, passte die Note zu Carlos. Und mir gefiel es auch.

Ich goss ihm Kaffee ein und sah, dass Carlos beim Anblick der Schuhe die Augenbrauen hochzog. »Hast du alles gefunden, was du brauchtest?«

Obwohl Carlos wie ein Spanier aussah und lange in den Staaten gewesen war, hatte er einen britischen Akzent wie ich. Sprach er dann mit amerikanischem Akzent, wenn er in den USA war? Mir gefiel die Vorstellung, dass er drei vollkommen verschiedene Personen sein konnte.

»Ich hoffe, du hast nichts dagegen«, sagte ich unschuldig. »Ich sollte mich ja wie zu Hause fühlen.«

»Ja, klar.« Er lächelte. Und was für ein strahlendes Lächeln! Seine Zähne hoben sich wirklich hellweiß von seinem dunklen Teint ab. Er hatte einen breiten Mund und schmale Lippen. Die Nase war lang und breit, aber gerade; über der Nasenwurzel hatten sich Linien eingegraben, ebenso auf seiner Stirn – erstaunlich für jemanden seines Alters. Die Augen waren so dunkel, sie sahen fast schwarz aus, als er sich mit dem Rücken zum Licht setzte. Das dichte, schwarze, sonst schulterlange Haar trug er zu einem Pferdeschwanz gebunden; gestern hatte er es offen getragen. Ich wollte ihm sagen, er solle sich wie zu Hause fühlen und sich nehmen, was er brauchte, vermutete aber, er würde es wörtlich auffassen, da ich seine Schuhe und noch einiges mehr trug.

Ich hatte recht. Nach dem Smalltalk, wie ich geschlafen und den Tag verbracht hatte, zeigte er auf mich. »Du hast dich also für mich ausstaffiert?«

»Kip meinte, du stehst auf so was. Und als ich die Sachen entdeckte, dachte ich, dass du sie für mich dagelassen hast ... ist das okay?«

Ein Lächeln umspielte seine Mundwinkel. Bartschatten deutete sich an Kinn und Wangen an, gerade genug, um sexy auszusehen, und nicht zu viel wie bei George Michael.

»Kommt darauf an, was du anhast. Ich wollte dich eigentlich selbst ausstaffieren ... aber egal. Kip hat mir erzählt, dass du deinen eigenen Kopf hast.«

Ich wünschte, ich hätte gewartet, dass er mich anzieht.

»Ach, hat er das gesagt? Hat er dir auch erzählt, dass er auf schwulen Masochismus steht?«

»Hat er das nicht schon immer toll gefunden? Also, willst du mir nicht zeigen, was du unter dem Rock und deinem Top trägst?«

Diesmal pries ich nicht den tollen Stoff an, sondern warf den Rock förmlich von mir und streifte mir das Top über den Kopf, ehe Carlos es sich noch anders überlegte.

Er ging um mich herum, als wäre ich ein lebendes Ausstellungsstück, und taxierte mich mit prüfendem Blick vom Scheitel bis zur Sohle. Das gefiel mir. Manchmal genieße ich es, als Sexobjekt behandelt zu werden.

»Das kriegen wir noch besser hin«, meinte er schließlich. »Rot und schwarz, ein bisschen billig, meinst du nicht auch?«

»Dein rotes Torselett«, sagte ich. »Soll ich es ausziehen, oder willst du das lieber machen?«

Er lächelte, und ich erhaschte einen Blick auf seine weißen Zähne.

»Nein, mach du es. Ich finde es immer ein bisschen unappetitlich, elastische Kleidung von der Haut zu ziehen.«

Das genügte mir. So aufreizend wie möglich schälte ich mich aus dem Torselett, nachdem ich die Strumpfhalter gelöst hatte.

»Und der Rest?«

Er nickte. »Nicht übel. Die Söckchen gefallen mir. Und deine Beine. Lange Beine, noch länger in hohen Absätzen. Findest du dich nicht sexy?«

»Doch, aber bringt es das wirklich?«

Ich war ein bisschen enttäuscht. Carlos stand offenbar aufs Ausstaffieren, und ich wollte ihm gefallen. Aber ehrlich gesagt fand ich mich dann in schwarzen Dessous nicht gerade überwältigend, auch wenn die Stilettos was hermachten.

»Bliss, ich habe dich enttäuscht.« Er umkreiste mich wieder und legte einen Finger auf den Saum meines Slips. »Natürlich ist das okay. Aber erst musst du das ausziehen, dann zeige ich dir, wie du aussehen könntest.«

Ich entledigte mich so aufreizend wie möglich meines Slips, aber Carlos schaute nicht mal zu. Stattdessen kramte er eine Schachtel aus der Tiefe seines Schranks. Ich hoffte, es würden keine Peitschen oder Reitgerten sein; mit Schmerzen hab ich's nicht so. Kip füge ich gern mal Schmerzen zu, aber wie ich schon sagte, für mich reicht die Fantasie aus.

Doch zuerst holte er das schwarze Korsett aus dem Schrank. Ein ziemlich altmodisches Teil; Satin mit Fischbein vorn und einem Gewirr aus Schnüren hinten. Carlos drehte mich so, dass er hinter mir stand, und hielt mir das Korsett hin.

»Ist es nicht viel romantischer, Spitze zu tragen, die eng

geschnürt wird? Das ist doch tausendmal aufregender als der synthetische Reiz von Lycra, oder?«

»Ich finde es nett, wie die BH-Körbchen gerade über meine Nippel gehen. Und dann erst der Rücken!«

Ich lächelte ihm über die Schulter zu. In dem bodenlangen Spiegelglas gefiel ich mir gut. Nicht nur die kleinen Körbchen hatten ihren Reiz. Mit einem Arm hielt ich mir das Korsett unter meine Brüste und drückte sie hoch, während ich das Korsett mit der anderen Hand weiter nach unten strich bis zwischen die Beine. Narzissmus ist, glaube ich, eine Schwäche von mir. Und als Carlos mit dem Schnüren begann, fragte ich mich, ob ich nicht auch auf Fesselspiele stand.

Als Carlos meinen Körper schließlich schweigend in das Korsett gequetscht hatte, fiel mir das Atmen schwerer. Die Einengung war aber ein Anmacher, mit dem ich gar nicht gerechnet hatte. Und als ich sah, wie meine Hüften betont wurden, nachdem Carlos die Taille richtig festgezogen hatte, fühlte ich mich wie ein Filmstar aus den Fünfzigern. Da mein Atem nun flacher und schneller ging, hoben und senkten sich meine Brüste in rascher Folge, und das gebogene Fischbein verschaffte mir einen absolut tollen Ausschnitt. Das Korsett reichte fast bis zum Schambein, und ich wünschte, es wäre länger gewesen. Schon stellte ich mir vor, wie sich die feste Schnürung auf meinen Venushügel auswirken würde.

»Sehr schön.« Ich wollte das Schweigen brechen, aber Carlos lächelte nur und zog mir meine Seidenstrümpfe höher, bis sie mir fast bis oben an die Schenkel reichten. Mein blondes Kraushaardelta wurde betont durch das schwarze Satin darüber und die schwarzen Strümpfe darunter ... und ich schätzte, dass Carlos mir keinen Slip geben würde.

Aus der Schachtel zauberte er etwas anderes aus schwarzem Satin und Gold hervor. Ich vermutete, dass es ein Slip war, doch es handelte sich um einen breiten Choker, der mit Goldkettchen dekoriert war. Er legte ihn mir um den Hals – zum Glück nicht zu eng – und holte dann noch lange schwarze Handschuhe aus Satin hervor, die ebenfalls mit Goldkettchen verziert waren. Mit hochgezogenen Brauen hielt er mir die Accessoires hin.

»Was meinst du, Bliss? Gefällst du dir darin? Was ist mit den Handschuhen? Ich werde nichts gegen deinen Willen tun.«

»Doch, ich finde mich toll so, und lange Handschuhe liebe ich. Ich sage dir schon, wenn du zu weit gehst, Carlos.«

Zuletzt hatte mir jemand Handschuhe übergestreift, als ich vier Jahre alt war. Jetzt war ich völlig unvorbereitet auf das elektrische Kribbeln, das bei mir einsetzte, als Carlos jeden meiner Finger in das Satin schob. Ich hatte immer schon festgestellt, wie gebannt Männer hinschauen, wenn ich mir Handschuhe überstreife, und dass es jetzt ein Mann bei mir tat, war ein extrem verlockender Rollentausch. Er ließ sich Zeit damit, glättete den Stoff über jedem Finger und zog mir die Handschuhe bis hinauf zu meinen Oberarmen. Die Goldkettchen streiften gegen meine Brüste, als Carlos an den Handschuhen zog. Ich wusste nicht, wozu die Kettchen waren, bis beide Handschuhe saßen.

»Sag mir, wenn du das nicht willst«, wiederholte er, stand weiterhin hinter mir und drehte mich so, dass ich mich optimal im Spiegel sehen konnte. Erst dachte ich, er würde eine Kamera holen und ein Foto von mir schießen – gegen ein Souvenir hätte ich nichts einzuwenden gehabt. Aber es kam besser. Keine Kamera, keine weiteren Accessoires. Dann zog er einfach – hätte ich es kommen sehen, hätten meine Sexmuskeln nicht so reagiert –, er zog meine behandschuhten Arme nach hinten und begann, die Ketten miteinander zu verbinden.

»Oh, Mann.«

Er war so damit beschäftigt, die Ketten festzumachen, dass er gar nicht aufschaute. »Oh, Mann, toll! Oder oh, Mann schlecht?«, fragte er leise.

»Oh, Mann, fantastisch«, rief ich atemlos. Er band die Arme noch fester zusammen.

»Immer noch fantastisch?«

Man konnte es nicht mehr bequem nennen, aber meine Brüste, die bereits durch das Korsett hochgedrückt wurden, dehnten sich jetzt noch weiter aus, als Carlos meine Arme zurückzog; meine Schultern neigten sich nach hinten. Wahrscheinlich war es wie bei einem Brustmuskeltrainer im Fitness-Studio, aber so hatte ich mich noch nie gefühlt, wenn ich Lycra trug. Ich nickte, aber dann – ich hatte gerade den ersten Schock verdaut, wie ein Werbespot für ein Fessel-Video auszusehen – durchzuckte mich ein weiterer Stromschlag, als mein Kopf plötzlich scharf nach hinten gezogen wurde. Die Kettchen an den Handschuhen waren inzwischen mit der Kette an dem Choker verbunden.

»Du bist schön.« Langsam drehte er mich, damit ich mich auch von der Seite sehen konnte. Und er hatte recht: ich sah toll aus. Ich war schön und absolut hilflos; meine Hände waren gefesselt, ich konnte den Kopf nicht weit bewegen und balancierte in den Stilettos. Wie andere starke Frauen auch spielte ich manchmal das kleine Mädchen – mach du das für mich; sag du's; kümmer dich um mich; und so weiter –, aber dies hier brachte das Spiel auf eine höhere Ebene. Und mir gefiel das.

»Ist Lima bereit für so was?«, fragte ich ihn mit einem selbstzufriedenen Lächeln.

»Ich glaube nicht. Nach deinem langen Flug dachte ich eigentlich, dass wir in der Wohnung bleiben und ein bisschen chillen – wenn das okay für dich ist.«

Ich nickte, auch wenn mir fürs Chillen viel zu heiß war, aber neben all den anderen Sachen mochte ich vor allem den Zug der Kette an meinem Kopf, wenn ich mich leicht bewegte.

»Nur eins noch, wenn's recht ist.« Er bückte sich.

War es mir recht? Es sollte mir was ausmachen, sagte ich mir. Eigentlich konnte ich so schon kaum noch in den Stilettos laufen, aber Carlos setzte noch eins drauf und befestigte eine kurze Kette – nicht länger als zwanzig Zentimeter – an den Ringen hinten an den Schuhen. Oh, ja, Bliss die Feministin meinte, dass es ihr was ausmachen sollte, aber Bliss die Sexgöttin gefiel sich wahnsinnig gut in ihrer Rolle.

Zögerlich wagte ich einen Schritt nach vorn. Und es gelang mir, wenn ich achtgab, kleine Schritte zu machen und immer schön einen Fuß vor den anderen zu setzen. Und mein Gang war verdammt sexy.

»Aber was jetzt, Carlos?«

Das Lächeln um seine Mundwinkel war nun breiter und zufriedener als das rätselhafte Lächeln, das er vorher aufgesetzt hatte. War er etwa nervös gewesen?

»Was immer uns Spaß macht, Bliss.«

»Das Outfit finde ich toll, aber ich habe das Gefühl, dass die Kette an den Schuhen … nicht wirklich praktisch ist, was … den Zugang betrifft, oder?«

Er lachte und strich mit einer Hand über meinen blonden Busch. Instinktiv spreizte ich die Beine, so weit es ging, um ihm zu demonstrieren, dass es nicht reichte. Carlos suchte meinen Blick, ließ seinen Finger der Länge nach über meine Spalte laufen und setzte die Abertausend Nervenenden in meinem heißen Punkt auf Alarmstufe Rot. Meine Muskeln dort unten zogen sich zusammen, als er mit dem Finger in die feuchte Pussy glitt.

»Du meinst, es ist zu eng fürs Ficken? Ich glaube, das ist nicht immer nötig, oder? Mir reicht es schon, wenn ich dich so vor mir sehe, Bliss.«

Seine Finger bewegten sich in der zäh-feuchten Hitze meiner Muschi, und ich musste zugeben, dass Vögeln nicht nötig war. Ich wusste, dass ich sowieso jeden Moment kommen würde, aber dann nahm er leider die Hand fort und drehte sich wieder um. Nun blickte ich erneut in den Spiegel und sah, dass Carlos hinter mir fast nachdenklich die Ketten und Schnüre betrachtete, die mich fesselten. Seine Hände strichen über meine Schultern und wanderten nach unten, zeichneten meine extrem schmale Taille und die Rundung meiner Hüfte nach, bis seine Finger auf der bloßen Haut meines Pos ruhten. Sanft strich er über meine Backen, schließlich fester und anregend, und ich war plötzlich enttäuscht, dass er sich – wie Kip – viel mehr für den Arsch als für die Pussy interessierte. Analsex hatte ich schon probiert, aber darauf stand ich nicht. Aber ich hätte wohl keine Wahl gehabt, wenn Carlos mich vornüber nach unten gedrückt hätte.

Stattdessen sagte er nur: »Wie wär's mit Abendessen?«

Die Tradition, Fleisch auf Spießen zuzubereiten, hat bestimmt eine tiefere, sexuelle Bedeutung. Wenn ich mit den Zähnen das Fleisch von einem Spieß nage, habe ich immer das Gefühl, wieder in den primitiven Urzustand der Menschheit zurückzukehren. Jetzt hielt mir ein Latino-Typ den Fleischspieß knapp über meine hochgedrückten Brüste. Da ich aber meine gefesselten Hände nicht benutzen konnte und stattdessen den Kopf ein wenig anheben musste, um an das Fleisch zu kommen, versuchte ich, einen Orgasmus ohne Hände zu schaffen. Aber kommt so etwas nicht nur in Bestsellern vor? Trotzdem hatte ich das Gefühl, kurz vor dem weiblichen Pendant eines feuchten Traums zu sein.

Das Fleisch schmeckte pikant gewürzt und vielleicht ein bisschen zu scharf und hatte eine eigenartig glatte Beschaffenheit. Als der Saft auf meine Brüste tropfte, leckte Carlos ihn mit der Zunge auf.

»Hoffentlich kein Meerschweinchen?«, fragte ich argwöhnisch. In Südamerika isst man ja die armen, kleinen Dinger.

»Gott, nein, die sind viel zu klein. Ist kaum was dran. Es ist Herz.«

»Herz? Vom Menschen?«

»Vom Ochsen. Eine Spezialität. Man bekommt das in fast allen Take-Aways neben Hühnchen. Schmeckt es dir nicht?«

»Doch, schmeckt toll.«

Natürlich hatte ich darüber in den Reiseführern gelesen: *anticuchos*, Ochsenherz am Spieß. Ich gebe zu, ich hätte es mir nicht selbst im Restaurant bestellt. Aber ich bin kein mäkeliges Mädchen, und als Carlos mir erneut den Spieß hinhielt, biss ich herzhaft in ein besonders saftiges Stück und kaute genüsslich darauf herum. Nachdem ich einige Stücke Fleisch probiert hatte, hielt Carlos ein Stück vom Maiskolben hoch.

»Ich habe einmal über eine Frau gelesen, die sich bei irgendeiner rituellen Zeremonie von einem Maiskolben vögeln ließ. Vielleicht sogar anal? Der Kolben fühlt sich bestimmt gut an, wahrscheinlich besser als Kondome mit Noppen.«

»Schade, dass man sie beim Take-away nur in Stücken bekommt, aber danke für den Hinweis.« Carlos pikste einige Pommes mit der Gabel auf und bot sie mir an, aber ich war zufrieden mit dem Fleisch und dem Gemüse. Das Korsett war so eng, dass sich mein Appetit in Grenzen hielt. Carlos' dunkle Augen leuchteten, wie ich hoffte, vor Begierde.

»Du bist ganz schön geil, was, Bliss? Bist du immer so? Oder hattest du schon länger keinen Sex mehr?«

Das war *die* Gelegenheit, ihm von dem Sextrio in der Toilettenkabine bei der Zwischenlandung in Aruba zu erzählen. Auch Sex in luftiger Höhe hatte ich schon probiert. Er nickte langsam.

»Also bist du nicht verzweifelt auf Sex aus?«

»Du legst hier den Fahrplan fest – du meinst, du vögelst nicht?«

Er goss etwas Wein in ein Glas und hielt es mir an die Lippen. Ich legte den Kopf an der Kette noch etwas weiter zurück und schluckte, wobei einige Tropfen Wein am Hals hinabrannen und über meine exponierten Brüste liefen. Obwohl die Hälfte danebenging, gab Carlos mir immer mehr, bis ich den Kopf schüttelte und ein gurgelndes Geräusch von mir gab. Schließlich stellte er das Glas ab und leckte den Wein von meinen Brüsten, aber diesmal nahm er abwechselnd meine Spitzen in den Mund, saugte erst leicht daran, dann fester. Wenn er mich jetzt nicht kommen ließ, würde ich explodieren.

Natürlich explodierte ich nicht. Kaum zu glauben eigentlich, nach dem Ausstaffieren, dem Befingern, Nippelsaugen und so weiter. Carlos zog mich einfach wieder aus und brachte mich ins Bett. Allerdings ließ er sich Zeit, als er mich entkleidete, und machte daraus eine weitere sinnliche Zeremonie. Zuletzt streifte er mir die Handschuhe ab, brachte meine Arme langsam wieder in die normale Position und fragte mich, ob ich auf dem Rücken schlief.

»Ja, ich glaube schon. Warum?«

»Warum? Weil ich dir den stärksten Höhepunkt geben

will, den du je in deinem Leben hattest. Aber nicht mehr heute Abend, Bliss, da du wirklich so eigensinnig bist, wie Kip mir erzählt hat. Ich vertraue dir nicht, dass du es dir nicht selbst besorgst.«

Er führte mich zum Sofa und legte mich hin. Als er meine Handgelenke an die Lehne fesselte, kam ich mir fast wie eine Leiche vor.

»So werde ich wohl kaum schlafen können.«

Das Letzte, an das ich mich erinnern kann, war sein ungläubiges Lächeln. Dann brach wieder der Jetlag durch, und ich schlief ein.

Kapitel drei

»Dein Reiseführer steht bereit.«

Ich wachte auf. Carlos hatte wieder seine Freizeitkleidung an und hielt mir eine große Tasse Kaffee hin. Ich richtete mich auf und rutschte auf dem Sofa zurück bis zur Wand. Unglaublich, dass ich mit gefesselten Händen geschlafen hatte, aber Carlos sagte mir, ich habe zehn Stunden geschlafen.

Er löste die Fesseln, damit ich die Tasse allein halten konnte und mich nicht verbrühte.

»Ich muss dringend duschen.«

»Klar. Frühstück? Brot, Toast?«

»Kannst du mir vertrauen, während du Toasts machst?«

In dem schwarzen Outfit und mit dem offenen, schulterlangen Haar sah Carlos schon eher wie ein Mann aus, der seine Frauen gern in Ketten sieht. In dem Anzug, den er im Büro trug, verkörperte er diese Rolle nicht so überzeugend.

»Meiner Erfahrung nach sind es die Männer, die morgens aufwachen und etwas ganz Bestimmtes im Kopf haben. Du läufst gern langsam warm ... oder?«

»Wenn mir so warm wird wie gestern Abend, dann verbrenne ich.«

Sein Lachen war angenehm. Ich überlegte, ob ich noch ein paar Tage in Lima dranhängen sollte.

»Du gehst duschen, und ich mache Toast.« Er ging in die kleine Küche. »Bliss, du sahst toll aus gestern Abend. Kann ich dich nochmal ausstaffieren und dann mit dir in die Stadt gehen? Sightseeing?«

Ich lief sofort warm, überhaupt nicht langsam.

Nach dem Duschen hüllte ich mich in den Bademantel, den er mir gegeben hatte, aß meinen Toast und trank noch einen Kaffee, während Carlos ein paar kurze Telefonate in rasend schnellem Spanisch führte. Spätestens da fiel mir auf, dass meine Sprachkenntnisse in der Spanisch sprechenden Welt nur begrenzt etwas taugen würden.

»Für welche Hilfsorganisation arbeitest du?«

Er sah verdutzt aus. »Hilfsorganisation?«

»Kip meinte, du arbeitest für eine Entwicklungshilfe-Organisation.«

Die Furchen auf seiner Stirn glätteten sich, und er nickte. Das leise Lächeln umspielte wieder seine Mundwinkel. »Ja, aber der Träger ist kein Wohlfahrtsverband. Wir sorgen eher dafür, dass sich hier weitere Firmen ansiedeln und dadurch mehr Arbeitsplätze geschaffen werden, so in der Art. Im Moment habe ich einige Projekte am Laufen, aber das wichtigste startet wohl auf Chiloe, auf einer Insel vor der Küste Chiles. Wahrscheinlich muss ich bald dorthin. Da gibt es jede Menge für uns zu tun.«

»Genau da will ich auch noch hin.« Ich nickte und täuschte höfliches Interesse vor, doch mit den Gedanken war ich schon beim Ankleiden. Obwohl ich möglichst wenig Gepäck mitnehmen wollte, hatte ich eine Aromatherapie-Bodylotion eingesteckt, die ich nun nach dem Duschen aufgetragen hatte. Meine Haut fühlte sich weich und straff an, und ich schätzte, dass Carlos sich das nicht entgehen lassen würde.

»Ich hoffe, du erwartest jetzt nicht, dass es vollkommen anders als gestern wird«, sagte er leise. »Das Korsett sieht super an dir aus. Deine Taille kommt so viel besser zur Geltung. Und ich möchte, dass du dir bei jedem Atemzug bewusst machst, dass du es trägst.«

Für mich war das okay, obwohl ich bei seiner letzten Bemerkung an einen Meditationskurs denken musste, wo man sich jedes Atemzugs bewusst sein sollte. Vielleicht wirkten sich Fesselspiele ja vorteilhaft auf meine Spiritualität aus. Wieder ließ ich mich schnüren, doch ich hätte schwören können, dass Carlos diesmal fester zog. Er sagte mir, ich solle den schwarzen Slip, den Rock und das Top anziehen, das ich gestern getragen hatte, als er nach Hause kam. Schließlich holte er die Schaftstiefel aus dem Schrank.

»In denen werde ich nicht weit kommen«, beklagte ich mich.

»Wir lassen uns Zeit.« Carlos ging in die Hocke, um mir bei den Stiefeln zu helfen, und zog mir das weiche Leder dann bis hinauf zu meinen Oberschenkeln. Mein Rock reichte gerade bis zum Rand der Stiefel. Da ich schon in den Stilettos geübt hatte, konnte ich ganz gut in den Stiefeln laufen, aber auch nur, wenn ich wie ein Model auf dem Catwalk ging und schön einen Fuß vor den anderen setzte. Allerdings fand ich, dass ich eher wie eine Pariser Nutte aussah: meine Brüste quollen aus dem tiefen Ausschnitt des Tops, und meine Nippel zeichneten sich deutlich unter dem dehnbaren Stoff ab.

»Mehr Gothic-Style als Nutte«, versicherte er mir und legte mir einen Choker aus schwarzem Samt um den Hals. Das Accessoire war nur halb so breit wie der Reif am Abend, aber die Ähnlichkeit reichte schon aus, um mein sexuelles Warmlaufen voranzutreiben. Ich war überrascht, dass das Gothic Revival auch Peru erreicht hatte, und fragte, ob ich nicht als Gräfin Dracula gehen könne. Mit Carlos' Erlaubnis schminkte ich mir die Lider schwarz und trug dunkelroten Lippenstift auf. Schließlich reichte er mir ein Paar schwarze Handschuhe.

»Wenn du glaubst, dass ich mit auf den Rücken gefesselten Händen durch Lima ziehe ...«

»Nein. Aber ich möchte sie festmachen, wenn's genehm ist. Vertrau mir, Bliss. Niemand wird es sehen.«

Die Handschuhe gingen knapp bis über die Handgelenke und hatten eine unschuldig wirkende Verzierung aus geflochtenen Schleifen und Perlenstickereien, aber Carlos zeigte mir, dass die Schleifen an einem Handschuh sich mit den Perlen auf dem anderen verhakten.

»Ich glaube, ich vertraue dir. Es ist sowieso wahrscheinlicher, dass du einen Bekannten triffst, nicht ich. Und die Tour wird auf jeden Fall ein Abenteuer.«

Kirchen und Museen stehen für gewöhnlich ganz unten auf meiner Liste bei Sightseeing-Touren. Ich hänge lieber in Cafés ab, schlendere durch die Einkaufspassagen oder beobachte von einer Parkbank aus, wie die Leute an mir vorbeiziehen. Doch an diesem Tag fand ich die Idee prima, mir mit Carlos die Stadt anzusehen. Obwohl ich zu Hause lautstark verkündet hatte, ich könne mir auf Dauer keine Karriere als Textildesignerin vorstellen, musste ich mir unbedingt die Sammlung von Webarbeiten aus der Vor-Inka-Zeit in der privaten Ausstellung in Miraflores ansehen. Also überredete ich Carlos, einen Termin am späten Nachmittag zu vereinbaren, was für mich bedeutete, dass ich die Zeitspanne für langweilige Kirchenbesichtigungen und Glasvitrinen geschickt verkürzt hatte.

Wir fingen mit den großen Museen an, die in der ganzen Stadt verstreut lagen. Meine Füße wurden in den waghalsigen Stiefeln nicht allzu stark beansprucht, weil wir mit dem Auto bis vor die Museen fuhren und uns dann ein paar Ausstellungsstücke ansahen. Mich überraschte es kaum, dass Carlos sich ein wenig zu lange bei den Vitrinen mit den Instrumenten der spanischen Inquisition aufhielt. Auch die Reichtümer im Goldmuseum schienen ihn zu faszinieren. Im Stadtzentrum sahen wir uns die Kathedrale an, und ganz in der Nähe erhaschte ich zum ersten Mal einen Blick auf die Straßenverkäufer in ihren traditionellen Trachten. Ich war begeistert, doch Carlos meinte, davon würde ich noch jede Menge in Cuzco sehen. Zum ersten Mal sah ich auch ein McDonald's Restaurant, worüber ich ein bisschen enttäuscht war.

»Was erwartest du?«, fragte er belustigt. »Auch wir leben hier in der Zivilisation, musst du wissen. Okay, es ist nicht Europa, aber auch nicht die Dritte Welt.«

»Kann sein. Es ist nur so, dass man überall auf der Welt dasselbe sieht. Bald geht man über eine Straße und weiß nicht mal mehr, ob man in Bogotá oder Bognor ist.«

»Du warst offensichtlich noch nicht in Bogotá.«

»Stimmt, und ich wette, dass du noch nicht in Bognor warst.«

Carlos beschloss, ein leichtes Mittagessen würde genügen, da er mich am Abend noch in das beste Fischrestaurant mitnehmen wollte. Das kleine vegetarische Café war nur halb voll, und Carlos entschied sich für einen Ecktisch im hinteren Bereich und setzte sich neben mich. Wir waren mehrere Tische von den anderen Gästen getrennt; wahrscheinlich Sekretärinnen, die Mittag machten, und Rucksacktouristen aus den USA und Europa – Gringos eben. Der gut aussehende Kellner mit dem dunklen Teint war offensichtlich indianischer Abstammung und begrüßte Carlos freundlich. Carlos bestellte einfach, ohne mich zu fragen oder einen Blick in die Speisekarte zu werfen.

»Darf ich mir mein Essen gar nicht selbst aussuchen?«, beklagte ich mich.

Er lächelte wieder sein dünnlippiges, rätselhaftes Lächeln. »Es hat mir gestern Abend so viel Spaß gemacht, dich zu füttern, dass ich es noch mal machen möchte.«

Ehe ich richtig begriff, was er mir sagen wollte, schnellte seine Hand um meine Taille herum und packte mein linkes Handgelenk, während seine Rechte meine rechte Hand packte. Er brauchte nicht mal hinzusehen, als er beide Handschuhe miteinander verband.

»Carlos, wir sind hier in der Öffentlichkeit. Du hast gesagt, niemand würde was sehen«, zischte ich. Er beugte sich in meine Richtung, und in seinem Lächeln lag nun etwas Triumphierendes. Den linken Arm hatte er mir immer noch um die Taille geschlungen, sein rechter Arm ruhte auf der Tischplatte.

»Es wird auch niemand etwas sehen«, murmelte er. »Solange du nicht an den Handschuhen reißt.«

Bei meinem nutzlosen Versuch, die scheinbar simpel miteinander verhakten Handschuhe zu lösen, bewegten sich meine Brüste in den kleinen Körbchen des Korsetts. Sein Blick ruhte auf meinen Titten, und als ich seinem Blick folgte, sah ich, dass meine Nippel vor Erregung hart geworden waren.

Bevor ich mir ausreden konnte, mit dem Gezerre aufzuhören, hob Carlos die Hand und rieb über meinen Nippel. Vor Erregung schloss ich die Augen, auch aus Angst, jemand könne mich beobachten; ich fühlte, wie mir die Hitze ins Gesicht stieg. Inständig hoffte ich, dass die anderen Gäste zu weit entfernt saßen und zu sehr mit ihrem Essen beschäftigt waren, um uns wahrzunehmen. Aber ein Teil von mir schmolz dahin, trotz der peinlichen Situation. Ich zerschmolz zu einer zähen Lache in meinem Slip, um genau zu sein.

Nun widmete er sich dem anderen Nippel und drückte ihn fester. Meine Augen bewegten sich hinter den Lidern, ehe ich meinen Blick zwischen den Cafégästen, Carlos' Gesicht, den Bewegungen des Kellners und meinen inzwischen schnell auf und ab wippenden Brüsten hin und her schnellen ließ. Beschämt und hilflos sah ich den Kellner auf uns zukommen, aber Carlos hatte die Hand bereits weggezogen, als die beiden Gläser mit gelblichem Saft serviert wurden. Ruhte der Blick des Kellners nun voller Bewunderung oder Verachtung auf mir? Oder hatte ich mir nur eingebildet, dass seine Augen etwas anderes sahen als einen Freier und eine Nutte?

Der Saft schmeckte köstlich; Papaya und Mango, wie Carlos mir erklärte, während ich den Nektar mit dem Strohhalm aufsog. Seine Hand schloss sich zu meiner Erleichterung um das Glas, und ich entspannte mich; allerdings nicht lange. Der Arm, der eben noch meine Taille umfasst hatte, wanderte jetzt auf meinen Schoß. Carlos aber sog lässig an seinem Strohhalm, stahl sich mit seiner Hand meine von der Lotion samtigen Schenkel hinauf und rieb über meinen Slip.

»Ich vermute, es geht um Macht«, sagte ich trotzig, fast herablassend, während seine Hand über das feuchte Satin strich.

Er lachte wirklich belustigt. »Natürlich geht es um Macht. Aber nicht nur um das, Bliss. Ein Teil meines Vergnügens besteht darin, dir Lust zu verschaffen, aber es macht mich auch an, wenn ich sehe, dass du nicht reagieren kannst.«

»Und wieso bereitet es dir Vergnügen, mich in aller Öffentlichkeit zu demütigen?«

»Ach, Bliss, das bereitet dir doch Vergnügen, oder nicht?«

Natürlich hatte er recht. Mögen wir nicht alle das Element der Gefahr, sich in der Öffentlichkeit danebenzubenehmen? Und sei es als Teenager, wenn man im Zimmer herumknutscht, obwohl Mum jeden Moment ins Zimmer platzen könnte? Oder wenn man sich in der letzten Kinoreihe begrapschen lässt?

»Also wenn das, was ich dort unten fühle, kein Beweis von Vergnügen ist, dann musst du dir wohl in die Hose gemacht haben.«

»Sehr lustig«, entgegnete ich, aber ich musste lächeln. »Die Sache ist nur, Carlos, wo willst du aufhören? Gefesselt zu werden habe ich immer in Verbindung gebracht mit Peitschen und Schlägen, und darauf stehe ich nicht so.«

»Ich auch nicht«, versicherte er mir. »Ich brauche dir nicht wehzutun. Außerdem hat es keinen Sinn, dominieren zu wollen, wenn der andere sich nicht unterwerfen will. Das eine funktioniert nicht ohne das andere. Aber erzähl mir nicht, die Fesselspiele gefallen dir nicht. Deine Reaktionen jedenfalls sprechen bisher für sich.«

Als müsse er es mir beweisen, glitt er mit den Fingern in meinen Slip und tauchte ganz in meine feuchte Glut. Es fiel mir schwer, mein Stöhnen zu unterdrücken, da er meine Perle suchte und ganz leicht, aber schnell über ihre Spitze strich. Ich glaubte, das Vibrieren eines Elektroschocks zu spüren. Er zog die Hand zurück, führte sie an die Lippen und lächelte neugierig.

»Ich denke, ich habe recht.«

Der Kellner kam mit einem großen Tablett mit verschiedenen Gemüsegerichten, die er zwischen uns stellte, dazu zwei Teller und Besteck. Ich hätte beinahe gesagt, er solle sich keine Mühe machen, da ich ohnehin kein Messer halten konnte. Und da er das Glas wegstellte, weil er Platz für den Teller brauchte, war nun auch der Strohhalm außer Reichweite.

Und wieder fand ich mich damit ab, gefüttert werden zu

müssen, und wieder verspürte ich dieses Kribbeln. Warum es aber ein Unterschied war, das Essen von Carlos' Gabel zu bekommen und nicht mit der eigenen Gabel aufzunehmen, vermochte ich auch nicht zu sagen. Vielleicht lag es daran, dass ich mich ihm gehorsam fügte, aber was blieb mir auch für eine Wahl? Wie auch immer, das Essen schmeckte toll. Es gab Kartoffeln in Erdnusssauce, hart gekochte Eier, Avocado, rote Beete in einer cremigen Mayonnaise und Mais. Er versorgte uns beide abwechselnd, und sobald er die Gabel an meine Lippen führte, machte ich den Mund bereitwillig auf und stellte mir vor, dass ich die dunkelrot geschminkten Lippen für alles öffnen würde, was er dazwischenschieben wollte. Wer weiß, vielleicht komme ich sogar ohne Sex aus und begnüge mich mit meinen Fantasien. Als wir zu Ende gegessen hatten, hörte ich endlich auf, den Kellner zu beobachten. Es war mir auch egal, was er von dem Gast an Tisch 15 dachte, der sich wie ein Kleinkind füttern ließ.

Nach dem Essen löste Carlos meine Fesseln, und nachdem ich wieder auf meinen High Heels über die Plaza de Armas stolziert war, fuhren wir nach Norden und überquerten den Fluss, bis Carlos auf einem freien Gelände parkte.

»Ich möchte dir einen Teil von Lima zeigen, den die meisten Touristen nicht zu sehen bekommen«, sagte er, als wir über die volle Straße gingen. Ich konnte mir nicht vorstellen, dass es dort irgendetwas zu sehen gab; der Fluss sah bräunlich und verschmutzt aus, und die Straße war voller Autos. Dann erst, als wir die Straße überquerten, sah ich, was er meinte. Entlang des Flussufers zogen sich behelfsmäßig errichtete Hütten aus Holz und Karton. Als Dächer dienten alte, schmutzige Teppiche, die auch als Türen benutzt wurden. Und auch wenn die Behausungen nicht viel größer waren als Strandhütten, so lebten in einigen eine Schar schmutzige Kinder und ihre Eltern oder ein altes, hoffnungslos dreinblickendes Paar. Wir kamen um eine Ecke; die kreuz und quer verlaufenden Hütten nahmen kein Ende.

»Das ist natürlich besser als ein McDonald's an jeder Straßenecke«, sagte er trocken.

»Oh, verdammt, Carlos, wie kannst du das miteinander vergleichen?«, rief ich, ärgerte mich aber mehr über den Dreck als über seine Worte. »Glaubst du nicht, dass der Vergleich pervers ist?«

Er zuckte mit den Schultern. »Perverser als Leute, die in den Straßen von London schlafen? London ist viel wohlhabender als Lima. Was ist schlimmer: einen Obdachlosen auf dem Weg zu einem Hamburger-Restaurant zur Seite zu stoßen oder auf dem Weg zum Ritz?«

»Okay«, räumte ich ein wenig verwirrt ein. »Ich denke darüber nach. Dann können wir später weiterdiskutieren.«

Sein Lachen klang fast zärtlich. »Wenn ich deine Arme wieder in den Handschuhen habe, wenn deine Titten zum Himmel zeigen, wenn ... ich denke, ich sollte dich heute Abend mit dem Choker an die Wand ketten –«

Er brach den Satz ab und verschloss meinen Mund mit seinem. Wenn seine letzten Worte ihn angetörnt hatten, dann mich nicht weniger. Zum ersten Mal küssten wir uns richtig, unsere Zungen erkundeten die weiche Wärme unserer Münder. Er zog mich eng an sich, und ich spürte seinen harten Schwanz. Es war mir egal, wo wir waren, also drückte ich gegen seinen Steifen, während Carlos mir mit beiden Händen über den Arsch strich. Schließlich wanderten seine Finger unter meinen Rock und in meinen Slip. Meine Lider wurden schwer vor Begierde, doch plötzlich sah ich einen alten Mann, der uns von der Teppichtür einer Hütte aus zusah. Ich unterbrach den Zungenkuss.

»Carlos, wir haben Zuschauer.«

Doch er ging darauf nicht ein, drehte mich so, dass ich auf einen Holzzaun schaute, und befingerte mich weiter in meinem Slip. Als ich zum Protestieren ansetzte, verschloss er wieder meinen Mund mit einem Kuss und strich mit einem Finger über die überhitzte Feuchtigkeit zwischen meinen Beinen. Die andere Hand ruhte auf meiner Taille, unter dem Rock. Ich versetzte mich in den alten Mann, der eine junge Frau sah, die nuttig aufgemacht war und sich von einem Mann den Rock hochschieben ließ, sodass der Slip zu sehen war. Aber nicht nur das sah man, denn jeder Passant hätte sehen können, dass Carlos meine Muschi mit der Hand verwöhnte. Schließlich unterbrach Carlos den Kuss und redete den Alten auch noch an! Beschämt senkte ich den Kopf, doch gleichzeitig war ich kurz vor meinem Höhepunkt, während Carlos' Finger leicht über meinen Kitzler streichelte und in meine nasse Spalte fuhr.

Doch auch diesmal ließ er mich nicht kommen. Nachdem der alte Mann ihm lachend etwas zugerufen hatte, zog Carlos seine Hand unter dem Rock hervor und zeigte sie dem Mann. Sie lachten beide, und da schob Carlos mich auch schon wieder in Richtung Auto. Ich konnte dem Alten nicht in die Augen sehen und hatte das Gefühl, dass mein Gesicht in Flammen stand.

»Schön, oder?«, neckte er mich.

»Gott verdammt, Carlos, ich kann nicht glauben, was du da eben gemacht hast.«

Er täuschte Erstaunen vor. »Was, weil ich dich nicht kommen ließ? Ich sagte ja schon, dass du das später erleben wirst –«

»Ach, sei still! Du weißt genau, was ich meine.«

»Ach so, *das*.« Ich schaute auf und sah, dass er wieder

lächelte. »Du meinst, du kannst nicht glauben, dass ich dich angetörnt und gleichzeitig einem alten Mann eine geile Show geboten habe? Also für mich ergibt das Sinn.«

Als wir ins Auto stiegen, beruhigte ich mich wieder. Was soll's, verdammt noch mal? Solange ich nicht vor einer BBC-Kamera gestanden hatte, die gerade eine Dokumentation über die Slums von Lima drehte, würde niemand je davon erfahren.

Abgesehen davon, dass ich mich darauf freute, es endlich richtig besorgt zu kriegen, war ich froh, wieder in der Wohnung zu sein. Ich hatte mich zwar auf mein grelles Outfit konzentrieren können, aber ständig Bedenken gehabt, ob es nicht doch zu nuttig war. Und außerdem war da noch meine Angst oder auch mein geheimer Wunsch, Carlos könne jeden Augenblick beschließen, mich in aller Öffentlichkeit zu befingern.

Ich befürchtete schon, er würde mich wieder warten lassen und mich erst nach dem Essen ficken. Mit vollem Magen bin ich aber nicht so scharf auf Sex, und obwohl es gar nicht ums Essen ging, ließ er mich trotzdem zappeln. Das Warten zog sich schmerzvoll in die Länge.

Es war fast sechs Uhr, als wir zurückkamen. Carlos schenkte uns beiden Bier ein und brachte einen Toast aus. »Auf die Vorfreude.«

»Hört sich gut an.« Ich erhob mein Glas. »Aber lange müssen wir uns damit doch nicht begnügen, oder?«

»Etwas länger schon«, sagte er in rätselhaftem Ton, stellte sein Glas ab und tauchte in den Kleiderschrank ab. »Zieh doch schon mal Rock und Top aus.«

Das kalte Bier ließ mich erschauern, oder war das schon die Lust? Ich zog mich schnell aus, da er sowieso nicht hinsah. Da er davon gesprochen hatte, mich mit dem Choker an die Wand zu fesseln, spürte ich schon wieder meine Sexmuskeln und meine vor Erregung harten Spitzen.

Carlos schaute fast wie abwesend von seiner Trickkiste auf. »Slip.« Stumm gab er mir zu verstehen, die Unterwäsche auszuziehen, und kurz darauf stand ich vor ihm, nur noch im Korsett, mit Choker und Schaftstiefeln. Ich war ganz aufgeregt, als er mir den samtenen Choker abnahm und mir den anderen um den Hals legte, den ich die Nacht zuvor getragen hatte. Handschuhe fehlten allerdings. Stattdessen kramte er zwei schwarze Lederriemen hervor, die er mir um den Leib legte; einen unterhalb meiner Brüste um das Korsett, den anderen um meine Hüfte, genau da, wo das Korsett endete.

»Ich glaube, es ist Zeit, dich ins Bett zu bringen«, meinte er, und seine Augen verengten sich. Ich wollte mir meine Enttäuschung schon anmerken lassen – denn was war mit der Vorfreude, und wieso wurde nichts aus dem Anketten an die Wand? Doch stattdessen entwich mir ein leises Stöhnen, als Carlos einen kurzen Lederriemen mit einer der Kettchen an meinem Choker verband. Unweigerlich musste ich an ein Hundehalsband denken, und dann zerrte er mich auch fast wie einen großäugigen Welpen ins Schlafzimmer. Zitternd vor Aufregung stöckelte ich hinter ihm her, und als er mich aufs Bett drückte und die kurze Leine am Kopfende des Bettgestells befestigte, wäre ich beinahe ohnmächtig vor Begeisterung geworden.

»Ich muss noch mal weg, und da ich befürchte, dass du es dir selbst besorgen wirst, muss ich dich leider so lassen … das macht dir doch nichts aus?«

»Was meinst denn du?«, fragte ich mit bedeutungsschwerer Stimme zurück. Er lächelte, und seine schmalen Lippen hatten etwas Grausames.

»Gut, da wäre noch eine Sache.«

Er spreizte meine Beine, und ich dachte, er würde wieder meine Vorfreude steigern. Stattdessen schlang er um jedes Fußgelenk eine schwarze Schelle und befestigte sie am Fußende des Bettes. Jetzt, da ich am Hals und an den Füßen angekettet war und die Arme dicht am Körper gefesselt waren, war mein erster Gedanke, dass ich vergehen würde vor Begierde, wenn Carlos zu lange wegbliebe.

»Oh, und noch was«, fügte er hinzu und kam mit seinem Gesicht dicht an meins. »Liegst du bequem, Bliss?«

Ich nickte.

»Prima. Kannst du den Kopf etwas anheben?«

Ich dachte, er würde überprüfen, ob ich noch genügend Bewegungsfreiheit an den Ketten hatte. Doch er nutzte die Gelegenheit, um mir mit einem dicken, schwarzen Tuch die Augen zu verbinden.

»Carlos, das macht mir doch ein bisschen Angst.«

Da ich ihn jetzt nicht mehr sehen konnte, klang sein Lachen fast teuflisch.

»Ja, mag sein. Denn wenn ich zurückkomme, dann weißt du nicht mal, ob ich es wirklich bin, oder?«

Ich wimmerte.

»Wie wäre es, wenn ich den Wohnungsschlüssel dem alten Mann gegeben habe, den wir heute sahen?«

»Carlos, hör auf!« Ich klang angespannt.

»Ich bot ihm an, dich anzufassen, aber er lehnte ab. Nimm's dir nicht zu Herzen. Ich glaube, er hatte einfach nur Angst, dass ich ein Durchgeknallter war, der ihn verprügeln würde, sobald er dich anfasste.«

»Das hast du ihm doch wohl nicht angeboten?«, rief ich entsetzt.

»Doch, ich fragte ihn, ob er nicht auch mal einen Finger in

deine Spalte stecken wolle, und zeigte ihm, wie nass du warst.«

Wieder stand mein Gesicht in Flammen, aber Carlos trieb die Demütigung auf die Spitze, als er mich plötzlich mit zwei Fingern penetrierte. Drei-, viermal stieß er mit den Fingern in mich, während ich meinen Rücken durchbog, doch dann hörte er genauso abrupt auf, wie er angefangen hatte.

»*Hasta la vista*«, sagte er spöttisch und verließ das Zimmer. Kurz darauf hörte ich, wie die Wohnungstür ins Schloss fiel.

Die Zeit schien stillzustehen. Ich hätte schwören können, dass Carlos stundenlang weg war, aber ich wusste ja, dass wir für neun Uhr einen Tisch reserviert hatten. Jetzt bedauerte ich, dass ich mich auf die Vorfreude eingelassen hatte. Woher sollte ich schließlich wissen, ob er nicht beschlossen hatte, meine Vorfreude noch weiter hinauszuzögern, und einfach allein essen gegangen war ... oder schlimmer noch: mit jemand anders? Oder würde er vielleicht sogar mit ihm oder ihr zurückkommen und mich ausliefern, da ich hilflos und gefesselt war?

Egal, solange nicht der alte Mann aufkreuzte; wenn ein Freund oder eine Freundin von Carlos käme, würde mir das nichts ausmachen. Aber wenn mir keiner das Tuch abnahm, woher sollte ich dann wissen, wer es mit mir machte? Ich quälte mich mit der Vorstellung, was alles passieren könnte. Viel mehr quälte mich dann der Gedanke, Carlos würde das Gleiche mit mir anstellen wie am Abend zuvor und mich wieder auf die Couch binden, ohne mich kommen zu lassen.

Endlich hörte ich die Wohnungstür. Ich rief seinen Namen, aber niemand antwortete. Die Zeit verstrich, und dann kam er – zumindest jemand – ins Schlafzimmer.

»Carlos?«, tastete ich mich vor. Eine Hand legte sich auf meinen Mund, und ich erstarrte. Ich dachte, es wäre seine Hand, fasste es aber als Warnung auf, nichts zu sagen. Die Hand verschwand wieder. Er schien zufrieden zu sein, dass ich den Mund halten würde. Die Hand wanderte zu meinen Brustspitzen, erst zur einen, dann zur anderen, und knetete sie leichter und dann fester. Schließlich streichelte die Hand über meinen Venushügel, zupfte leicht an den Haaren und übte genug Druck aus, um meinen Kitzler zum Pulsieren zu bringen. Wieder rutschte die Hand weiter, verwöhnte meinen Punkt mal leichter, mal fester, aber immer schien der Unsichtbare zu ahnen, dass ich kurz vorm Höhepunkt war. Denn er ließ rechtzeitig von meinem geschwollenen Knopf ab und drang in meine feuchte Spalte. Und immer noch wusste ich nicht, ob ich es mit Carlos zu tun hatte. Ich nahm seinen charakteristischen Duft nicht wahr, aber hatte er denn an diesem Morgen überhaupt nach dem Cologne geduftet, oder nahm er das nur, wenn er ins Büro ging? Zumindest beruhigte ich mich mit dem Gedanken, dass dort kein dreckiger alter Mann über mir war.

Plötzlich lösten sich die Ketten an meinen Fußgelenken. Ein Körper, warm, muskulös und von feinen Haaren überzogen, legte sich auf mich. Da ich jetzt sicher war, dass es Carlos war, schlang ich ihm meine Beine um die Hüften, aber er legte sie sich über die Schultern und verband die Fußfesseln wieder miteinander. Ein Schwanz drückte gegen meine Spalte und drang problemlos in mich, und ich stieß mich ihm entgegen. Der Schwanz füllte mich wunderbar aus, und da ich mich schon so viele Stunden hatte gedulden müssen, war es mir sogar egal, ob mich jetzt Carlos vögelte oder jemand anders. Der Choker hinderte mich in meinen Bewegungen und legte sich enger um meinen Hals, als der Unbekannte mich mit harten Stößen nahm. Ich begehrte gegen die Fesseln auf, weil ich an meinen Kitzler wollte, aber als unsere Bewegungen immer heftiger wurden, spürte ich einen Finger an meiner Perle – nein, es war kein Finger, denn plötzlich hörte ich ein Summen. Meine Sexmuskeln zogen sich zusammen, als die Stöße des Schwanzes und die Massage des Vibrators mir den besten Orgasmus verschafften, den ich je in meinem Leben hatte.

Natürlich musste ich Lima verlassen. Ich saß in einem Gästehaus in Cuzco und rechtfertigte meine Entscheidung.

Kip, du Bastard, das hast du mit Absicht getan. Du wusstest, dass ich auf ihn abfahren würde. Und ich wette, du hast dir vor Schadenfreude deine kleinen, weißen Hände gerieben, als du dir vorstelltest, wie ich gefesselt dalag. Okay, nach vier Tagen entkam ich dem schwarzen Tuch und den Ketten, und ich spreche nicht von der Art, wie sich ein Houdini befreit. Ich nahm einfach einen Flieger und war fort. Grüße, Bliss.

PS Ich entkam, verdammt noch mal, und treffe ihn in ein paar Wochen in Chile wieder.

Ich musste einfach weg. Ich wollte nur zwei Tage in Lima bleiben, und am dritten Tag bat ich Carlos, mir einen Flug zu buchen. Denn schließlich war ich nach Südamerika gekommen, um was zu sehen: was brachte es dann, wenn ich verbundene Augen hatte? Und anstatt brav durch den Regenwald zu stapfen, war ich guter Dinge und hilflos auf ultrahohen Absätzen durch Lima gestöckelt. Aber wie ich es Kip schon schrieb, ich konnte mich nur deshalb von ihm trennen, weil ich wusste, dass wir uns wiedersehen würden. Nach einer Dosis Sightseeing und Abenteuertouren wäre ich wieder mehr als bereit, mich Carlos' Ketten zu unterwerfen.

Früh am nächsten Morgen war ich in Cuzco angekommen und hatte mir in Ruhe die schöne Stadt angesehen. Die Reiseführer raten bei der Höhe, man solle sich erst einige Tage akklimatisieren, ehe man sich auf den Inka-Pfad wagt. Carlos hatte recht: In Cuzco gab es wirklich jede Menge Indios in traditioneller Kleidung, doch meistens waren es die Frauen. Traditionelle Kleidung bei Männern beschränkte sich auf Jeans und Bomberjacken. Die Frauen verkauften alle irgendetwas, und obwohl ich befürchtete, dass man mir mindestens einen Pullover aus Alpaka-Wolle aufquatschen würde, hatte ich mich bislang mit einem geknüpften Band für mein Handgelenk begnügt. Als ich es enger zog, musste ich wieder an Carlos denken.

Ich machte mich an die nächste Postkarte. Das Gästehaus war wie geschaffen fürs Chillen. Die einzelnen Zimmer gingen alle von einer zentralen Halle ab, die ein Glasdach hatte. Überall standen Sofas zum Abhängen. Ich hatte mich schon mit einem Pärchen aus Deutschland und zwei Mädchen aus England unterhalten, aber die meisten Gäste waren wohl noch unterwegs in der Stadt.

Liebe Rachel, ich schätze, du trittst dir selbst in den Hintern …

»Hallo! Was dagegen, wenn ich mich zu dir setze?«

Das war eindeutig ein australischer Akzent, was okay für

mich war. Noch besser wurde es, als ich von meiner Karte aufschaute.

Der Typ war groß, bestimmt 1,85 Meter? Er hatte breite Schultern und sah sportlich und durchtrainiert aus, aber ohne die angezüchteten Muskeln aus dem Fitness-Studio. Er trug eine kurze Hose im Armylook und ein khakifarbenes T-Shirt. Die Haut war schon schön braun, das Gesicht groß und breit. Sein Haar war so blond, wie man es nur mit Peroxid hinbekommt. Carlos verblasste schon in meiner Erinnerung, selbst Gabriel Byrne, und ich leugnete, je was für dunkelhaarige Männer übrig gehabt zu haben.

»Ich muss auch noch ein paar schreiben«, sagte er fast mitfühlend und deutete auf einen Stapel Karten. »Toll hier, oder? Wir sind heute Früh aus Lima gekommen.«

»Ich bin seit gestern hier«, erklärte ich. »Habe aber noch nicht viel unternommen. Ein bisschen die Stadt angesehen, um mich zu akklimatisieren.«

»Du willst auch den Inka-Pfad machen?«, fragte er.

»Klar. Ich habe mich noch keiner Gruppe angeschlossen.«

»Oh, wir sind auch in keiner Gruppe. Kann ich nicht ausstehen. Das ist die letzte Chance, allein loszuziehen, weißt du?«

»Na klar. Soll ich dir mal was erzählen ...?«

Und dann erzählte ich ihm, wie es dazu gekommen war, dass ich allein unterwegs war. Die ganze Zeit sah ich ihm in die blauen Augen und dachte, wir könnten bald für Bruder und Schwester gehalten werden, wenn die Sonne mich schön bräunte und mein Haar aufhellte. Aber wollte ich denn in ihm einen Bruder sehen? Was für ein tolles Paar wir doch abgeben würden!

Während er Mitleid hatte mit meiner misslichen Lage, kam ein zweiter großer Typ aus einem der Räume und ließ sich neben dem Australier ins Sofa plumpsen.

»Hey, Red. Hatte deine Stimme gehört. Hast du das Bier?« Er lächelte mir zu und hielt mir die Hand hin. Er sah nicht so gut aus wie sein Kumpel, aber seine Anziehungskraft lag eher in der tiefen, leicht rauen Stimme, die ungemein sexy war. »Robbie. Wie geht's?«

»Ganz gut, Robbie. Ich heiße Bliss.« Ich sah seinen Freund an und zog die Brauen hoch. »Und du bist ... Red?«

Er lachte. »Nein, nicht Red, Rad. Das muss am Akzent liegen.«

»Hm. Also, ich höre da kaum einen Unterschied, wenn du die Namen aussprichst, aber ich bevorzuge Red. Wenn das für dich okay ist.«

»Keine Sorge. Ich heiße Magnus Radberg, aber ich bin nicht scharf auf Magnus.«

»Schwedisch?«

»Drei Generationen zurück.«

»Du weißt ja wohl, dass Magnus groß auf Latein heißt ... na klar weißt du das. Deine Lehrer werden dir das wohl dauernd erzählt haben.«

»Stimmt.« Er lachte. Fast entschuldigend schaute er zu Robbie. »Das glaubst du nicht, Kumpel, aber ich habe nach Postkarten geschaut und dabei ganz das Bier vergessen. Die Höhe schlägt mir schon auf den Kopf. Ich zieh noch mal los.«

Robbie schüttelte den Kopf. »Mann, diesen Trip schaffen wir nicht mit Wasser. Ich geh selbst. Und wenn du schon mit Karten anfängst, muss ich mir auch welche holen.«

Als er loszog, machten Red und ich uns an die Karten, doch mit den Gedanken war ich nicht mehr nur beim Formulieren.

Wir hörten mit dem Schreiben auf, als Robbie mit drei großen Flaschen Cusquena zurückkam, dem Bier aus der

Gegend. Red meinte, ich könnte noch mehr im englischen Pub bekommen, und nachdem ich das Bier getrunken hatte, ging ich erst mal duschen. Ich hatte bereits festgestellt, dass das heiße – oder eher lauwarme – Wasser nur in Intervallen kam, und da ein Deutscher mir gesagt hatte, um fünf Uhr wäre es am besten, ging ich um die Zeit los. Seit meiner Ankunft in Peru hatte ich schon zwei kalte Duschen gehabt, aber wenn ich weiter auf so tolle Typen traf, machte mir das nichts aus.

Ich muss zugeben, dass ich im englischen Pub ganz schön betrunken war. Es war Happy Hour, und der Pisco Sour hat viel mehr Prozent, als ich gedacht hatte. Zumal ich ja bislang nur einen kleinen Aperitif in dem edlen Fischrestaurant in Miraflores probiert hatte. Das Problem ist, wenn du mehr als fünf unterschiedliche Drinks hattest, dann bist du irgendwann unweigerlich blau.

Aber ich bin kein Drückeberger und ertrug noch ein paar Bier zum Abendessen. Wir hatten echt Spaß in einer multinationalen Gruppe Rucksacktouristen. So ging es auch die nächsten Tage weiter, aber immerhin tranken und alberten wir nicht nur, sondern sahen uns auch was in der Stadt an und erkundeten das Tal, das wirklich atemberaubend war. Als Robbie dann schließlich wie jeden Tag zum Internet Café aufbrach – er war ein echter E-Mail-Junkie –, verbrachten Red und ich den Nachmittag in meinem Zimmer.

Die S&M-Leute benutzen den Ausdruck ›Vanilla Sex‹, wenn sie normalen Sex meinen. Und ich wusste plötzlich, warum. Mit Red zu vögeln war echt klasse, aber wenn ich an Carlos denke, dann fehlte so ein bisschen der Kick. Doch ich wollte nicht vergleichen und hatte Spaß daran, die Initiative zu übernehmen, weil ich zuletzt immer total hilflos und passiv gewesen war. Ich ritt ihn in allen erdenklichen Positionen, und er wäre fast schon in seiner Hose gekommen, als er mich mit Seidenstrümpfen und Strapsen sah – wahrscheinlich waren Mädels in schwarzen Dessous rar gesät im Rucksackurlaub.

Und verdammt, er war echt groß! Der Name Magnus passte wirklich genau zu ihm. Aber Red war ja sowieso sehr groß, ich hätte mich also nicht wundern sollen, wie lang und dick sein Schwanz war. Als wir zum ersten Mal vögelten – und er sich beim Anblick der Dessous beruhigt hatte –, war ich einfach schon begeistert, eine Weile auf ihm zu reiten, wobei ich mir Zeit ließ und seinen harten, langen Schwanz in mir genoss. Der Sex nach Carlos war hemmungslos und geil, aber irgendetwas fehlte ... unter anderem die Fesseln.

Von da an war klar, dass wir den Inka-Pfad zusammen machen würden. Die Jungs hatten ein großes Zelt bei – mussten sie ja auch, denn wie hätten sie beide sonst da hineingepasst – und meinten, einer mehr würde schon noch gehen. Wir standen für unsere Zugtickets an und brachen eines Montagmorgens noch vor Anbruch der Dämmerung auf.

Die Zugfahrt war surreal. An jedem noch so kleinen Bahnhof stiegen Frauen in traditioneller Kleidung zu und verkauften jede Menge Nahrungsmittel. Eine saß uns fast genau gegenüber und schnitt Scheiben von einem noch heißen Braten, einfach so auf dem Schoß. Wer weiß, was noch alles auf ihrem Rock gelegen hatte; jedenfalls war der Geruch nicht besonders appetitanregend. Der Zug wurde immer voller, und schließlich saßen die Leute auf dem Boden, sogar eine Frau, die ihr Kind stillte. Dann erreichten wir Kilometer 88, den Ausgangspunkt des Trails. Wir schulterten unsere Rucksäcke, bahnten uns unseren Weg durch die Leute und befürchteten schon, der Zug würde abfahren, obwohl wir noch drin waren.

Am ersten Tag ging das Laufen noch gut. Mit einigen anderen, die auch mit uns im Zug gewesen waren, machten wir Halt an einem Campingplatz. Entlang des Trails darf man kein Feuer machen, aber eine Gruppe verrückter Franzosen hielt sich nicht daran. Wahrscheinlich werden die nächsten Touren genau aus diesem Grund in organisierten Gruppen stattfinden. Aber natürlich setzten auch wir uns ans Feuer, nachdem wir unsere Tütensuppen und Nudeln gegessen hatten. Einer der Franzosen hatte sogar eine Gitarre dabei und spielte alte Songs von Simon and Garfunkel. Dank meiner Hippie-Mutter konnte ich jedes Lied mitsingen.

Red zupfte an meinem Ärmel herum und deutete an, wir sollten ins Zelt, denn wahrscheinlich wollte er vögeln, ehe Robbie dazukäme, aber ich wollte einfach noch Spaß mit den anderen am Feuer haben. Als ich dann irgendwann müde wurde – und ich stelle immer fest, dass ich ohne Alkohol früher müde werde –, verschwand Robbie gerade mit seiner Taschenlampe in den Büschen, um zu pinkeln.

Anstandsregeln kannst du vergessen, wenn du zu dritt im Zelt bist. Und ich glaube nicht, dass Robbie guckte oder überhaupt interessiert war, als ich meinen BH ablegte und das dünne Indian-Top aus Baumwolle anzog, das ich immer als Nachthemd trug. Aus dem Slip kam ich leicht, wenn ich im Schlafsack lag. Aber nachdem ich mich mehrmals von der einen auf die andere Seite gewälzt hatte, griff Red nach meiner Hand und führte sie zu seinem Schwanz.

»Er schläft«, flüsterte er. »Bliss, ich kann es kaum abwarten, in dir zu sein. Sieh doch, er dreht uns den Rücken zu.«

Es war gewagt, aber Robbie hatte uns wirklich den Rücken zugedreht, und wenn man schon mal gezeltet hat, dann weiß man, dass die primitivsten Bedürfnisse hochkommen, wenn man praktisch auf dem Boden liegt und nur das Zeltdach über sich hat. Da ich schon alle Stellungen mit Red durchprobiert hatte außer der Missionarsstellung, legte ich mich auf den Rücken, streckte beide Arme über den Kopf und stöhnte leise, als Red beide Handgelenke mit einer Hand umschloss.

»Hey, geht's auch ein bisschen leiser?«, hörte ich Robbie sagen. Ich erstarrte, aber seine Stimme klang nicht genervt, sondern fast belustigt. Red lächelte und zwinkerte mir zu, während er seinen Schwanz in Position brachte. Ich war nicht richtig bereit für ihn, was er merkte und deshalb seine Finger befeuchtete und mir leicht über den Kitzler streichelte.

Robbie regte sich schließlich und machte seine Taschenlampe an. Als Nächstes hörte ich wieder seine Stimme; er las laut aus dem Reiseführer vor. Ich schätze, er wollte uns einen Gefallen tun und unsere Geräusche überspielen, aber wenn mir einer die Hände festhält und mich gleichzeitig am Kitzler auf Touren bringt – das Ganze beim Geruch des Lagerfeuers und den Gitarrenklängen –, dann bringt dich eine tiefe, raue Stimme mit australischem Akzent, die dir von den Inka vorliest, weiter in Richtung Höhepunkt. Ich schlang meine Beine um Red, um ihn in mich zu ziehen, als meine Muskeln pulsierten und sein Schwanz meine jetzt nasse Pussy ausfüllte.

Sosehr ich mich auch bemühte, ich konnte nicht verhindern, dass mir ein Stöhnen entfuhr, als mein Orgasmus mich durchschüttelte. Zur gleichen Zeit, während ich meine Kontraktionen um seinen harten Schwanz spürte, stieß Red ein »Gott!« aus, und Robbie las noch lauter aus dem Buch vor. Seine Stimme erfasste mich in meinem Sexrausch, und ich wähnte mich im Inka-Himmel.

Am nächsten Tag fiel mir der Marsch schwer. Je höher wir kamen, desto langsamer ging es voran. Einheimische Lastenträger überholten uns; sie trugen bis zu drei Rucksäcke für die Schwächlinge aus den Gruppen. Mehr als einmal bereute ich es, mit den Jungs losgezogen zu sein, denn sonst hätte ich es mit meinem kleinen Gepäck langsamer gehen lassen und hätte die Blumen im Nebelwald bewundern können, anstatt mich abzurackern.

Robbie tat so, als wäre am Abend zuvor nichts Außergewöhnliches passiert, und während Red sich auf Spanisch mit ein paar Typen aus Uruguay unterhielt, beschloss ich, in den sauren Apfel zu beißen.

»Was hast du da gestern Nacht vorgelesen, über die Inka, was so erstaunlich klang? Dass sie so viele waren und so schnell von ein paar Spaniern unterworfen wurden? Wie war das nur möglich?«

»Das Buch hat so seine eigene Theorie. Nachdem ihr fertig wart, habe ich noch weitergelesen.«

»Ich hoffe, es war dir nicht unangenehm«, unterbrach ich ihn. »Sei ehrlich.«

Er drehte sich mit einem verschwörerischen Lächeln zu mir. »Keine Sorge, Bliss. Hat Spaß gemacht. Und wie war's für dich?«

»Soll ich dir was sagen, Robbie? Deine Stimme hat der ganzen Nummer noch den richtigen Kick gegeben.«

Er lachte aus tiefster Kehle. »Und du hörst dich schon fast wie ein Aussie an, weißt du das?«

»Tja, ist wohl so ein Talent von mir«, erwiderte ich.

»Ich kann dir heute Abend wieder was vorlesen, wenn du magst.«

»Was ist das denn nun für eine Theorie über die Inka?«

»Es gibt zwei Möglichkeiten: entweder hielten sie die Spanier für Götter und unterwarfen sich ihnen. Oder sie entnahmen den Sternenkonstellationen, dass ihre Zeit abgelaufen war, und ergaben sich einfach.«

»Wow. Und was kannst du mir noch Schönes vorlesen?«

Er lachte wieder. »Wart's ab.«

Es stellte sich heraus, dass an diesem Abend keiner in der Stimmung zum Lesen oder Vögeln war. Obwohl wir es alle einigermaßen verkrafteten, auf 4000 Meter zu steigen, waren wir alle vollkommen geschafft, als wir den Zeltplatz erreichten. Nachdem wir die Nudeln verputzt hatten, schliefen wir ein, und ich glaube, ich war nicht die Einzige, die sofort weg war.

In der nächsten Nacht jedoch fühlten wir uns schon wieder fitter. Das mochte zum einen daran gelegen haben, dass es viel bergab gegangen war. Zum anderen hatten wir ein Hostel erreicht, wo wir Hühnchen und Pommes frites zum Abendessen bekamen und nicht wieder Nudeln. Dazu gab's kühles, köstliches Bier. Ob es nun daran lag, dass wir einen Tag Abstinenz gehalten hatten oder die Höhe uns ein bisschen übermütig machte, weiß ich nicht. Jedenfalls alberten wir nach ein paar Flaschen Bier herum und waren bereit, Feierabend zu machen.

Es war noch recht früh und nicht vollkommen dunkel, als wir in unsere Schlafsäcke krochen. Ich fragte mich, ob Red wieder so geil drauf war; ich jedenfalls war es. Robbie wartete erst gar nicht ab, ob es irgendwelche verräterischen Geräusche zu übertönen gab, sondern begann laut vorzulesen. Red hatte sich zwar schon hingelegt, beklagte sich aber nicht. Ich hatte auch nichts dagegen und tastete mit einer Hand nach seinem Schlafsack. Selbst durch den Stoff konnte ich seinen harten Schwanz fühlen und sah im dämmrigen Licht, dass Red grinste. Schnell öffnete er den Reißverschluss seines Schlafsacks.

Er machte Anstalten, zu mir zu kommen, doch ich war schneller, setzte mich auf ihn, beugte mich zu ihm herab und küsste ihn. Seine Hände fanden meine Brüste, und er rieb über das dünne Nachthemd über meine Spitzen, ehe er fester zudrückte. Mir gefiel es, aber da er eine kalte Dusche im Hostel gehabt hatte, beschloss ich, ihn zu schmecken. Also rutschte ich so weit nach unten, bis ich seinen Schwanz in den Mund nehmen konnte. Sofort saugte ich ihn leicht und hatte dabei Zeit, mich auf das zu konzentrieren, was Robbie vorlas.

»Die Inka-Priester wählten die hübschesten jungen Mädchen aus, um sie auf die Priesterinnenschaft vorzubereiten. Der erste Initiationsritus wurde von den Priesterinnen durchgeführt. Die Mädchen, allesamt Jungfrauen, standen nackt und gefesselt im inneren Heiligtum des Tempels und wurden an Brüsten und im Vaginalbereich mit kostbaren Ölen bestrichen. Man stimulierte ihre Kitzler, damit die Mädchen zum Höhepunkt kamen, und das wurde jeden Tag durchgeführt, sodass sie sich daran gewöhnten, schnell zum Höhepunkt zu kommen. In der zweiten Phase des Ritus wurden die Mädchen am Anus mit dem Öl eingerieben, worauf die Priesterinnen sanft einen Goldphallus einführten als Nachahmung der Kopulation. Das ging so lange, bis die phallischen Objekte sich leicht einführen ließen.«

Die Priesterinnenanwärter waren eine Sache, bei mir jedenfalls flossen die Säfte wie ein Bergbach. Bestimmt hatte Robbie diese Stelle bewusst ausgesucht, um mich anzumachen. Ich weiß nicht, ob Red zuhörte oder einfach nur meine Mundaktion genoss, aber als er flüsterte: »Dreh dich um,

Bliss«, kam ich der Aufforderung gern nach und senkte mich auf seinen Mund. Bei der Gelegenheit sah ich, dass Robbie nicht mehr mit dem Gesicht zur Zeltwand saß und beim Vorlesen immer wieder schamlos zu uns schaute. Als Red mit der Zunge über meine Perle leckte, beschloss ich, mich schamlos zu geben, lächelte Robbie zu und umschloss meine Brüste wie ein Girl auf Seite drei, ehe ich wieder zu Reds Schwanz hinabtauchte. Robbie erwiderte das Lächeln und las weiter.

»Die Mädchen übten dann das Masturbieren und die gegenseitige Analpenetration, denn wenn sie eines Tages zur Priesterin ernannt wurden, mussten sie wiederum die nächsten Novizinnen ausbilden. Schließlich wurden sie in die Kunst der Liebe eingeführt, indem sie Cunnilingus bei der Priesterin und gegenseitig praktizierten, später lernten sie die Fellatio an den phallischen Kultobjekten.«

Inspiriert von den Inka-Riten und Reds forschender Zunge, kam ich zu dem Schluss, dass meine eigene Fellatio Performance *Deepthroating* war, doch bei Reds Größe ging es eben nur so weit, wie es ging. Ihm genügte es bestimmt, denn er hob mich von seinem Gesicht und zeigte mir, dass er mich auf seinem Schwanz sehen wollte. Er holte das Gummi heraus, reichte es mir, und ohne Zeit zu verlieren, ließ ich mich auf sein großes Ding sinken. Klar, ich hätte mich zu ihm drehen können, aber das wollte ich nicht. Ich wollte mich so positionieren, dass ich Robbie sehen konnte; von Red hätte ich kaum den Blick losreißen können, wenn wir Gesicht zu Gesicht gewesen wären.

»Sobald die Anwärterinnen genug in der Kunst des Liebesspiels gelernt hatten, weihte der Priester sie ein. Zu zweit traten sie vor ihn und demonstrierten ihm, wie sie sich gegenseitig mit Händen und Zungen zu befriedigen wussten. Anschließend stimulierten sie abwechselnd den Priester mit dem Mund, und sobald er voll erregt war, drückte man sie mit dem Oberkörper über den Altar, worauf der Priester erst die eine, dann die andere von hinten penetrierte. Sie waren jedoch nicht würdig, seinen Samen zu empfangen, und daher empfing die Priesterin den Saft, die die jungen Frauen eingeführt hatte.«

Robbie war in seinem Schlafsack nach vorn gerutscht und ließ das Buch sinken, während ich langsam auf Reds Schwanz auf und ab glitt. Dann streifte ich mir mein Top über den Kopf und reckte die Arme in die Höhe; Robbies Augen waren auf meine Titten gerichtet. Ich warf das Top ganz weg und massierte meine Brüste, bis er wieder zum Buch griff, mich aber immer noch anstarrte.

»Die neuen Priesterinnen blieben, anatomisch, Jungfrauen, es sei denn, eine von ihnen wurde zum Opferritus auserkoren, was immer bei Neumond stattfand. Bevor der Priester ihr den Dolch in die Brust stieß, penetrierte er ihre Vagina. Mit der Hand stimulierte er das Opfer zum Orgasmus, und wenn er selbst zum Höhepunkt kam, erfolgte der Todesstoß beim gleichzeitigen Höhepunkt.«

Ich hatte meine eigene manuelle Stimulation begonnen, ehe Robbie diese Stelle vorgelesen hatte, und glitt nun drängender und schneller auf Reds Schwanz auf und ab. Kurz nachdem Priester und Priesterin ihren Orgasmus hatten, kamen auch Red und ich.

Außer Atem stieg ich von Red, zog mein Top wieder an und kroch zurück in meinen Schlafsack. Plötzlich schämte ich mich sogar für meinen lüsternen Exhibitionismus.

»Das habe ich noch nie gelesen«, sagte Red fast naiv, während er das Kondom verknotete. »In was für einem Buch steht das denn?«

Robbie lachte sein kehliges, fast dreckiges Lachen. »In dem Buch, das in meinem Kopf ist, Kumpel.«

Wir mussten lachen, aber im Stillen lobte ich ihn dafür, dass er instinktiv wusste, was mich anmachen würde. Ich fragte mich, ob er sich mit dem Voyeurismus zufrieden geben würde oder ob ich ihm noch eine Sonderbehandlung gönnen sollte. Aber vorerst noch nicht.

Kapitel vier

Lieber Kip, bin endlich über Carlos und den Reiz des Bondage hinweg; mein neues Hobby ist Exhibitionismus. Bin dir was schuldig, nicht nur weil du mich Carlos vorgestellt hast, sondern auch weil du Rachel aus dem Rennen geworfen hast, damit ich meinen Exhibitionismus genießen kann.

PS Machu Picchu ist gewaltig.

Ich saß im Restaurant des Machu-Picchu-Hotels und aß mit den französischen Simon-and-Garfunkel-Fans zu Mittag. Vor mir lagen wieder Postkarten, der Kaffee dampfte in der Tasse. Red und Robbie fanden das Essen zu teuer und waren mit dem Rest unseres Proviants noch einmal zu den Ruinen gewandert: alte Brötchen, eine Dose Thunfisch und irgendeine schreckliche Schokolade aus der Gegend. Bei Machu Picchu wollte ich nicht so genau aufs Geld schauen, und deshalb war jeder seinen Weg gegangen.

Ich bin eher Künstler und kein Schriftsteller, und es wollte mir einfach nicht gelingen, den Tag in Worte zu fassen. Deshalb die flapsigen Karten. Der Weg zum Sonnentor, der Anblick der Ruinen und die ganze zauberhafte Atmosphäre hatten mich in ihren Bann geschlagen wie nie etwas zuvor. Ich wollte gar nicht erst den Versuch machen, alle Eindrücke zu beschreiben. Das war auch der Grund, warum ich mich für das Restaurant entschieden hatte; ich wollte meine Erlebnisse ohne Red und Robbie genießen, aber als die Franzosen dazukamen, war es mit der Ruhe vorbei. Endlich fing ich mit dem Schreiben an, war mit den Gedanken aber wieder woanders.

Irgendwann nervte mich der Lärmpegel in dem Café, und daher beschloss ich, ein bisschen allein herumzulaufen. Als ich mit einigen Leuten aus dem Café strömte, stellte ich fest, dass ich nicht zu den Ruinen ging, sondern zum Parkplatz. Ich machte gerade kehrt, als ich ein paar Männer in Anzügen sah, die in ein Auto stiegen. Eigentlich war nichts Besonderes dabei, wenn der eine Mann, der ununterbrochen redete, nicht Carlos gewesen wäre.

Ich rief seinen Namen und lief zu dem Auto, doch die Männer hatten schon die Türen zugezogen und fuhren los. Die Scheiben waren getönt, also konnte ich im Auto niemanden erkennen und vermutete, dass Carlos mich auch nicht gesehen hatte. Vielleicht doch, aber bestimmt wollte er seinen Geschäftsfreunden nicht die junge Frau vorstellen, die er in das Gebiet der Bondage-Sklaverei eingeführt hatte.

Aber wieso war er hier? Ich konnte mir nicht erklären, inwiefern ein Besuch in Machu Picchu bei der Entwicklung Perus half. Kurz darauf grübelte ich immer noch darüber nach, als ich Red und Robbie traf.

»Ich kapier einfach nicht, warum er mir nicht erzählt hat, dass er hier sein würde. Wir haben uns doch erst vor ein paar Tagen gesehen. Und er wusste doch, dass ich auf den Inka-Pfad wollte«, sagte ich, nachdem ich ihnen erklärt hatte, dass ich meinen Freund aus Lima gesehen habe – ich verschwieg die sexuelle Komponente unserer Bekanntschaft.

»Ich glaube, ich habe diese Typen schon vorher mal gesehen, als sie über das Gelände des Hotels schlenderten«, meinte Robbie. »Vier Leute, zwei in hellen, zwei in dunklen Anzügen?«

»Stimmt genau. Carlos trägt einen cremefarbenen Anzug und hat einen Pferdeschwanz. Ich bin mir sicher, dass er es war, wegen der Frisur.«

»Und woher kennst du den Typen?«, fragte Red eher beiläufig.

Ich erzählte ihnen von Kip und Carlos.

»Und was macht der so?«

»Er arbeitet für irgendeine Hilfsorganisation – nein, nicht Hilfsorganisation, sondern eine Entwicklungsagentur. Er hilft den hier Ansässigen beim Aufbau von Industrie und so weiter. Die Organisation heißt ETP. Ich weiß aber nicht genau, was die machen.«

»Klingt ja alles schön selbstlos«, meinte Robbie in leicht beißendem Ton. Ich wusste mir den Unterton nicht zu erklären. Denn wenn einer auf Carlos hätte eifersüchtig sein können, dann doch wohl Red und nicht Robbie. Mich juckte es nicht.

»Eigentlich egal, aber ich werde ihn wahrscheinlich in ein paar Wochen in Chile treffen.«

»Hey, jetzt sag nicht, dass du mich in Chile abschießt«, sagte Red in gespieltem Schreck.

»Wenn wir dann überhaupt noch zusammen unterwegs sind.«

Wir hatten schon vorher über unsere Reisepläne gesprochen. Ich wollte auf jeden Fall noch einen Abstecher nach Bolivien machen, wenn auch nur für ein paar Tage. Die Jungs meinten, sie müssten unbedingt zum Titicacasee, doch dann wollten sie auf direktem Weg nach Chile. Schließlich nahmen wir den Bus zum Bahnhof und warteten auf den vollen, stinkenden und langsamen Zug zurück nach Cuzco.

Ich weiß, nur weil ich ein paar Tage mit zwei Typen unterwegs war, mit dem einen vögelte und mich vor dem anderen in einer Live-Sexshow als Exhibitionistin outete, bedeutete das nicht, dass ich irgendeinen Anspruch auf die beiden hatte. Aber als ich sie am nächsten Morgen nirgends sah und die beiden auch am nächsten Tag nicht zurück waren, war ich doch ein bisschen sauer. Allein in der Stadt herumzugondeln machte eben nicht so viel Spaß, und ganz ehrlich, nach Machu Picchu konnte doch nicht mehr viel kommen. Am zweiten Tag ohne die Aussies traf ich die Uruguayer wieder und hatte jede Menge Spaß, mein Spanisch zu testen; geflirtet wurde auch ein bisschen. Okay, nicht nur ein bisschen. Ich war schon fast so weit, zurück zu ihrer Unterkunft zu gehen, um einen Dreier zu genießen, aber dann überlegte ich, ob mein Sexleben nicht langsam aus dem Ruder lief. Also blieb es bei ein paar Küsschen auf die Wangen, ehe ich mich in meine Unterkunft verzog.

Red klopfte an meine Tür, als ich gerade beschlossen hatte, allein zum Essen zu gehen – sauer darüber, dass ich die Gelegenheit ausgeschlagen hatte, die Füllung einer uruguayischen Tortilla zu sein.

»Danke für die Einladung«, sagte ich trocken, als er sich umständlich dafür entschuldigte, mich zurückgelassen zu haben. Offenbar hatten sie ein paar Kumpel aus der Heimat getroffen, mit denen sie dann zurück nach Pisac gegangen waren: zu dem Bergdorf also, das wir uns ein paar Tage zuvor angesehen hatten. Hörte sich für mich nach einer Ausrede an, aber was ging es mich an. Ich vermutete, dass Robbie es leid war, immer nur den Voyeur zu spielen und deshalb Red überredet hatte, mit ein paar anderen Mädels loszuziehen. Aber, hey, wir können ja machen, was wir wollen.

Nach ein paar Pisco Sour war mein Ärger verflogen, und

so nahmen wir zusammen am nächsten Abend den Zug nach Puno und dem Titicacasee. Robbie las uns aus dem Reiseführer vor, es sei der größte Süßwassersee der Welt. Ich fragte mich, ob das eine Anspielung sein sollte, dass ich mich auf der Fahrt als »süße Kleine« befummeln lassen könnte, aber es war einfach zu voll, und außerdem war ich müde und immer noch ein bisschen angesäuert. Und schließlich war ich kein Pawlow'scher Hund. Puno war ein ziemlich elendes Loch und kam für mich gleich nach den Bretterbuden in Limas Slums, und daher beschloss ich, sofort zur Insel Taquile zu fahren. Vielleicht machten Red und Robbie jetzt auf unzertrennliche Kumpel, denn keiner von beiden wollte mitkommen. Also ließ ich die meisten Sachen in der Unterkunft und fragte mich, ob ich die beiden Aussies später überhaupt wiedersehen würde.

Die Überfahrt machte Spaß, nicht zuletzt weil eine junge Engländerin, Ros, perfekt Spanisch konnte und mir das Genuschel des Kapitäns übersetzte. Er trug traditionelle Kleidung: ein schickes weißes Hemd mit langen Ärmeln und einen bestickten Kummerbund, doch in meinen Augen verdarb die etwas alberne Mütze die ansonsten tolle Uniform. Er erklärte, man könne an seiner Mütze sehen, dass er Single sei, denn die Spitze sei schlicht und nicht mit Mustern versehen. Aber falls das ein Wink sein sollte, verpuffte er bei uns. Ich meine, die Isländer stricken sich ihre eigenen Kopfbedeckungen, und wenn es etwas gibt, das schlimmer ist als ein Mann mit einer Nachtmütze, dann ist es die Tatsache, dass er sie selbst gestrickt hat.

Das Tolle an Taquile ist, abgesehen von dem Stricken und der autofreien Insel, dass es als Kooperation funktioniert. Die Inselbewohner weigern sich, dass irgendwelche Hotels gebaut werden. Stattdessen meldet man sich an und bekommt eine Unterkunft zugewiesen. Ros uns ich wurden zu einer Kammer geführt, die an ein Restaurant grenzte. Der Raum war okay, wenn auch ohne elektrisches Licht. Die Toilette war leider draußen, zu erreichen über einen leicht ansteigenden Pfad, aber ich rechnete ja auch nicht mit Luxus. Uns wurde gesagt, man erwarte uns um sieben Uhr zum Essen, und bis dahin schauten wir uns ein bisschen auf der Insel um und genossen die friedliche Stille.

Das Abendessen war wirklich eine bizarre Sache. Das Essen, bestehend aus Quinoa-Suppe (nicht schlecht), gefolgt von einem spanischen Omelette (Fisch gab's wohl nicht mehr), war ganz unterhaltsam, aber die Unterhaltung nahm seltsame Wendungen. Die anderen Gäste waren zwei deutschsprachige Schweizer und zwei Franzosen, jeweils Männlein und Weiblein, die aber nicht zusammen waren. Ros' Französisch erwies sich als ebenso gut wie ihr Spanisch, aber man konnte sich nicht mit den Schweizern unterhalten; also blieben sie für sich. Ros stürzte sich in eine Unterhaltung mit dem französischen Paar – sie sprachen unglaublich schnell –, für mich blieb dann nur noch das Weinglas übrig, in das ich mich stürzen konnte. Patrice, der Franzose, kippte sich auch einen hinter die Binde, und vermutlich nahm die Unterhaltung genau deshalb ihren Lauf.

Zuerst gestikulierte Patrice, wie es nur die Franzosen können; er bewegte die Schultern, blies beim Sprechen die Backen auf und beugte sich schließlich zu Ros über den Tisch und raunte ihr etwas zu. Gabrielle, die Französin, rauchte mit verächtlicher Miene und ließ hier und da eine spöttische Zwischenbemerkung fallen, während Ros fast schüchtern kicherte. Ich dachte schon, dass sie einen flotten Dreier absprachen und ich wieder mal allein sein würde, aber schließlich schüttelte Gabrielle den Kopf und wandte sich mir zu.

»Was dagegen, wenn ich mit ihr tausche? Die wollen Sex machen.«

»Ist mir gleich. Ich habe sie auf der Überfahrt kennengelernt und will nichts von ihr.«

Sie lachte. »Ich kenne ihn auch nicht besonders gut. Wir lernten uns gestern kennen und wollten beide auf die Insel.« Sie sagte zu den anderen etwas auf Französisch, und alle standen auf. Ich schätzte, wir würden jetzt Bäumchen wechsle dich spielen. Und tatsächlich holte Ros ihre Sachen aus der Unterkunft, und Gabrielle brachte ihre zu mir.

»Möchtest du noch was trinken?«, fragte ich sie und knipste die Taschenlampe an. Selbst mit etwas Licht war es noch ziemlich dunkel in dem Raum, aber es war nicht spät.

»Nein, ich bin müde. Patrice ist so ein Langweiler. Seit unserer Abfahrt heute Morgen baggert er mich an. Ich finde ihn durchgeknallt, du nicht?«

»Mein Typ ist er auch nicht«, pflichtete ich ihr bei. »Dann könnten wir ja auch schon schlafen gehen.«

»Bleib ruhig noch auf, wenn du magst. Ehrlich gesagt, ich lege mich jetzt in den Schlafsack und spiele noch ein bisschen an mir herum.«

Jetzt wurde es schon interessanter, aber weil sie Patrices Anbaggerei satthatte, wollte ich sie nicht fragen, ob sie noch eine Partnerin brauchte.

»Ach, aufzubleiben, wenn man keinen mehr zum Erzählen hat, ist auch langweilig ... Hast du was dagegen, wenn ich bleibe, während du es dir machst?«

Sie lachte leise. »Nein, solange mein Vibrator dich nicht nervt.«

»Oh, wow, ich wünschte, ich hätte meinen mitgebracht.«

»Ich leih ihn dir nachher, wenn du willst.«

Schwere Entscheidungen: Sollte ich es mir mit der Hand

machen, damit wir zusammen masturbieren konnten, oder sollte ich auf den Vibrator warten, noch ganz klebrig von ihren Säften? Was hatte ich zu verlieren, denn mit ihrem langen, schwarzen Haar und dem französischen Schmollmündchen machte sie mich mehr an als die eher schlichte Ros. Also lächelte ich nur und zog mich aus. Es war kalt in der Unterkunft, daher behielt ich meinen Sweater und das Unterhemd an.

Den Schlafsack hatte ich schon vorher ausgerollt und legte ihn nun so, dass ich mich beim Sitzen mit dem Rücken an der Wand anlehnen konnte, die Beine anwinkelte und freien Blick auf Gabrielle hatte. Sie lag der Länge nach auf dem Bett und hatte schon den Vibrator eingeschaltet. Ihr Körper war ziemlich perfekt geformt; meine Beine sind vielleicht ein bisschen zu muskulös, und daher bewunderte ich ihre schlanken, weißen Schenkel.

»Gott, das ist so viel besser, als es mit Patrice aushalten zu müssen«, murmelte sie. »Was Sex betrifft, ist dieser Trip kein Erfolg.«

»Bei mir ist es bisher gut gelaufen«, gab ich zu und rieb leicht über meinen Kitzler. »Erst lernte ich Peter im Flieger kennen …«

Fünf Minuten später reichte sie mir den Vibrator mit einem zufriedenen Seufzer herüber. Ich wusste, dass sie sich durch meine Abenteuer hatte inspirieren lassen, und hoffte nun, sie würde mir auch irgendetwas Geiles erzählen. Während ich von meiner Reise berichtet hatte, hatte ich nur ein bisschen mit mir gespielt und wollte noch warten.

»Ich entschied mich für diese Reise, weil mein Sexleben im Eimer ist«, sagte sie verträumt und zündete sich eine Zigarette danach an. »Sechs Monate hatte ich eine Affäre mit einem verheirateten Mann; das machen alle so in Frankreich, musst du wissen. Aber er war – wie sagt man bei euch – dekadent. Tut nichts zur Sache, aber er hatte alles gemacht. Er war vierzig, mit ziemlich viel Power, erfolgreich, und abgesehen von etlichen Geliebten hatte er Prostituierte von Biarritz bis Bangkok. Wie es aussah, reizte ihn nicht mehr viel. Er hatte schon alles gesehen. Ich rechnete nicht damit, dass unsere Affäre halten würde, aber er nahm mich mit in nette Restaurants und kaufte mir Schmuck und Schuhe und so weiter. Alles bestens. Dann, eines Abends, hatten wir eine Verabredung zum Dinner, und als ich die Tür aufmachte, um ihn hereinzulassen, sah ich, dass er nicht allein war.

Da war ein Kameramann bei ihm. Er sagte, er wolle einen Film mit mir drehen, genauer gesagt mit ihm *und* mir. Zuerst sollte ich mich ausziehen, wie in einem Porno, okay, und dann ein bisschen an mir herumspielen. Mir machte es nichts aus. Auch der Typ hinter der Kamera war okay. Ich hatte nicht zu viel Skrupel, es vor ihm zu machen. Dann musste ich, wie du dir ja vorstellen kannst, Michael ausziehen und ihm einen blasen. Später fickten wir vor der Kamera, in allen möglichen Stellungen. Das machte mich richtig an, und beim nächsten Mal brachte er den Film mit, und wir schauten ihn uns gemeinsam an; er gefiel uns ziemlich gut. Dann wollte er noch einen drehen, aber diesmal kam ein anderer Kameramann, und nachdem Michael und ich gevögelt hatten, übernahm Michael die Kamera, und ich ließ mich von dem Typen ficken. Ich war nicht besonders scharf drauf, aber ich wollte auch keine Szene machen und ließ es so laufen.

Von da an war Michael ganz verrückt danach, mich mit anderen Männern zu filmen. Er kaufte sich seine eigene Kamera und brachte dauernd andere Typen mit. Manchmal bezahlte er sie sogar, was ich als besonders erniedrigend empfand. Gott sei Dank sahen die meisten echt gut aus. Ich weiß nicht, warum ich das so lange mitgemacht habe ... aber ich mochte ihn eben, weißt du? Und hinterher bumste er mich immer so leidenschaftlich. Dann, eines Tages, brachte er eine Frau mit. So etwas hatte ich noch nie gemacht. Der Gedanke hatte mich immer abgetörnt, aber Michael überredete mich, und ich genoss es auch. Ich hätte es wieder gemacht, aber als wir eine Woche später zum Essen gingen, trafen wir einen Freund von Michael. ›Oh, Gabi, schön, dich kennenzulernen. Ich liebe es, mir deine Filme anzusehen‹, sagte er.«

»Oh, Mist«, meinte ich. Mit Hilfe des Vibrators war ich sofort gekommen, als sie die andere Frau erwähnte, vielleicht weil ich noch auf mehr spekuliert hatte, aber das Ende der Story war echt ernüchternd. »Hey, Gabi? Bist du okay?«

Sie war plötzlich so seltsam still geworden.

»Ja, geht schon«, sagte sie dann. »Aber ich möchte jetzt lieber schlafen. Danke für deine Stories. Die haben geholfen.«

»Deine haben mir auch gefallen. Schade, dass es so enden musste.«

»Ja, finde ich auch. Trotzdem wollte ich immer ein Filmstar sein. Gute Nacht.«

»Nacht.«

Als ich wieder in Puno ankam, fand ich eine Nachricht von Red und Robbie. Sie würden mich wahrscheinlich in San Pedro de Atacama in einer Woche treffen, wenn nicht sogar in Santiago, wo sie im Hotel Australe absteigen wollten – wie passend. Mir sollte es recht sein, da Gabi und ich beschlossen hatten, gemeinsam nach Bolivien zu gehen.

Warum wir letzten Endes mit Rädern die steile Straße nach Coroico hinunterfuhren, in die Dschungelstadt, zwanzig Meilen von La Paz entfernt, weiß ich auch nicht. Gabi hatte jemanden getroffen, der das schon gemacht hatte, und ich war bereit für Abenteuer. Als wir dann tatsächlich entlang der Anhöhen auf der Straße waren, musste man schon ganz schön aufpassen, denn an einer Seite schaute man aus schwindelerregender Höhe hinab in den Regenwald. Die Straße war matschig und voller Autos, Busse und Lastwagen, die ein fast ununterbrochenes Hupkonzert gaben oder waghalsige Überholmanöver machten. Obwohl dauernd irgendwelche Kreuze am Straßenrand andeuteten, wo wieder jemand in die Tiefe gestürzt war.

Schließlich erreichten wir unser Ziel, suchten uns ein Zimmer in einem günstigen Hotel mit Pool, sprangen in das kühle Nass und kreischten wie Teenies. Wieder im Zimmer, rubbelten wir uns trocken, um warm zu werden, und erlebten einen dieser magischen Momente, wenn zwei Leute sich anschauen und es plötzlich Klick macht. Wir waren zwar beide erschöpft von der Tour und vom Baden, aber da war ein Funke übergesprungen, der uns zusammenführte wie durch ein starkes Magnetfeld. Unsere Körper waren noch ganz kühl, aber unsere Münder und Muschis waren heiß. Ich strich Gabi das dunkle Haar aus ihrem blassen, fein geschnittenen Gesicht, während ich die Wärme ihres Mundes erforschte. Schließlich drückte ich sie aufs Bett, wo ich die Hitze zwischen ihren Schenkeln suchte. Sie wollte es bei mir machen, aber ich wollte sie erst kommen lassen; meine Zunge tobte sich an ihren nassen, pinkfarbenen Blütenblättern aus und strich über ihre Klitoris, bis ich merkte, dass Gabi noch meine Hand brauchte. Als ich überzeugt davon war, dass meine Finger ganze Arbeit leisteten, suchte ich wieder Gabis Mund und genoss es, als sie sich unter mir verkrampfte.

»Oh, Bliss«, keuchte sie. »Was für ein passender Name –

habe ich doch richtig verstanden, oder? Bliss heißt richtig glücklich?«

»Ja, wie *blissed out*, verrückt vor Glück«, sagte ich ihr und streichelte ihr über den weichen Bauch. »Kennst du den Ausdruck?«

»Natürlich. Verrückt vor Glück, so fühle ich mich jetzt. Komm und halte mich.«

Wir kuschelten miteinander. Sie war viel wärmer als ich, dank meiner Zuwendung.

»Ich habe es bisher nur mit einer anderen Frau gemacht, die Michael mitbrachte. Ich tat es nur ihm zuliebe, fand es aber nicht so toll, weil er zuguckte. Doch mit dir ist es so ... normal und trotzdem aufregend.«

»Es ist normal, Gabi«, sagte ich ihr und schaute ihr in die Augen, in denen sich Unsicherheit spiegelte. »Wir können alle bisexuell sein, wenn wir möchten. Aber nur wenn wir es selbst wollen, nicht um den Kitzel von einem anderen zu stillen.«

»Du hast recht.« Sie lächelte. »Jetzt lass mich etwas für dich tun.«

Sie überschüttete meine Brüste mit Küssen und ließ ihre Zunge abwechselnd um meine Spitzen kreisen. Erst saugte sie leicht und zögerlich, dann fester, fast wie ein hungriges Baby. Währenddessen spielte sie mit den Fingern an meinem anderen Nippel, und ich schloss die Augen und gab mich ganz den Empfindungen hin. Ich wollte vollkommen passiv sein, um ihr zu überlassen, was sie als Nächstes machen wollte. Ich wusste, dass sie es gut machen würde.

Meine Spitzen schienen in Flammen zu stehen durch das lange Saugen und Kneten. Mit der freien Hand wanderte sie über meinen Bauch, rieb leicht über meinen Flaum und ließ den Finger unmittelbar über meiner Perle kreisen. Meine ganze Pussy war erfüllt von einer samtenen Wärme, verbunden mit der Gewissheit, dass ich jeden Augenblick kommen würde, und zwar mächtig. Dann drehte sie sich um, und ich glaubte schon, sie würde mir wieder ihre Muschi zum Lecken anbieten, doch stattdessen setzte sie sich leicht auf meine Titten und rutschte von links nach rechts. Ich hatte das Gefühl, ihre Pussy würde meine Nippel aufsaugen. Ihre Hände hatten derweil eine andere Betätigung gefunden; mit zwei Fingern vögelte sie mich, während sie mit der anderen Hand meinen Kitzler wie eine Violine spielte. Mit einem Finger stimulierte sie ihn und drückte mit der flachen Hand auf meinen Venushügel. Ich drückte noch gegen ihre Hand, damit Gabi das Tempo erhöhte, und umfasste ihren Hintern, während sie weiter und weiter über meine Brüste glitt. Sie behielt den Rhythmus bei, und vor meinem geistigen Auge konnte ich in meine Muschi sehen. Ich sah das Anschwellen, Pulsieren und Pochen meiner Sexmuskeln, als der Orgasmus mich hinwegfegte.

Später aßen wir Fondue und einen riesigen Salat im Hotelrestaurant, spießten das Brot auf und tauchten es in den geschmolzenen Käse. Wir waren so hungrig, als hätten wir den ganzen Tag über in den Coca-Feldern gearbeitet. Dann fielen wir ins Bett und schliefen, befriedigt in jeder Hinsicht.

Zwei Dinge erklärten sie uns. Erstens, der Pfad hinunter zum Fluss sei nicht zu verfehlen, wir sollten an der Ecke des Fußballplatzes anfangen. Nachdem wir eine Stunde später in der extremen Hitze gewandert waren, bestaunten wir irgendwann nicht mehr die Bananenstauden und Kaffeesträucher entlang des immer schmaler werdenden Pfads und gingen um eine alte Abdeckplane herum, die mit Blättern überwuchert war. Mit Coca-Blättern. Leider.

Ich sage leider, denn den zweiten Rat, den sie uns mit auf den Weg gegeben hatten, lautete: Verlasst im Dschungel nicht die Pfade, damit ihr nicht in die Coca-Plantagen geratet. Ups!

»Sollen wir zurück?«, fragte Gabi nervös.

Ich schaute mich um. Es war niemand zu sehen, und ich fragte mich, wie schlimm es nun wirklich wäre, wenn man uns in der Coca-Plantage sähe. Bestimmt kamen etliche Touristen vom Weg ab und landeten hier, und daher konnte ich mir nicht vorstellen, dass uns was passieren würde. Da der Pfad nach wie vor bergab führte, schätzte ich, wir würden bald an den Fluss kommen. Vielleicht nicht an der Stelle, die wir suchten, aber wir könnten ja immer noch am Flussufer entlanggehen. Wenn wir jetzt zurückgegangen wären, hätten wir zwei Stunden verloren, und außerdem war es sowieso zu heiß, bergauf zu gehen.

»Komm, wir gehen einfach weiter«, beschloss ich. »Noch eine halbe Stunde, und wenn wir dann noch nicht den Fluss sehen, kehren wir um.«

In diesem Moment ging ein Paar an uns vorbei, bergauf. Ein Mann in Jeans und eine Frau mit traditionellen Röcken – wie halten sie das nur in der Hitze aus? –, beide trugen Bündel auf dem Rücken, wobei es sich eigentlich nur um Coca-Blätter handeln konnte. Sie antworteten höflich auf mein *buenas días*, und da schob ich meine Angst beiseite und ging bergab, mit einer offensichtlich widerwilligen Gabi im Schlepptau.

Was wäre das Leben langweilig, wenn all unsere Entscheidungen richtig wären. Aber als drei Männer vor uns auftauchten und wie angewurzelt stehen blieben, wünschte ich, wir hätten die richtige Entscheidung getroffen und wären schon vorher zurückgegangen.

»Bliss, was machen wir denn jetzt?«, hörte ich Gabis ängstliche Stimme.

»Wir gehen einfach weiter, lächeln, grüßen kurz und hoffen, dass sie uns Platz machen«, sagte ich leise. Wir hatten kaum eine Wahl, denn sonst hätten wir den Pfad bergauf zurücklaufen müssen. Und ich bezweifelte nicht, dass die drei Männer uns leicht eingeholt hätten, wenn sie es gewollt hätten.

Meinem Rat folgend – wieder eine schlechte Entscheidung –, gelangten wir zu den Männern, aber die rührten sich nicht vom Fleck. Wir kamen einfach nicht an ihnen vorbei.

»*Buenas dias*«, versuchte ich es mit einem Lächeln. »*Podemos pasar?*« Ich wusste, *podemos* hieß etwas tun können, und aus den Büchern, die ich über den Spanischen Bürgerkrieg gelesen hatte, glaubte ich zu wissen, dass *pasar* vorbeigehen hieß.

Der Mann in der Mitte antwortete mit einem wahren Wortschwall auf Spanisch, doch ich verstand nur das erste Wort: »No.« Wir schienen in eine Sackgasse geraten zu sein, auch im übertragenen Sinn.

»Wir wollen runter zum Fluss«, sagte ich, glaube ich, auf Spanisch. Die Männer lachten und sprachen untereinander; schließlich trat der Mittlere vor. Er war klein, hatte eine dunklere Hautfarbe und trug einen Schnurrbart.

»Ihr nicht hier sein«, radebrechte er und zeigte auf mich. Gabi machte erschrocken einen Schritt zurück.

»Wir sind aber nun mal hier«, erwiderte ich freundlich, schätzte aber, dass er mich nicht verstand. »Okay, wenn Sie unbedingt wollen, dann kehren wir um.«

Einer der anderen, ein gut aussehender Mann mit indianischen Gesichtszügen, sagte etwas auf Spanisch. Obwohl mein Herz hämmerte, nahm meine Angst ein bisschen ab, als ich merkte, dass die Stimme des Mannes nicht besonders bedrohlich klang. Der durchschnittliche Bolivianer ist kleiner als ich; vielleicht hatten sie sogar Angst vor uns, obwohl Gabis Rückzug nicht viel Selbstvertrauen versprühte. Wie dem auch sei, manchmal lebt man eben gefährlich, und der Adrenalinschub war aufregend.

»Ihr *Norteamericana?*«, fragte der Gutaussehende.

»*Inglés*«, antwortete ich mit einem Lächeln und zeigte dann auf Gabi. »*Frances.*« Fast hatte ich das Gefühl, noch richtig gut ins Spanische zu kommen.

»*Inglés?*«, wiederholte er und legte mir eine Hand auf den Arm. Ich glaubte nicht, dass die drei auf Vergewaltigung aus waren, und lächelte und nickte. Er war ganz niedlich, und ich war immer noch aufgeladen von der Fahrradtour und dem Sex mit Gabi am Vortag. Ich konnte nichts dafür, mein Lächeln bekam ein kleines Schmollmündchen.

Der Typ mit dem Schnurrbart schlug die Hand seines Kumpels von meinem Arm und sagte wütend etwas zu ihm. Dann stieß er erst mich und dann Gabi ziemlich heftig zurück.

»Ihr, gehen«, sagte er böse. »Ihr nicht hier sein.«

Wieder mischte sich der gut aussehende Bolivianer ein, und ich fragte mich, ob es klug war, so viel versprechend zu lächeln, insbesondere als er mir eine Hand an die Taille legte. Wieso muss ich immer zu weit gehen?

»Oh, Mist, Bliss, was sollen wir machen?«, jammerte Gabi.

»Sag ihnen, wir würden sie ja gern unterhalten, aber wir haben unsere Kondome im Hotel vergessen?«, schlug ich vor, aber mich verließ langsam auch der Mut. Als der Typ mit dem Schnurrbart mich so seltsam ansah, war es mit meiner gespielten Fröhlichkeit vorbei.

Plötzlich wichen sie zurück und schubsten sich untereinander ein bisschen, bis hinter uns eine Stimme zu hören war. Jemand ratterte etwas auf Spanisch, und der Tonfall war definitiv bedrohlich. Die Reaktion der drei Typen jedenfalls ließ mich hoffen, dass der drohende Wortschwall an sie gerichtet war.

Als ich mich umdrehte, erblickte ich einen Mann, dem ich immer gern vorgestellt worden wäre. Und wenn er gekommen war, um uns vor den Übergriffen dieser hageren Feldarbeiter zu beschützen, dann wollte ich ihn mit meinem ganzen Charme blenden. Für einen Bolivianer war er groß. Sein Gesicht wirkte aristokratisch blass, was eigentlich ungewöhnlich war bei den hohen, indianischen Wangenknochen und den vollen Lippen. Seine dunklen Augen sprühten Feuer, während er die drei Arbeiter beschimpfte. Trotz der Hitze trug er eine schicke Khakihose und ein weißes Hemd.

Nachdem er seine Standpauke beendet hatte, schlichen die drei Typen an uns vorbei den Pfad hinauf, ohne sich noch einmal umzuschauen. Ich wandte mich an unseren Retter.

»Vielen, vielen Dank«, plapperte ich. »*Muy, muy gracias – habla Inglés?*«

Er blickte nicht sonderlich freundlich drein. »Ja, ich spreche Englisch. Aber da Sie nicht in der Lage sind, sich mit den Arbeitern zu unterhalten, ist ihr Auftauchen hier unklug und obendrein absolut unverantwortlich. Es wäre vielleicht eine gute Idee, wenn Sie sich merken würden, dass englische Mädchen es –«, ein verächtlicher Zug lag um seinen Mund, »– drauf anlegen.«

Ich war außer mir vor Wut. »Das sehen Sie vielleicht so, *señor*, aber ich versichere Ihnen, dass zwei Frauen, die sich verlaufen haben, für die meisten Leute kein Freiwild sind. Schon gar nicht für irgendwelche Landarbeiter, die zufällig vorbeikommen. Außerdem ist sie Französin.«

Er lachte kurz auf. »Seien Sie nicht so naiv. Ihre Reiseführer sagen Ihnen doch, dass Sie sich von den Coca-Plantagen fernhalten sollen, oder nicht?«

»Wir wussten doch nicht, wo wir waren«, sagte ich unschuldig.

Er machte sich nicht mal die Mühe, mir darauf zu antworten, und ich nahm es ihm nicht übel, denn jeder würde erkennen, dass dies Coca-Pflanzen waren. Sein Blick wurde härter. »Wenn man in ein fremdes Land fährt, dann muss man die Sitten dieses Landes respektieren, wie auch die Gesetze. Man kann nicht einfach tun, was man will.«

Er hatte ja recht, aber er ging mir auf die Nerven. Einerseits war ich beeindruckt von seiner Autorität, andererseits war ich nicht scharf drauf, mich wie ein dummes kleines Mädchen behandeln zu lassen.

»Wie ich schon sagte, wir kamen vom Weg ab. Es war nicht unsere Absicht, anderen respektlos zu begegnen. Also, danke für Ihre Hilfe. Wir machen uns wieder auf den Weg.«

Komischerweise stellte jetzt er sich uns in den Weg, aber den Pfad bergauf.

»Ich zeige Ihnen den richtigen Pfad zum Fluss.«

»Nicht nötig«, sagte ich steif. »Ich denke, wir gehen jetzt gleich zurück zum Hotel. Was meinst du, Gabi?«

Sie nickte, und er machte uns Platz und ließ uns gehen. Doch ich sah, dass er uns folgte bis zur Wegabzweigung. Dort mussten wir falsch abgebogen sein. Ich ging einfach weiter in Richtung Hotel, ohne mich noch einmal umzublicken, aber fast war es mir so, dass ich den Mann noch hinter uns spürte. Bestimmt sah er uns nach, um sich zu vergewissern, dass wir auch wirklich verschwanden.

»Gut gemacht, Bliss«, sagte Gabi kleinlaut. »Ich war wohl keine große Hilfe, was?«

Ich legte einen Arm um sie. »Egal. Ich denke, er hatte recht, aber er hätte ja etwas freundlicher sein können.«

»Mir hat er ein bisschen Angst gemacht.«

»Ja, aber er hatte auch was!«

Sie musste lachen. »Du bist doch wirklich schrecklich. Genüge ich dir etwa nicht?«

Ich küsste sie auf den Mund. »Doch, klar. Es liegt an diesem verdammten Carlos. Er hat meinen Appetit auf Männer mit Macht geweckt.«

»Mag sein, dass du Appetit bekommen hast, aber im Augenblick kann ich mich nicht für Männer erwärmen.«

Was mich nicht überraschte, wenn man bedenkt, dass ihr Exlover sie gegen ihren Willen und ohne Bezahlung zu einem Pornostar gemacht hatte. Arme Gabi; wie zu viele andere Frauen war auch sie von einem Typen hereingelegt worden, der die Rolle des Liebhabers spielte. Wir gingen zurück zum Hotel und kühlten uns im Pool ab, und danach gab ich mir Mühe, ihr es so zu machen, dass sie sich besonders vorkam.

Trotz des Genusses, den mir Gabis schlanker Körper verschaffte, konnte ich einfach den Mann nicht vergessen, den wir im Wald getroffen hatten. Wer war er? Etwa der Plantagenbesitzer? Er sah eher wie ein unbescholtener Geschäftsmann aus, der mit Drogen nichts am Hut hatte. Aber was machte er zwischen all den Coca-Sträuchern? Die Arbeiter, die die Blätter pflückten, brauchte man eigentlich nicht zu beaufsichtigen.

Ich schob meinen Argwohn beiseite – denn schließlich hätte uns alles Mögliche bei den drei Arbeitern passieren können – und zauberte das kantige Gesicht des Mannes und seine schön geformten Lippen zwischen meine Hände und Gabis Körper, bis sie mit leisem Stöhnen den Höhepunkt erreichte. Also hatte er uns in mehr als nur einer Hinsicht einen Gefallen getan.

Zurück in La Paz, verbrachten wir noch einige Tage eher halbherzig mit Sightseeing und vögelten wie verrückt, während wir bereits unsere getrennten Reiserouten besprachen. Gabi wollte über die Salzebenen auf direktem Weg nach Chile, aber Carlos hatte mir geraten, ich solle den Zug über die Anden nehmen.

»Ich wünschte, du würdest mitkommen«, sagte Gabi an unserem letzten gemeinsamen Abend. »Ich habe mich seit Monaten nicht mehr so toll gefühlt.«

Ich war versucht, meinen Plan über Bord zu werfen, aber ich befürchtete, dass Gabi zu sehr von mir abhängig würde. Und wenn ich ehrlich war: Ich liebe es zwar, es mit Frauen zu machen, aber nach einer Weile sehne ich mich dann doch wieder nach der Aufmerksamkeit von Männern … von großen, blonden Männern oder kleineren mit dunklen Haaren. Was für ein Dilemma.

»Du schaffst das schon«, meinte ich und benutzte eine von Reds Phrasen. »Ich habe so das Gefühl, dass wir uns noch mal über den Weg laufen. Vielleicht nicht in San Pedro, aber weiter südlich. Und in der Zwischenzeit musst du dich mit jemand anders zusammentun.«

Mein Zug ging früh am nächsten Morgen, und Gabi kam noch mit zum Bahnhof. Als der Zug einfuhr, umarmten und küssten wir uns leidenschaftlich, was die Leute auf dem Bahnsteig, die mit mir in den Zug steigen würden, etwas zu verunsichern schien. Bei meinem sprichwörtlichen Glück saß ich kurz darauf neben einem Engländer mittleren Alters, der sich dauernd mit mir unterhalten wollte – ja, klar, du willst jetzt wissen, was Frauen so alles miteinander anstellen –, aber ich setzte meinen Kopfhörer auf und steckte meine Nase in George Orwells Roman, den ich in der Bibliothek des Hotels im Tauschbörsenregal gefunden hatte. Schließlich gab der Mann es auf und begann ein Gespräch mit den Reisenden hinter uns, und ich hatte eine angenehme Fahrt.

Leider erwies sich mein Zielort, Arica, als noch unattraktiver als Puno und rangierte auf meiner Beliebtheitsskala ganz unten. Essen und Unterkunft waren teuer im Vergleich zu Peru und Bolivien, aber ich teilte mir mein Geld ein, lebte von Hot Dogs und kaufte ein Ticket für den Bus weiter nach Süden. Dadurch hatte ich eine Übernachtung gespart. Weil es in der Stadt nicht viel Interessantes zu sehen gab, einmal abgesehen von der netten, kleinen Kirche, die Monsieur Eiffel entworfen hatte (ich fragte mich, ob Gabi Heimweh nach Paris bekommen hätte), machte ich mich auf den Weg nach San Pedro de Atacama.

Einem Mädchen eine Notiz zu hinterlassen wie »Wir sehen uns in San Pedro« ist ja schön und gut. Aber verpasst man sich nicht in einer fremden Stadt, selbst in einer kleinen Oase wie San Pedro? Ich kam mir vor wie in einem Western, wenn der Held das Wasserloch mitten in der Wüste erreicht. Doch ich schätzte, dass ich Red und Robbie früher oder später begegnen würde. In der Zwischenzeit besorgte ich mir eine Unterkunft in einem Gästehaus, in dem die Zimmer um einen Innenhof herum angeordnet waren. Dort unterhielt ich mich mit ein paar anderen Rucksacktouristen und traf die französischen Simon-and-Garfunkel-Fans wieder, die ich auf dem Inka-Pfad getroffen hatte. Selbst die beiden Schweizer aus Taquile waren da. Das Tolle am Trekking-Urlaub ist ja, dass man die meisten Leute mindestens zweimal trifft.

Und das sollte sich als richtig erweisen, als ich später zum Gästehaus zurückkehrte, nachdem ich den Nachmittag zusammen mit zwei Amerikanerinnen in der Thermalquelle verbracht hatte. Ich traute meinen Augen nicht, aber vor der Tür zu meinem Zimmer saß Carlos.

Kapitel fünf

»Woher wusstest du nur, dass ich hier sein würde?«

Ich nippte an meinem Tequila Healer. Wir saßen in San Pedros angesagtester Cocktailbar, doch auch die war gewöhnungsbedürftig. Für die starken Sachen war es eigentlich noch ein bisschen zu früh, aber ich brauchte den Alkohol im System, um den Schock zu verdauen, dass Carlos mich aufgespürt hatte, obwohl ich doch überhaupt keine feste Reiseroute hatte und spontan entschied, wo es am nächsten Tag hingehen sollte. Ganz zu schweigen davon, dass ich die seismischen Bewegungen meiner Sexmuskeln beruhigen musste beim Anblick des knackigen Carlos in Jeans und T-Shirt. Von den anderen Trekking-Leuten unterschied er sich eigentlich nur durch sein leuchtend weißes Shirt. Ich hatte schon fast vergessen, wie verführerisch dieses breite, dünnlippige Lächeln war, wenn man Zunge und Zähne so gerade erahnen konnte.

»Du hast mir doch gesagt, wo du hinwolltest, schon vergessen? Es ist nicht schwer zu überschlagen, wie lange du dich am jeweiligen Ort aufhalten wirst. Ich wette, dass hier sogar Leute sind, die du schon mal getroffen hast.«

Ich war sprachlos.

»Und woher wusstest du, in welchem Gästehaus ich sein würde?«, hakte ich argwöhnisch nach.

Er zuckte mit den Schultern. »Deduktion. Du würdest nicht die billigste Absteige nehmen, sondern eine schlichte, aber nette Unterkunft, die zu einem Mädchen passt, das allein unterwegs ist. Außerdem hätte es sowieso nicht allzu lange gedauert, die Gästehäuser in diesem Nest abzuklappern.«

Ich lehnte mich zurück und schüttelte den Kopf. »Aber du konntest nicht wissen, dass ich noch allein unterwegs war. Ich hätte doch auch einen Typen aufgabeln können.« Oder ein Mädel, dachte ich, aber von Gabi wollte ich ihm ein andermal erzählen, wahrscheinlich wenn wir nur noch wenig anhatten.

Sein Blick war undurchschaubar, und ich fragte mich, ob er von Red wusste, dachte dann aber, dass er davon nichts wissen konnte ... es sei denn, er hatte ihn und mich in Machu Picchu gesehen.

»Wir hätten uns ja beinahe getroffen, aber du bist in ein Auto gestiegen und hast mich nicht gesehen«, sagte ich.

»Wovon redest du?« Er starrte mich fast erschrocken an.

»Bei Machu Picchu«, erwiderte ich selbstzufrieden. »Ich sah dich aus dem Hotel kommen, mit ein paar anderen Typen in Anzügen. Ihr seid in ein schickes Auto gestiegen und losgefahren.«

Er schüttelte den Kopf mit einem nachsichtigen Lächeln. »Das war ich nicht, Bliss. Ich bin seit ... Monaten nicht mehr dort gewesen.«

Ich wusste nicht, was ich sagen sollte. Es war zweifelsohne Carlos gewesen. Okay, er hätte einen Doppelgänger haben können, denn gut aussehende Latino-Typen mit dunklem Teint sind austauschbar, aber ein Doppelgänger mit demselben Anzug und demselben Hemd?

»Bist du dir da sicher, Carlos?«

Er quittierte mein Nachfragen mit einem lauten Lachen und nahm meine Hand. »Es sei denn, einer hat mir eins übergebraten und ich litt unter partieller Amnesie, bevor ich mich regenerierte. Nein, ich bin absolut sicher. Die Arbeit lässt mir keine Zeit für solche Ausflüge. Ich habe jetzt zum ersten Mal seit Langem wieder Lima verlassen, und eigentlich dürfte ich gar nicht hier sein. Aber ich arbeite rund um die Uhr, und da war es eine gute Ausrede, ein paar Tage frei zu machen und dich zu besuchen.«

Verwirrung meinerseits. Was hätten Sie gedacht? Natürlich war er es bei den Ruinen gewesen, warum also leugnete er es? Ich bin zwar hartnäckig, hatte jetzt aber auch keine Lust, den ganzen Abend herumzudiskutieren – »Aber du warst doch da!« … »Nein, ich war nicht da!« –, ließ das Thema fallen und erzählte lieber von meinen Erlebnissen. Die Details rund um Gabi bewahrte ich mir aber, wie gesagt, für einen späteren Zeitpunkt auf.

Nach dem Essen schlenderten wir Hand in Hand zurück zum Gästehaus, und ich überlegte schon, was Carlos an Fesseln für mich mitgebracht haben mochte, als er sagte, er werde sich in Zurückhaltung üben und direkt auf sein Zimmer gehen.

»Sorry, Bliss. Nach den harten Wochen und dem Flug nach hier bin ich absolut geschafft. Ich will dich nicht enttäuschen, indem ich dir weniger als hundert Prozent gebe. Ich mache es morgen wieder gut, ist versprochen.«

Er drückte mir einen Kuss auf die Lippen und ging in sein Zimmer. Ich kam mir wie in einem verkehrten Märchenfilm vor, wo der Prinz nach einem Kuss verschwindet. Sue und Donna, die beiden Amerikanerinnen, lungerten mit ein paar Israelis im Innenhof herum, und ich gesellte mich zu ihnen. Aber die Gespräche interessierten mich nicht. Ziemlich niedergeschlagen verzog ich mich in mein Zimmer.

Red und Robbie hatten sich nicht blicken lassen. Gabi war

nach Süden unterwegs, und Carlos war auf wundersame Weise aufgetaucht, um im nächsten Augenblick wieder zu verschwinden. Ich wünschte, ich hätte Gabi den Vibrator abgekauft, aber da Carlos mir ja versprochen hatte, wir würden alles nachholen, gab ich mich mit einer Nacht Abstinenz zufrieden. Umso feuriger würde die nächste Nummer werden, es sei denn, Carlos hatte noch irgendwelche Überraschungen auf Lager.

Als ich am nächsten Morgen an seine Tür klopfte, tat sich nichts. Entweder schlief Carlos noch tief und fest, oder er war längst aus den Federn und irgendwo unterwegs. Ich war mehr als nur ein bisschen verärgert und ging mit Sue und Donna in ein kleines Lokal um die Ecke, wo es ein ausgefallenes Eierfrühstück gab. Auf dem Rückweg beschlossen wir, uns Fahrräder zu leihen und ein bisschen in der Gegend herumzufahren, doch kaum kamen wir wieder am Gästehaus an, als ich Carlos im Innenhof sah. Er unterhielt sich mit Simon and Garfunkel.

»Oh, hi«, ließ ich wie beiläufig fallen. »Hab keine Zeit, wir leihen uns Räder.«

»Toll«, antwortete er begeistert. »Sorry, dass ich nicht rauskam, als du geklopft hast. Ich war noch so verschlafen, ich brauchte eine Ewigkeit, einen klaren Kopf zu bekommen. Und als ich dann aufmachte, warst du längst weg.«

»Woher willst du denn wissen, dass ich geklopft habe?«, fragte ich spitz nach und wünschte, ich hätte mich nicht für die Bike-Tour entschieden.

Er lachte nur und schlang den Arm um meine Taille. »Ich habe mit dem Tour-Führer gesprochen. Wir können heute Nachmittag mitkommen zum Valle de la Luna, um den Sonnenuntergang in der Wüste zu genießen. Wie wäre das?«

»Okay«, grummelte ich. »Sue und Donna kommen dann auch mit.«

»Ja, und wir schließen uns auch an. Soll fantastisch sein«, schwärmte Garfunkel, oder sollte ich besser Marc sagen?

»Ihr könnt ja noch eure Radtour machen, während ich die Fahrt für uns buche und mir was zum Frühstück suche«, meinte Carlos und küsste mich auf die Nasenspitze.

Ich war ein bisschen sauer, als hätte Carlos hier das Sagen, aber schließlich war er einfach nur hundemüde gewesen. Was konnte ich ihm da für einen Vorwurf machen? Mir kam es immer noch seltsam vor, dass er den ganzen Weg von Lima gekommen war, um ein bisschen Zeit mit mir zu verbringen. Die Nacht hatten wir schließlich getrennt in unseren Zimmern verbracht, und jetzt machte jeder am Morgen sein eigenes Ding, aber was soll's: Ich hatte sowieso erst in ein paar Wochen mit ihm gerechnet und konnte mich daher nicht beklagen.

Als wir uns später bei einem schnellen Mittagessen trafen, war meine Laune schon wieder besser. Auf der Radtour hatten wir Spaß gehabt, obwohl wir die Ruinen, zu denen wir eigentlich wollten, irgendwie verpasst haben mussten. Wir waren trotzdem nicht zu sehr enttäuscht.

Die Busfahrt zur Wüste war einfach nur klasse. Marc und Christian holten ihre Gitarren raus und kannten dann doch noch andere Songs. Hauptsächlich Dylan, und dank Mum konnte ich wieder am besten von allen mitsingen. Der Reiseführer war auch zufrieden, denn so brauchte er nicht dauernd seine Texte abzuspulen, sondern ließ uns einfach singen. Ich weiß nicht, was Carlos von unserem Gesangstalent hielt, und ich glaube, er war erleichtert, als wir endlich ausstiegen und zu der alten Mine aufbrachen.

Der Reiseleiter führte uns durch einen stillgelegten Schacht. Er verteilte ein paar Taschenlampen, aber wenn man selbst keine abbekam, musste man sich tastend vorwärtsbewegen. Zuerst konnten wir noch aufrecht stehen, aber später riet uns der Führer, wir sollten auf allen vieren kriechen. Es kam zum Stau, als die Leute nacheinander durch einen schmalen Tunnel kriechen mussten. Wir warteten. Carlos, der hinter mir stand, legte mir eine Hand auf den Arsch. Ich trug nur eine dünne Hose mit Kordelzug, wackelte ein bisschen mit dem Hintern und genoss den Reiz dieser intimen Berührung in einer Gruppe von Leuten, die nichts davon ahnten.

Er ließ seine Hand nach vorn wandern und zog mich zurück gegen seinen Hosenbund. Er war so hart, wie ich es mir wünschte, also rieb ich mich an ihm, während Carlos sich bis zu meinem Kitzler vortastete. Plötzlich waren seine Hände an meinen Titten und begannen mich dort zu kneten … bis ich merkte, dass es gar nicht dieselben Hände waren. Carlos' Hände – so nahm ich jedenfalls an, obwohl ich mich langsam fragte, wessen Hände jetzt wo waren – stahlen sich nun in meinen Hosenbund und dann in den Slip.

Sollte ich etwa jetzt um Hilfe rufen? Nein, verdammt. Zwei Leute befingerten mich, und ehrlich gesagt war es mir egal, wer das war. Als wir die Mine betreten hatten, waren wir als kleine Gruppe zusammengeblieben: Carlos, Sue, Donna, Marc und Christian. Ich war froh, ein bisschen Fingeraction von einem von ihnen zu bekommen, insbesondere in der Dunkelheit der Mine. Ich fragte mich schon, ob das Ganze ein Fake war, denn irgendwer vor uns brauchte doch eine halbe Ewigkeit, um durch den Tunnel zu kommen. Als die Hände an meinen Brüsten anfingen, meine Nippel zu bearbeiten, holten die Finger weiter unten meinen Tau aus meiner Spalte, um über meinen heißesten Punkt zu reiben. Ich fragte mich gerade, ob ich kommen könnte, ohne zu wissen, wer genau hinter mir war, als sich die Person vor mir umdrehte, auf alle viere ging und in den Tunnel kroch. Dann war ich an der Reihe.

Sobald der Tunnel hinter uns lag, erreichten wir eine Kaverne, die von Fackeln erleuchtet war. Ich schaute mich um. Christian stand links neben mir, Donna rechts. Ich hätte schwören können, dass die Person, die ich für Carlos gehalten hatte, aus dem Tunnel gekommen war und nun rechts von mir war. Ich brauchte nicht Sherlock Holmes zu sein, um zu wissen, dass es definitiv nicht Donna gewesen war, die den Schwanz gegen meinen Arsch gedrückt hatte. Weitere Schlussfolgerungen waren schon schwieriger, was aber zu meiner wachsenden Erregung beitrug.

Der Reiseführer ging mit einer Lampe voran, und nach und nach verschwanden auch die anderen Taschenlampen. Ich setzte mich in Bewegung, stieß dann aber im Dunkeln gegen jemanden, der sich umdrehte und mich hart und fordernd auf den Mund küsste.

Definitiv ein Mann. Aber war es Carlos? Die Zunge war hartnäckig, und ich sprang darauf an, aber mehr als unheimlich war es dann, dass ich sonst niemanden spürte. Ich wollte mich an die Person schmiegen, traf aber nur ins Leere. Urplötzlich wandte sich der Unbekannte ab und folgte den anderen. Ich ging auch weiter und spürte wieder eine Hand auf meinen Arschbacken.

Als wir später aus dem Tunnel kamen, war mir schon schwindelig vor Erregung, und ich brauchte dringend Erlösung. Ich studierte die Mienen meiner Begleiter, aber keiner verriet sich. Und doch hatte mich jemand befingert, und es war nicht Carlos gewesen. Und höchstwahrscheinlich hatte jemand anders als Carlos mich geküsst. Ich hatte keinen Grund, mich zu beschweren, und konnte nicht jeden Einzelnen fragen, ob er mich im Dunklen begrapscht hatte. Wenn sich das Marc und Christian ausgedacht hatten, wäre Carlos wohl kaum begeistert gewesen. Ich sagte daher nichts.

Wir kamen in das Tal, wo große, vom Wind geformte Sandhügel sich aus der Wüstenebene erhoben. Wir erklommen eine riesige Düne und warteten auf den Sonnenuntergang in der Wüste. Ein rotes Glühen legte sich über die Gegend, und alle machten Fotos wie verrückt, ich vor allem. Das Beste war allerdings, als wir uns wie kleine Kinder die Düne hinunterrollen ließen. Bald lag ich hilflos vor Lachen unten und sah zu, wie Carlos versuchte, den Abhang nach unten zu gleiten, als hätte er Skier unter den Füßen. Irgendwann verlor er den Halt und hatte jede Menge Sand auf seinem Sweater aus Kaschmir.

Auf dem Rückweg herrschte eine eher gedämpfte Stimmung. Vielleicht lag es an der Dunkelheit, vielleicht auch daran, dass der Sonnenuntergang so wunderschön gewesen war. Wahrscheinlich hatten wir uns aber alle vollkommen verausgabt an der Düne, oder uns war inzwischen zu kalt geworden.

Zurück im Gästehaus, hielt Carlos meine Hand und führte mich über den Innenhof bis zur Tür seines Zimmers. Sobald die Tür ins Schloss fiel, platzte ich heraus: »Wer von euch war es?«

Er zog elegant eine Augenbraue hoch. »Wer war *was?*«

»Du weißt schon. Wer hat mich begrapscht und geküsst?«

Er schüttelte den Kopf und hatte eine belustigte Miene aufgesetzt. »Ich nicht. Erzähl mir, was passiert ist.«

Ich konnte mir wirklich nicht vorstellen, dass er vollkommen unschuldig war und nichts mit der Sache zu tun hatte.

Während ich ihm davon erzählte, bewegte er seine Hände über meinen Körper.

»War es so? Etwa so?«

»Ja«, murmelte ich, als seine Hand in meine Hose fuhr und unter den Slip.

»Genau so?«, verlangte er. »Die Hand eines anderen fühlte sich genau wie meine an?« Er reizte meinen Kitzler mit einer kaum wahrnehmbaren Berührung.

»Ja – nein, sie war nicht wie deine ... ich weiß es auch nicht mehr.«

»Es hat dich jedenfalls erregt, wer auch immer es war.«

»Ja.«

»Es ist dir egal, wer es war.«

»Nein.«

»Dir war es lieber, nicht zu wissen, wer es war.«

»Ja.«

Er lachte leise, als er mir die dünne Hose und den Slip bis zu den Schenkeln zog. Ich half ihm, indem ich mich der Schuhe und Socken entledigte und schließlich Sweater und das Unterhemd auszog.

»Ich habe Sand an seltsamen Stellen«, hauchte ich und hoffte, er würde mich davon befreien, aber er war damit beschäftigt, etwas aus seiner Tasche zu holen. Ich hatte mich schon gefragt, ob er etwas von seiner Ausrüstung mitgebracht hatte, und wurde nicht enttäuscht.

Ich dachte, es wäre eine Augenbinde, und als er sie an mein Gesicht führte, war ich einen Moment ratlos. Beim letzten Mal war es toll gewesen, aber wenn er jetzt wieder vorhatte, mich auszustaffieren, dann wollte ich auch was davon sehen. Doch plötzlich steckte das schwarze Tuch in meinem Mund und befand sich nicht über meinen Augen. Ich wollte protestieren, stellte aber fest, dass es sich nicht um irgendein Tuch, sondern um einen richtigen Knebel handelte. Er spannte sich nicht nur fest über meine Lippen, ich spürte auch etwas Keilartiges im Mund.

»Ich hoffe, es stört dich nicht, Bliss«, flüsterte er mit seidiger Stimme. »Diese Zimmer sind so hellhörig, wie ich letzte Nacht feststellte.«

Kurz durchzuckte es mich, dass er letzte Nacht jemand anders gefesselt hatte und die Nachbarn sich beschwert hatten, aber ich verwarf den Gedanken. Egal, ich wäre nicht eifersüchtig gewesen, wenn es sich so abgespielt hätte. Ich hätte nur gern die Details erfahren.

Das schwarze Kleidungsstück, das er in der Hand hielt, war gar nicht das Korsett. Stattdessen legte er mir etwas um meine Taille, was eigentlich nur ein außergewöhnlich breiter schwarzer Ledergürtel sein konnte, der mir bis zu den Brüsten ging. Dann drehte Carlos mich zu sich, zog den Gürtel stramm und machte ihn zu, wahrscheinlich mit einem Klettverschluss. Wieder drehte er mich und überprüfte, dass der Gürtel unter meinen Brüsten saß. Ich fragte mich derweil, ob das schon alles war, was ich am Leib tragen würde, als er mir den Choker um den Hals legte. Dazu kamen Handschellen, gleich zwei Paar.

Zuerst fesselte er mir die Hände auf dem Rücken. Dann sollte ich mich auf das Bett knien, mit dem Rücken zur Wand und mit gespreizten Beinen. Die anderen Handschellen befestigte er an meinen Fußgelenken, und schließlich zog er meinen Kopf zurück. Die Ketten am Choker verband er mit den Fußfesseln. Jetzt schaute ich fast zur Decke.

»Ich glaube nicht, dass du deine Knie zusammenmachen willst«, bemerkte er trocken. »Nur für den Fall ...«

Er brauchte mir das nicht näher zu erklären, als er direkt über meinem rechten Knie eine schwarze Binde um meinen

Schenkel schlang, dann um das andere Bein. Die Binden wurden zurückgezogen, sodass meine Knie noch ein wenig weiter auseinanderrutschten. Allerdings waren die Binden nicht mit den Handschellen verbunden, sondern offenbar mit der Wand. Ich hatte keine Ahnung, woran, aber wahrscheinlich hatte Carlos vorher einen Ring in das weiche Holz gedreht.

Zufrieden betrachtete ich mich – soweit das überhaupt ging – und vermutete, dass ich jetzt bereit für Carlos' Pläne war. Was mich betraf, so war ich definitiv bereit. Die neue Stellung fand ich sogar noch aufregender als die letzte. Nur hätte ich gern einen Spiegel gehabt, um mich besser sehen zu können. Die Fingeraction in der Mine hatte mich jedenfalls scharf auf alles gemacht.

Allerdings hatte ich nicht mit einer Augenbinde gerechnet – nicht schon wieder! Dann hörte ich auch noch, wie die Tür aufging.

»Bin gleich wieder da. Ich schau nur kurz, was heute Abend so auf der Speisekarte steht. Du fühlst dich doch nicht einsam?«

Die Stimme klang spöttelnd, und ich wollte protestieren, brachte aber nicht viel mehr zustande als das bekannte »Hmm-hmm« aus Entführungsstories.

Beim letzten Mal hatte ich ja wenigstens noch bequem auf dem Bett gelegen, und allmählich machte ich mir Sorgen, wie lange ich so knien sollte; die Beine gespreizt, den Kopf im Nacken. Aber eigentlich beklagte ich mich auch nicht. Carlos hätte ruhig die gleiche Vorliebe haben können wie Gabis Ex. Ich hätte mich gern auf Video gesehen, allerdings nur für mich, nicht für irgendwen sonst.

Wenn ein Sinn ausgeschaltet ist, wird das meist durch einen anderen kompensiert. Ich war mir plötzlich ziemlich sicher, dass sich jemand leise im Zimmer bewegte.

Vielleicht war er gar nicht hinausgegangen. Genauso gut hätte er die Tür zudrücken und warten können, wie ich reagierte. Wahrscheinlich wollte er mich einfach nur beobachten, denn warum sonst der ganze Aufwand mit den Fesseln?

Wenn der Knebel nicht so stramm gewesen wäre, hätte ich gelächelt. Guter Trick, Carlos. Angestrengt lauschte ich auf jedes noch so kleine Geräusch im Zimmer und blendete die Laute von draußen aus – Stimmen, klapperndes Kochgeschirr. Definitiv spürte ich, wie sich jemand dem Bett näherte, und zitterte beinahe in meiner Vorfreude auf die Berührungen.

Doch ehe er mich berührte, kam mir schlagartig etwas in den Sinn. Nachdem er die Tür zugemacht hatte, hatte er »Hi« zu Donna gesagt. Es sei denn, da war noch jemand gewesen, dessen Stimme der von Carlos ähnelte.

Er berührte mich. Er – nicht Carlos, wie ich jetzt glaubte; er war es gewesen, der mit Donna gesprochen hatte – berührte meine Nippel, leicht und zart. Langsam ließ er die Fingerspitzen darüber kreisen und knetete sie dann zwischen Daumen und Zeigefinger, leicht, dann fester. Vielleicht etwas zu hart; ich gab ein gurgelndes Geräusch von mir. Doch schließlich genoss ich den festen Druck, als meine Nippel sich aufrichteten.

Jetzt versuchte ich, mich nur auf die Berührung zu konzentrieren. Carlos hatte mich so angefasst, hatte meine Spitzen zwischen seinen Fingern gerollt; würde ich da seine Berührung nicht wiedererkennen? Nein, ich konnte nicht mit Sicherheit sagen, dass er es war.

Beide Hände drückten nun meine Brüste zusammen, quetschten sie und rieben fast rücksichtslos über meine harten Nippel. Ich stöhnte, aber nicht klagend.

Eine Hand lief über meinen Hinterkopf, hinab zum Choker

und zur Kette, der meinen Kopf stabilisierte. Die Hand zog noch stärker, sodass mein Kopf weiter zurücksackte. Derweil strich die andere Hand über mein Bein, angefangen bei den Schellen bis zu dem Band über meinem Knie, schließlich hinauf an der empfindlichen Haut an der Innenseite meines Schenkels.

Plötzlich hatte ich das Gefühl, dass er alles dransetzte, mich kommen zu lassen. Die Finger der einen Hand waren in mir und stießen vor und zurück, während die anderen über meine Klitoris rieben. Wenn ich in einer Stellung zum Vögeln gewesen wäre, hätte er bestimmt wie wild seinen Schwanz rein- und rausgetrieben, aber so beschränkte er sich auf die Hand. Obwohl ich mich kaum bewegen konnte, drückte ich wie verrückt gegen die Finger in mir. Den ganzen Nachmittag über hatte sich schon die Spannung in mir aufgebaut und konnte sich nun endlich entladen. Ich kam unkontrolliert, und er hatte das offenbar gespürt; meine Kontraktionen quetschten seine Finger. Allmählich wurde er langsamer und hörte ganz auf.

Er zog die Hände fort und entfernte sich vom Bett. Die Tür fiel ins Schloss.

Diesmal war ich sicher, dass ich allein im Zimmer war. Als sich mein Herzschlag und meine vaginalen Muskeln wieder beruhigt hatten, nahm ich keinen Laut mehr im Raum wahr.

Kurze Zeit später ging die Tür wieder auf und zu. Diesmal musste es Carlos sein. War es eben denn nicht auch er gewesen?

Er setzte sich zu mir aufs Bett, fasste mich aber nicht an. Dann stand er auf – das Bett knarrte, schließlich noch einmal –, was machte er da nur?

Als Erstes spürte ich seine Haare an den Innenseiten meiner Schenkel. Und da wusste ich, dass er es war. Das dichte, schwarze Haar gehörte mit Sicherheit Carlos. Offenbar lag er auf dem Rücken und würde jeden Augenblick an meiner Perle züngeln.

Aber ich war doch eben gekommen, ich wollte das jetzt nicht.

Ich war zwar schnell gekommen, aber die Finger hatten so fest über meinen Kitzler gerieben, dass die Stelle zu empfindlich war, um jetzt noch die Zunge genießen zu können. Ob er das gespürt hatte oder nicht, wusste ich nicht, aber er fing nun an, mich mit der Zunge zu penetrieren. Ich hörte, wie er meinen Tau aufleckte, wie eine Katze ihre Milch in der Schüssel.

War das für ihn das Signal, dass ich eben erst gekommen war? Wenn er es überhaupt gewesen war, der mich zum Höhepunkt gebracht hatte.

Mit den Händen drückte er auf meinen Venushügel, und jetzt begann ich, mich zu bewegen, ahnte ich doch, dass da noch ein kribbelndes Nachbeben meines Orgasmus drin war. Er schien das zu verstehen und tauchte mit der Zunge tiefer in meine Spalte, direkt unter dem Kitzler. Und tatsächlich hatte ich einen schwachen, aber angenehmen Nachschauer.

Plötzlich waren meine Schenkel nicht mehr an die Wand gefesselt, und ehe ich kapierte, was eigentlich passierte, wurde ich von zwei Händen angehoben und spürte, wie ich auf einen dicken, harten Schwanz sank. Meine Hand- und Fußgelenke rieben über die Wand, als er mich hochzog und sich dann in mich trieb. Das konnte nur Carlos sein, aber er sagte immer noch nichts. Der Rhythmus wurde schneller. Ich konnte ihn nicht anfeuern, aber er brauchte ja auch gar keine Anfeuerung. Ich schätzte, dass es ihm schon reichte, dass ich ihm vollkommen wehrlos ausgeliefert war. Er kam mit einem kehligen Stöhnen. Und da hatte ich die Gewissheit, dass es Carlos war.

»Blissful«, sagte er in Anspielung auf meinen Namen, als er sich aus mir zurückzog. »Ich hoffe, dir hat es auch gefallen?«

Ich dachte, er würde mir den Knebel abnehmen, aber er tat es nicht.

»Und wie war's beim ersten Mal?«, fragte er. »Was hat er gemacht? Oh, keine Sorge, ich kann's mir schon vorstellen. Ich hoffe aber doch, dass er still war. Denn ich sagte ihm, dass du nicht wissen willst, wer er war. War doch richtig, oder? Das hast du doch gesagt, als du vom Tunnel erzähltest. Du wolltest es lieber nicht wissen.«

Halt, das war was anderes. Da konnte ich entscheiden, ob es weiterging oder nicht, wollte ich sagen. Aber er gab mir immer noch nicht die Gelegenheit dazu.

»Wenn es dich tröstet, ich weiß auch nicht, wer es war. Er meinte, sie würden losen. Ich sage »er«, aber wer weiß das schon genau?«

Ich konnte es nicht glauben. Wer es auch immer gewesen war, er hatte sie oder ihn hereingelassen, als er das Zimmer verlassen hatte. Die Tür hatte ich nämlich nur einmal gehört. Dennoch, ich schwieg. Was blieb mir auch anderes übrig?

»Ich geh dann mal duschen, solltest du auch machen. Ich habe noch Sand von dir zwischen den Zähnen. Wir sollten bald essen, weil wir morgen früh aufbrechen müssen. Ach, habe ich ja ganz vergessen, dir zu erzählen. Ich habe eine Tour zu den Geysiren gebucht, und da müssen wir schon halb vier am Bus sein.«

Die Tür ging wieder zu.

Der Bastard hätte mich losbinden können; zumindest wäre ich jetzt gern von Knebel und Binde befreit gewesen. Der einzige Trost war, dass ich nicht mehr an die Wand gekettet war, also legte ich mich mit etwas Mühe auf die Seite und schloss die Schenkel. Gott, die schmerzten!

»Bliss! Ich habe dich vermisst!«

Ich drehte mich um. Da stand Red, und Robbie war hinter ihm. Ich sprang auf und umarmte ihn. »Ich dich auch«, sagte ich möglichst neutral. Carlos biss erneut in seine Pizza.

Auch Robbie nahm mich in den Arm. »Habe dich auch vermisst«, meinte er, und seine Augen verengten sich bewundernd, wie es sich für den wahren Voyeur gehört.

Red hatte sich bereits einen der freien Stühle am Tisch zurechtgerückt. »Du hast doch nichts dagegen, Kumpel?«, wandte er sich an Carlos. Ich stellte die Jungs einander vor.

»Ach, dann bist du der Freund von Bliss aus Lima?«, fragte Robbie. »Nett, dich kennenzulernen, Kumpel.«

Die Aussies bestellten Bier. Wie sich herausstellte, waren sie eine Woche früher als geplant in San Pedro angekommen, hatten sämtliche Trips und Sehenswürdigkeiten mitgenommen und waren dann einige Tage in Calama geblieben, um sich die Mine anzuschauen.

»Wir sind am Nachmittag zurückgekommen, haben das Zelt aufgebaut und dann nach dir gesucht. Aber du warst nirgends zu finden«, erklärte Robbie.

Ich beschloss, den beiden nicht zu erzählen, dass ich in Carlos' Zimmer gefesselt gewesen war und mich von einem Fremden hatte befingern lassen.

Die frühe Abfahrt zur Geysir-Tour kam mir gelegen, denn sonst hätte Red mich bestimmt gefragt, ob ich die Nacht nicht bei ihm im Zelt verbringen wolle. Oder er hätte mich gleich zurück zum Gästehaus begleitet. Wir erzählten uns gegenseitig, was wir so unternommen hatten, wobei ich mich kurz fasste, weil Carlos das alles schon gehört hatte. Red versuchte sich in höflichen Fragen nach Carlos' Job, aber Carlos blieb eher einsilbig. Ich schätzte, er war ein bisschen sauer über das unerwartete Auftauchen meiner Aussie-Freunde, aber was konnte *ich* dafür? Jetzt mussten Red und Robbie endlich kapieren, dass auch Carlos in meinem Sexleben vorkam, denn sonst wäre er wohl kaum für ein paar Tage aus Lima gekommen. Ich hoffte nur, sie würden Carlos nicht vorschlagen, bei dem Exhibitionisten/Voyeur-Spiel mitzumachen.

Unmittelbar nach dem Essen machten wir uns auf den Weg, um früh schlafen zu gehen. Red und Robbie umarmten mich, und ich musste ihnen versprechen, sie nach der Fahrt zu treffen.

»Du hast mir nicht gesagt, dass du hier deine Freunde treffen würdest«, sagte Carlos leicht angespannt auf dem Rückweg zum Gästehaus.

»Was hättest du denn gemacht, wenn du es gewusst hättest? Wärst du schnurstracks nach Lima zurückgeflogen?«, entgegnete ich. »Außerdem hatte ich nicht geplant, die beiden zu treffen. Sie hinterließen mir in Puno eine Notiz und meinten, sie würden mich hier einholen. Ich wusste doch gar nicht, dass du auch hier sein würdest.«

»Du vögelst also mit beiden?«

»Nein, nur mit Red.«

»Der andere rechnet sich auch Chancen aus, so viel steht fest.«

Eben hatte ich beschlossen, ihm nicht zu erzählen, was zwischen Red, Robbie und mir gewesen war, aber schließlich blieb mir keine andere Wahl. Carlos zerrte mich nämlich in sein Zimmer und drückte mich aufs Bett, auf dem noch die ganzen Utensilien lagen. Schnell fesselte er mir wieder die Hände auf den Rücken und verband die Schellen mit einem der Ringe, an denen zuvor meine Beine befestigt gewesen waren.

»Du kannst mir alles erzählen, was du dir so mit deinen

Australiern ausgedacht hast, und dann kannst du dich ausziehen und schlafen, oder du lässt es sein. Mir gefällt der Gedanke, dass du die ganze Nacht wach bist.«

»Ich dachte, du hast gesagt, du wärst kein Sadist«, antwortete ich.

»Nein, eigentlich nicht.« Er lachte. »Ich sagte, ich mag es nicht, anderen Schmerzen zuzufügen. Aber ein bisschen psychologische Folter ist was anderes.«

»Schlafentzug ist nichts Psychologisches, das sind körperliche Qualen.«

»Wortbedeutungen, Bliss. Entweder erzählst du mir alles, und ich binde dich los, oder ich knebele dich noch, damit ich wenigstens ruhig schlafen kann.«

Dieser Bastard. Ich musste ihm wohl oder übel alles erzählen.

»Ich glaube nicht, dass wir einander Treue gelobt haben«, erwiderte ich sarkastisch. »Insbesondere weil du einen Fremden beauftragt hast, sich mit mir zu beschäftigen. Kann ich dann also jetzt schlafen?«

Er band mich los. »Natürlich musst du nicht treu sein. Ich bin nur ein bisschen enttäuscht, dass du mir nichts von der *ménage à trois* mit deinen Australiern erzählt hast. Aber egal, ab mit dir.«

»Wie meinst du das?«

»Ab mit dir«, wiederholte er geduldig. »Wir müssen um drei Uhr raus. Da ist es besser, wenn jeder in seinem Zimmer schläft. Du hast doch eine Weckvorrichtung an deiner Uhr?«

»Ja, aber –«

»Aber was? Wir hatten Sex. Hier ist nicht mal ein Doppelbett, in dem wir kuscheln könnten, und wenn du nicht schlafen kannst und dich von einer Seite auf die andere drehst, dann will ich nicht, dass du mich störst.« Er hielt mir die Tür auf. »Noch ein Gutenachtkuss?«

Von wegen!

Zu behaupten, dass die Geysire mich kalt ließen, wäre banal, weil gerade die Kälte das Problem war. Es war nicht nur verdammt kalt, als wir in aller Herrgottsfrühe ankamen, sondern die Sehenswürdigkeit lag auch noch in beträchtlicher Höhe. Selbst der Kaffee, den man uns zusammen mit Käsebrötchen servierte, war nicht richtig heiß. Mehr als einmal wünschte ich, Carlos wäre allein gefahren. Dann hätte ich schön im Bett bleiben können, wäre später im warmen San Pedro zu Reds und Robbies Zelt gegangen und hätte »schaut mich an« gespielt.

Später wurde es zwar wärmer, aber da waren wir schon auf dem Rückweg. Die Sonne kam raus; wir waren nicht mehr so hoch und machten wie versprochen Halt an den Thermalquellen, um ein bisschen zu schwimmen. Ich hatte mir den Bikini als Unterwäsche angezogen und war daher bei den Ersten, die ins Wasser sprangen, während die anderen Frauen sich irgendwo hinter Felsen hockten, um sich unbeobachtet umkleiden zu können. Carlos, Marc und Christian und ein paar deutsche Urlauber sprangen kurz nach mir ins Nass und folgten mir zu den tiefsten Stellen im ansonsten flachen Pool. Dort wärmten wir uns erst mal auf. Carlos hatte an sein Handtuch gedacht und legte es über die Steine unmittelbar über unseren Köpfen.

Schweigend genossen wir das warme Wasser, räkelten uns faul und seufzten erleichtert. Carlos, Marc und Christian redeten dann über Musik, während die Deutschen unter sich blieben. Ich war froh, die Augen schließen zu können und wieder Wärme zu tanken. Carlos' Hände berührten meinen Oberschenkel, aber wohl nicht absichtlich, und daher machte es mir nichts.

»Bliss, kommst du an mein Handtuch? Ist direkt über dir.« Ich reckte mich, kam aber nicht dran. Warum er es ausgerechnet jetzt haben wollte, wusste ich auch nicht, aber ich stand auf, um es zu holen.

Genau in dem Moment, als ich aufstand, hakte er seinen Daumen in den Bund meiner Bikinihose und zog sie mir runter. Er hatte seine Hand so schnell weggezogen, dass es für die anderen so ausgesehen haben musste, als wollte ich allen meinen Busch zeigen.

»Oh, Bliss«, entfuhr es Marc mit einem sowohl bewundernden als auch gleichgültigen Blick, und da vermutete ich, dass er mich am Vortag zum Orgasmus gebracht hatte. Christian starrte mich nur an und nickte bewundernd. Keiner von ihnen war verdutzt – so sind die Franzosen eben –, aber die Deutschen hockten mit offenem Mund da. Ich setzte mich, so schnell ich konnte, aber Carlos gelang es, mit der Hand durch mein nasses Schamhaar zu streichen.

»Warum hast du das gemacht?«, flüsterte ich ihm verärgert zu, während ich meine Hose wieder anzog. Ich rechnete schon damit, dass er alles leugnen würde, aber stattdessen grinste er mich einfach nur an.

»Rache«, erwiderte er. »Beim nächsten Mal, wenn du die Australier vögelst, erinnerst du dich daran.«

Obwohl mein Körper sich im warmen Wasser wieder regeneriert hatte, war meine Haltung immer noch eisig, und mit der miesen Laune erreichte ich wieder San Pedro. Ich schlug Carlos' Angebot aus, mit ihm essen zu gehen, und stapfte davon zum Zeltplatz zu Red und Robbie.

»Da ich sehe, dass du dich jetzt daran erinnerst, könnten wir auch wieder vögeln.« Red grinste, als ich von dem Vorfall in der Thermalquelle erzählte. Ich war richtig froh, die beiden vorm Zelt sitzen zu sehen. Sie bauten mich auf mit Tee, Mitgefühl und Schinkenbrötchen.

»Du willst uns also nicht treu sein?«, fragte Robbie verschmitzt.

»*Uns?*«, erwiderte ich. »Du bist doch nur Zuschauer.« Ich lachte.

»Und der Erzähler«, protestierte er. »Das ist doch auch wichtig, oder nicht?«

»Ja, natürlich. Carlos war eben vor euch hier. Aber ich hatte gar nicht mit ihm gerechnet. Er gab mir die Adresse eines Freundes in Santiago. Eigentlich dachte ich, ihn dort zu treffen.«

»Und was hat er gesagt, dass du ihn bei Machu Picchu gesehen hast?«, wollte Red wissen.

»Er meinte, er sei nicht dort gewesen. Aber er war's! Ehrlich, das war keine Einbildung. Ich habe ihn genau gesehen. Die zurückgebundenen Haare, derselbe cremefarbene Anzug und das weiße, kragenlose Hemd. Genau diese Sachen trug er auch in Lima. Aber warum sollte er lügen?«

Sie tauschten Blicke. Ich hatte das Gefühl, dass die beiden mir etwas vorenthielten.

»Jetzt kommt schon, ihr wisst doch irgendwas! Was zum Teufel geht hier vor? Habt ihr irgendwie mit ihm zu tun?«

Red lachte, aber es klang angespannt. »Wir kennen ihn, Bliss. Wir haben nichts *mit* ihm zu tun, wir arbeiten eher *gegen* ihn.«

Seine letzten Worte klangen fast theatralisch ernst. Ich saß einfach nur da, nahm einen Schluck Tee und den letzten Bissen vom Brötchen und starrte die beiden erwartungsvoll an.

»Kennst du die Agentur, für die er arbeitet? ETP? Hast du eine Ahnung, was die machen und wofür die Abkürzung steht?«

Ich schüttelte den Kopf. »Ich weiß nicht, was ETP bedeutet, aber es ist irgendeine Entwicklungshilfeorganisation, obwohl er mir sagte, es sei kein Wohlfahrtsverband.«

Robbie kicherte. »Darauf kannst du wetten! ETP steht für *en todas partes*, Bliss – das schaffst selbst du mit deinem Spanisch.«

»Sehr witzig. Das heißt ›überall‹, richtig?«

»Genau. Und was das Selbstverständnis von ETP betrifft, so könnte man sagen: Wir infiltrieren die Märkte überall zugunsten unserer Kunden. Ganz gleich, was für Probleme das vor Ort macht, wen wir aus dem Rennen stoßen oder wie sehr wir manipulieren, paktieren oder bestechen müssen, um unser Ziel zu erreichen.« Red lehnte sich mit grimmiger Miene zurück.

»Du hast vergessen, dass ihnen alle Mittel recht sind, auch die Anwendung von Gewalt«, ergänzte Robbie.

»Okay, sagen wir: Sie manipulieren, setzen andere unter Druck und zahlen Bestechungsgelder. Ganz griffig auf den Punkt gebracht, oder?«

Ich hatte das Gefühl, dass sie komplett an mir vorbeiredeten. »Na gut, aber könntet ihr mir die Sache vielleicht noch ein bisschen besser erklären?«

»Sorry«, meinte Robbie. »Zusammengefasst: ETP ist der südamerikanische Zweig einer US-Firma, die richtig große Unternehmen repräsentiert. Diesen Unternehmen ermöglichen sie Zugang zu ansonsten geschlossenen Märkten, und zwar durch Bestechung, manchmal auch mittels Gewalt. Regierungen oder Stadtparlamente werden manipuliert, damit sie Vorhaben absegnen, die eigentlich nicht realisiert werden dürften. Das Ganze wird mit ein bisschen PR geschönt, und wenn nötig, werden auch billige Arbeitskräfte eingeführt. Jetzt klarer für dich?«

»Gott! Und Carlos arbeitet für die?«

»Carlos ist eine große Nummer für die«, sagte Robbie und ahmte den harten, spanischen Akzent nach. »Wenn die Firma sich auf Fehlerbehebung spezialisiert, dann eliminiert er die Fehler – wenn man das so sagen kann.«

Vielleicht nicht, aber ich kapierte, was er meinte. »Ist das legal?«

Beide hoben fragend die Brauen. »Teilweise ja, teilweise nein. Sie verstoßen vielleicht nicht direkt gegen geltendes Recht, sondern biegen sich die Gesetzeslage zurecht ... mehr oder weniger.«

»Was hatte er also bei Machu Picchu vor?«

»Er war erfolglos, wenn meine Informationen korrekt sind.« Robbie grinste. »Wusstest du, dass sie das Hotel vergrößern wollen? Es soll ein ganz neuer Komplex für Touristen gebaut werden. Einige Kunden von deinem Kumpel können es gar nicht abwarten, eine Genehmigung für dieses Vorhaben zu ergattern. Aber ich glaube, er kam zu spät. Er ist erst seit einigen Monaten hier, und die Pläne laufen schon längst. Deshalb braucht die Agentur ihn. Wenn er früher gekommen wäre, hätte er vielleicht noch Überzeugungsarbeit leisten können.«

»Und was meintest du jetzt mit ›wenn meine Informationen korrekt sind‹? Woher wisst ihr, was er vorhat, und woher weiß man, dass Carlos keinen Erfolg hatte? Wer sind eure Informanten?«

»Fragen über Fragen. Du solltest unserem kleinen Ermittlerteam beitreten«, spaßte Red. »Jetzt weißt du, was es mit unserem E-Mail-Junkie hier auf sich hat. Wir stehen nämlich in Kontakt mit unseren Leuten in den USA und zu Hause. Hier vor Ort gibt es auch ein paar Kontaktmänner. Deshalb waren wir auch kurz weg, weil wir unseren Mann aus Lima treffen wollten. Er schätzt, dass Carlos erledigt ist, was Machu Picchu betrifft. Doch er hat noch ein anderes großes Projekt, das auf ihn wartet, und das ist sein ganz persönliches Lieblingsprojekt –«

»Wartet mal«, unterbrach ich ihn. »Wer seid ihr eigentlich?«

»Gute Frage. Red, wer bist du eigentlich?«, fragte Robbie.

»Hör auf mit dem Mist, Robbie! Für heute habe ich genug von Männern, ehrlich. Und wenn ihr mir nicht bald sagt –«

»Okay, Bliss«, sagte er zerknirscht. »ETP sind auch in Australien, nur unter anderem Namen. Wir sind schon eine ganze Weile bei diesem Aktionsbündnis, das gegen ETP arbeitet. Daher haben wir uns auch einer ähnlichen Organisation in den Staaten angeschlossen, die uns dabei hilft, einige Pläne von ETP zu vereiteln. So ist es uns zum Beispiel gelungen, einigen ihrer Projekte einen Strich durch die Rechnung zu machen, allerdings ist das nie ganz leicht, weil ETP geschickt vorgeht. Wir planten unseren Trip hier in Südamerika und warteten darauf, dass unsere Kollegen in den USA uns mitteilten, was dein Kumpel so vorhat. Hier vor Ort finden wir nicht genug Unterstützung, also schauen wir, was wir ausrichten können.«

»Jetzt wartet doch mal, nicht so schnell. Euer kleines Aktionsbündnis in den Vereinigten Staaten ... was genau seid ihr denn? Anarchisten? Kommunisten?«

Red musste lachen. »Wir passen nicht in die gängigen Schubladen. Wir sind bloß gegen multinationale Konzerne und die fortschreitende Globalisierung. Wichtig sind uns Aktionen, die die Menschen sensibilisieren für ein ökologisch nachhaltiges Denken in der Politik. Ist das alles ein bisschen zu düster für dich?«

Ich war fast erschrocken. »Natürlich nicht. Ich gebe euch im Prinzip recht. Ich mag es auch nicht, wenn irgendwann alle Städte auf der Welt gleich aussehen.« Etwas regte sich in meiner Erinnerung. »Komisch, genau das habe ich zu Carlos in Lima gesagt.«

»Oh, Mann, ich wette, er war überrascht.« Red amüsierte sich königlich. »Jetzt sag mir nicht, dass er dir zustimmte?«

»Keineswegs. Wir diskutierten nur über McDonald's.«

»Fantastisch! Aber du musst dich uns nicht anschließen, wenn du nicht magst, Bliss. Er wird dir nichts tun. Wenn du ihn einfach in Santiago treffen möchtest, ist das vollkommen in Ordnung. Andererseits könntest du uns natürlich auch helfen, indem du ihm ein paar unschuldige Fragen stellst.«

Ich war mir nicht sicher, ob ich ihnen wirklich vertraute. »Vielleicht. Aber erst ein paar Fragen an euch. Wusstest ihr, dass Carlos an jenem Tag in Machu Picchu sein würde? Eigentlich wollten wir ja einen Tag davor auf den Inka-Pfad, wenn ich mich recht erinnere, aber dann überlegtet ihr es euch plötzlich anders.«

»Nicht schlecht, Bliss. Du hättest Detektivin werden sollen.«

»Aha, und als ihr mich im Restaurant sitzen gelassen habt, seid ihr ein bisschen Spionieren gegangen?«

»Noch ein Treffer. Allerdings bekamen wir nichts heraus.«

Jetzt musste ich ihnen die Vierundsechzigtausend-Dollar-Frage stellen. »Und da wusstet ihr noch nicht, dass ich was mit Carlos zu tun hatte?«

Blondschöpfe sind so leicht zu durchschauen. Unter seiner Sonnenbräune wurde Red so rot, dass er seinem Spitznamen alle Ehre machte.

»Nun ... wir wussten es nicht genau. Ich meine, wir wussten nicht, wie eure Beziehung aussah.«

»Woher wusstet ihr dann, dass ich ihn überhaupt kannte?«

Red blickte verschämt drein. »Jetzt wird's peinlich, Bliss. Wir haben dich in Lima gesehen, zusammen mit ihm. Wir folgten euch in ein Restaurant, lungerten später vor seiner Wohnung herum und fanden heraus, dass du nach Cuzco wolltest. Aber da wollten wir sowieso hin, ehrlich.«

»Soll das heißen, ich wurde von zwei Geheimagenten verfolgt?« Ich wusste nicht, ob ich beeindruckt oder richtig sauer sein sollte. Und eine Sache ging mir nicht aus dem Kopf: Ich hatte ihnen nicht erzählen wollen, zumindest vorerst nicht, dass meine Beziehung mit Carlos mit Fesseln und Korsett zu tun hatte. Aber wenn die beiden mich mit ihm in Lima gesehen hatten, dann waren ihnen bestimmt nicht meine Stilettos und das tiefe Dekolletee entgangen. Was soll's, die Details konnten warten.

»Na toll! Ich will gar nicht wissen, wie ihr mich in Cuzco gefunden habt, wenn ich sehe, dass Carlos mich hier aufgespürt hat. Ihr habt euch also vorgenommen, mich zu verführen, um mehr über Carlos herauszufinden?!«

»Hey, ich bin mir nicht mehr ganz sicher, wer hier wen verführt hat.«

Schuldbewusst machte ich mir klar, dass vermutlich *ich* vorgeschlagen hatte, den Nachmittag in Reds Zimmer zu verbringen.

»Okay, aber –«

»Bliss, wenn du die Schnauze voll hast und uns abschießen willst, kein Problem. Und wenn du Carlos in Santiago triffst, ist das für uns sowieso keine große Hilfe. Wir sind vielmehr an einem Projekt interessiert, das er in Chiloe betreibt, auf einer Insel vor der Küste –«

»Ich weiß, wo das ist«, sagte ich ungeduldig. »Er erwähnte mal, dass er da irgendetwas Wichtiges am Laufen hat.«

»Und was hat er noch so gesagt?«, wollte Robbie wissen.

Ich kramte in meiner Erinnerung. »Nicht allzu viel ... nur dass es da eine Menge Entwicklungsarbeit gibt.«

»Ja, klar, zum Beispiel einen riesigen Touristenkomplex mit importierten Arbeitskräften und Baustoffen, alles in Händen von internationalen Konzernen. Nahrungsmittel werden von globalen Konsortien bereitgestellt. Verstehst du, wo das Problem liegt?«

»Bin doch nicht blöd! Ehrlich, ich weiß, was ihr meint. Aber ich wusste doch nicht, was Carlos so treibt. Er meinte, seine Agentur sei dabei behilflich, Industrie vor Ort aufzubauen ... ich dachte da eher an Oxfam, wisst ihr, Hilfe zur Selbsthilfe und den ganzen Kram.«

Robbie wuschelte mir durchs Haar. »Bliss, tut uns leid, wenn wir dich da mit hineingezogen haben. Aber wenn sich eine Gelegenheit ergibt, wirst du uns dann helfen?«

»Ihr meint, ich soll versuchen, möglichst viele Informationen aus ihm herauszubekommen?«

Beide sahen mich gespannt an. Die Vorstellung fiel mir schwer, dass diese beiden netten Aussies meinten, sie könnten sich auf einen Kampf mit dem globalen Kapitalismus einlassen. Aber wenn sie glaubten, ich könne eine Hilfe sein, dann war ich dabei. Denn immerhin war ich bei Eltern aufgewachsen, die nicht kommerziell eingestellt gewesen waren. Ja, Mum wäre stolz auf mich.

»Ich soll also so eine Art Doppelagent spielen?«

»Nicht ganz«, sagte Red trocken. »Denn wir wollen ja nicht, dass du uns an ihn verrätst. Eher andersherum.«

»Ja, klar.« Ich lächelte beide an. »Okay, ich bin dabei. Ihr habt ein neues Mitglied für euer Bündnis rekrutiert.«

»Aber glaub nicht, dass wir Leute entführen oder Bomben in der Wall Street legen«, sagte Robbie. »Uns reichen schon ein paar Infos.«

»Okay.« Ich stellte meine Tasse ab und warf den beiden einen verschwörerischen Blick unter halb gesenkten Wimpern zu. »Mein Name ist van Bon. Bliss van Bon.«

Red warf sich lachend auf mich, Robbie stürzte sich noch obendrauf, und so kugelten wir uns durchs Gras. Da sonst niemand auf dem Campingplatz war, wurde aus der Tollerei bald ein Kuss. Robbie schaute begeistert zu. Obwohl ich in der Thermalquelle sauer gewesen war, als Carlos mir die Hose runtergezogen hatte, war jetzt alles anders. Als Red mir das T-Shirt auszog und meine Brüste unter dem Bikini-Top streichelte, stöhnte ich lustvoll und schaute mit geschürzten Lippen und sinnlichem Blick zu Robbie hinüber. Er grinste, und ich freute mich schon auf die nächste Story, die er sich für uns ausdenken würde. Doch ich wusste, dass Carlos noch auf mich wartete. Also sagte ich meinen Aussies, sie müssten sich noch gedulden, bis Carlos fort wäre. Von mir aus konnten sie sich mit ein paar Girlies amüsieren, bis ich Phase eins meiner Ermittlungen abgeschlossen hätte.

Carlos schien sich keine Gedanken über meine Abwesenheit gemacht zu haben. Ich fand ihn im Innenhof, wo er mit Sue und Donna Bier trank. Ich setzte mich zu ihnen, bis die Mädels meinten, sie müssten vor dem Essen noch duschen. Schließlich waren wir allein.

Er musterte mich mit sardonischem Blick. »Hast du dich beruhigt? War ja nur eine kleine Sache, oder?«

»Nein, war es nicht. Es ist ... eben was anderes, wenn es Leute sind, die man kennt. Und keine Fremden.«

»Aha? Und wenn der Kumpel deines Australiers euch beim Bumsen zuguckt, ist er dann etwa ein Fremder?«

»Nein, aber das ist wieder was anderes. Ich wollte es ja so.«

»Okay, ich schätze, du hast deine eigene Rache mit ihnen gehabt.«

»Nein!«, entfuhr es mir entrüstet. »Ich habe nur kurz Hallo gesagt und eine Tasse Tee mit ihnen getrunken.«

Sein Lächeln kehrte zurück. »Gut, denn ich muss morgen aufbrechen. Und ich freue mich auf unsere letzte gemeinsame Nacht, da wir uns eine Weile nicht sehen werden.«

Fest stand, dass er kein besonders netter Mensch war, was das Geschäftliche betraf. Aber ich konnte und wollte diesen braunen Augen nicht widerstehen. Er könnte mich – wie hatten die beiden es ausgedrückt? – manipulieren und unter Druck setzen, wie es ihm gefiel, obwohl ich für die Nacht ein striktes Liebespaar fordern würde.

Kapitel sechs

Zum ersten Mal seit Lima zog er mich fürs Dinner an. Ich fragte mich, wie viele Outfits Carlos auf Lager haben mochte und wie viele Frauen er an der Hand hatte, die all diese Klamotten auch trugen. Diesmal bekam ich ein weißes Bustier, das vorne geschnürt wurde und eine Mischung aus Baumwolle und Lycra war, sodass ich es in einem Restaurant tragen konnte. Ich war froh, dass nicht mehr dazukam; denn wir waren in einer Stadt mit Touristen, und da wollte ich nicht überkandidelt aussehen, obwohl meine Brüste auch in diesem Bustier ganz schön zur Geltung kamen. Inzwischen hatte ich bereits eine nette Bräune, und so hob sich mein Dekolletee von dem weißen Stoff ab. Das Einzige, was aus seiner Ausrüstung noch hinzukam, war ein stabiler, weißer Choker aus Metall, der aber locker als Schmuck durchging. Als ich Carlos neckte, ich erwartete, später an die Wand gekettet zu werden, grinste er nur verschwörerisch.

Das Dinner war nett, aber ich war enttäuscht, als er mir sagte, es sei zeitlich nicht möglich, mich in Santiago zu treffen. Und ich fragte mich gleich, ob die Chance, die Superspionin zu spielen, bereits vertan war, ehe ich richtig aktiv werden konnte. Doch dann meinte er, einige Wochen später müsse er nach Chiloe, daher könnten wir uns in Puerto Montt treffen, um gemeinsam weiterzureisen.

»Das wäre doch toll«, freute ich mich, teils in der Rolle

Bliss, die willige Gefangene, teils in der Rolle *Bliss, die Spionin*. »Sagtest du nicht, es gäbe dort Entwicklungsarbeit?«

»Wenn alles glatt läuft«, sagte er mit einem Achselzucken. »Manchmal scheitern selbst die ausgeklügeltsten Pläne –«

Ich vermutete, dass er an Machu Picchu dachte.

»– aber das ist ein großes Projekt. Es geht um ein Ferienresort, das Touristen aus aller Welt anziehen soll, natürlich auch aus Chile.«

»Ich dachte, da ist oft schlechtes Wetter?«, fragte ich und erinnerte mich an den Reiseführer.

»Nur an der Westküste. Ist wirklich ein schöner Ort, Bliss. Ich fände es prima, wenn du mitkommen würdest, denn deine Meinung ist mir wichtig.«

»Ich helfe gern, wenn ich kann.« Ich war schon ganz aufgeregt bei dem Gedanken, Carlos in Aktion zu erleben, obwohl ich nicht die leiseste Ahnung hatte, was er genau machen würde.

Nach dem Dinner gingen wir zurück in sein Zimmer. Kaum waren wir eingetreten, als er mich auch schon gegen die Tür drängte und seinen Mund hart und fordernd auf meinen drückte. Das war definitiv die Art von Kuss, die ich in der Mine erlebt hatte, und ich sprang gleich darauf an.

»Ich brauche dich jetzt wirklich«, wisperte er, schob meinen Rock hoch und zog meinen Tanga runter. Keine Spielereien diesmal, aber manchmal liebe ich die direkte, ungestüme Art, wenn die Lust zu stark wird. Er drang mit einem Finger in mich, nicht zärtlich, sondern wild. Denn er wollte nur sichergehen, dass ich auch bereit für ihn war. Da ich meine Titten im Bustier in ganz San Pedro zur Schau gestellt hatte und jetzt seine Zunge in meinem Mund spürte, war ich feucht genug. Carlos drückte mich auf die Knie und stellte sich hinter mich. Während er die Jeans herunterließ und sich das Gummi überstülpte, legte ich unterwürfig den Kopf auf meine Arme, denn so hätte er es bestimmt gern, dachte ich. Aber vielleicht merkte er das auch gar nicht. Er drang von hinten in mich, stieß sich ein paar Mal in mich und kam.

Natürlich rechnete ich jetzt damit, dass er sich das Kondom abstreifen und die Hose ganz ausziehen würde – von den Schuhen ganz zu schweigen –, ehe er mir seine weitere Aufmerksamkeit widmete. Also blieb ich noch auf dem Boden und wartete auf die Gegenleistung, doch Carlos streckte sich auf dem Bett aus.

»Hey! Und was ist mit mir?«, fragte ich verärgert und schaute in meiner knienden Position zu ihm auf.

»Oh, tut mir leid, Bliss, ich dachte, du hättest heute Nachmittag schon deine Australier gehabt und kein Interesse mehr. Außerdem mussten wir ja heute Morgen richtig früh raus. Ich bin echt kaputt.«

»Machst du Witze? Ich sagte dir doch, dass ich mit den Jungs Tee getrunken habe. Willst du, dass ich jetzt anfange zu betteln?«

Er richtete sich mit einem Lachen auf. »Na, das wäre ja was. Aber da ich jetzt weiß, dass du auf Exhibitionismus stehst, wieso masturbierst du dann nicht für mich?«

»Wieso tust du es nicht für *mich?*«

Seine Antwort war ein übertriebenes Gähnen. »Mich kannst du nicht mehr fragen, Bliss. Aber wenn du es dir machen willst, werde ich dir gern zuschauen.«

»Tausend Dank. Ich werde eher in mein Zimmer gehen, wenn ich mich selbst befriedigen wollte.«

Ich zog meinen Tanga hoch, richtete den Rock und stand auf. Ich konnte nicht glauben, dass es das schon gewesen sein sollte. Denn warum hatte er mir den Choker angelegt, wenn er mich dann doch nirgends festkettete?

Ein Lachen lag in seinem Blick. »Setz dich, Bliss. Keine Sorge, du sollst deinen Anteil bekommen.«

Eher verstimmt setzte ich mich aufs Bett, den Rücken zur Wand, bereit für die Ketten. Aber ich fühlte mich trotzdem missachtet.

»Na ja, wenn du dich nicht mehr damit abgeben willst –«

»Um ehrlich zu sein, das muss ich auch nicht.«

Ehe ich richtig kapierte, was er nun wieder damit meinte, öffnete er die Tür und schaute hinaus auf den Innenhof. »Ah, da sind sie ja.«

»Nein!«, entfuhr es mir energisch. Ich stand auf und ging zur Tür. »Wenn du meinst, ich lasse mich wieder von Marc oder Christian befingern –«

Er drängte mich zurück zum Bett. »Bliss, wenn du dich jetzt nicht sofort freiwillig hinsetzt, kette ich dich an die Wand. Was sollen sie denn denken?«

»Vielleicht das, was sie gestern auch dachten«, erwiderte ich schmollend. Aber ich setzte mich wieder. Was soll's. Die beiden waren nette Typen und hatten mit Vergewaltigung nichts am Hut – hoffentlich nicht.

Sie kamen begeistert herein, als Carlos ihnen zuwinkte, und setzten sich. Christian saß neben Carlos auf dem Bett, Marc neben mir.

»Willst du anfangen?«, wandte Carlos sich an Christian.

»Christian, tut mir leid, aber –«, setzte ich an.

»Hör erst mal zu, was er dir sagen will, Bliss«, unterbrach Carlos mich und beugte sich zu mir herüber, um mein Handgelenk festzuhalten. Sein Griff war hart, als wollte er mir zeigen, dass es jetzt ernst würde. Aber was würde Christian denn nun vorschlagen? Wahrscheinlich keinen Doppelangriff. Vielleicht meinte er auch nur, dass er jetzt an der Reihe sei, und nähme mich mit in sein Zimmer, während Marc vorerst bei Carlos blieb.

Gleichzeitig lief vor meinem geistigen Auge ein Pornovideo ab: Christian vögelte mich von hinten, während Marc mir seinen Schwanz in den Mund schob. Und Carlos schaute uns dabei zu. Unwillkürlich zogen sich meine Sexmuskeln zusammen. Ich hörte Carlos sagen: »Bliss meint, sie hat kein Interesse.«

»Es ist aber faszinierend, Bliss.« Christians Augen leuchteten. »Und es spielt in Peru. Dieser Typ stößt auf eine Reihe spiritueller Erkenntnisse, die die Welt verändern würden, wenn jeder davon wüsste. Er reist nach Peru, um mehr herauszufinden, und schließlich werden ihm die Erkenntnisse eine nach der anderen offenbart, doch die Behörden versuchen, ihn davon abzuhalten ...«

Die verdammten *Prophezeiungen von Celestine*. Carlos, du Bastard. In seinem Blick lag eine spielerische Boshaftigkeit, und er konnte sich ein Grinsen nicht verkneifen. Ich wette, er kommt von allein, wenn er daran nur denkt.

Ich fügte mich in meine Langeweile, während Christian begeistert drauflosquatschte. Ich hatte das alles schon mal gehört, aber egal. In meiner Fantasie sah ich uns zu viert in wechselnden Stellungen; meistens bekam ich nonstop Fingeraction an Nippeln und Kitzler, während ich drei Schwänze in mir spürte – und ich hoffte, meine Erregung nicht selbst befriedigen zu müssen.

»Ich dachte, du hättest dich ein bisschen mehr zur Wehr gesetzt«, meinte Carlos mit einem Grinsen, als die beiden schließlich gingen. »Was, wenn es zum Gangbang gekommen wäre?«

»Da ist keiner von beiden der Typ zu. Und es wurde ja eben bewiesen. Ich kann mir keinen New-Age-Anhänger als Vergewaltiger vorstellen.« Ich warf ihm einen Seitenblick zu. »Ich hasse diesen ganzen Kram.«

»Ich auch. Aber du warst doch erleichtert, als sich herausstellte, dass sie nur von diesem Buch erzählen würden?«

»Ja, stimmt.«

»Und du hast dir nicht in deiner Fantasie vorgestellt, am Boden festgehalten und von drei Mann gefickt zu werden?«

»Das Festhalten ließ ich außen vor.«

Seine Augen huschten über meinen Körper, und da wusste ich, dass jetzt *ich* an der Reihe sein würde. Wortlos zog er mir Rock und Tanga aus, befestigte den Choker an der Wand und besorgte es mir so gut mit Hand und Schwanz, als wäre er drei Mann.

Am nächsten Morgen fiel es mir zwar etwas schwer, mich von Carlos verabschieden zu müssen, aber ich freute mich auch, Red und Robbie zu treffen, um ihnen von der Reise nach Chiloe zu erzählen. Carlos vergewisserte sich noch, dass ich die Adresse von dem Hotel seines Freundes hatte.

»Hotel hört sich teuer an. Ich könnte preiswerter unterkommen, aber ich schaue bei ihm vorbei«, sagte ich ein bisschen abwesend. Ich wollte nicht, dass irgendein Hotelbesitzer zwischen mich und meine Aussie-Freunde kam.

»Bleib dort, Bliss«, sagte Carlos leise, aber mit Nachdruck. »Er sorgt schon dafür, dass es dir gut geht.«

Ich schaute überrascht auf. »Wie meinst du das mit ›dass es dir gut geht‹? Wieso sollte es mir nicht gut gehen?«

Er zuckte mit den Schultern. »Du solltest aufpassen. Wenn du in ein Land kommst, in dem andere Sitten herrschen …

dann solltest du achtgeben, dass du niemanden verärgerst.«

»Das ist mir doch klar!«, entgegnete ich ungeduldig. »Warum meinst du überhaupt, dass ich mich nicht benehmen würde?«

»Man weiß ja nie. Ich wäre jedenfalls beruhigt, wenn ich weiß, dass du jemanden kennst in der fremden Stadt. Er wird dir gefallen. Er ist Künstler. Ihm gehört das Hotel, aber er arbeitet dort nicht.«

Etwas in Carlos' Wortwahl rief eine schwache Erinnerung wach. »Hast du das Gefühl, dass ich hier irgendjemandem auf die Füße getreten bin?«

Er packte gerade seine Tasche und schüttelte den Kopf, ohne aufzuschauen. »Woher soll ich das wissen?«, sprach er in seine Tasche hinein.

Ja, woher sollte er das wissen? Diesem Mann war es ja auch nur gelungen, mich in San Pedro aufzuspüren, obwohl er mich seit Lima nicht mehr gesehen hatte. Dieser Mann benutzte wohl nur zufällig ungefähr den Wortlaut des Mannes in den Coca-Plantagen von Coroico. Woher sollte er das also wissen?

»Du hast jemanden beauftragt, mir zu folgen.«

Es war eine Aussage, keine Frage oder Anklage, und Carlos leugnete es nicht.

»Nicht genau. Ich habe nur jemanden gebeten, von Zeit zu Zeit ein Auge auf dich zu haben. Keine große Sache eigentlich.«

Ich ließ mich aufs Bett plumpsen und war mehr als verdutzt.

»Aber ... wieso machst du das?«

Jetzt schaute er vom Packen auf. »Kip bat mich, dafür zu sorgen, dass es dir gut geht. Und das habe ich getan.«

»Carlos, das betraf doch nur Lima! Es ging um die böse, große Stadt! Hier brauche ich niemanden, der auf mich aufpasst! Lass das! Hör auf damit, kapiert?«

»Hey.« Er streichelte meinen Arm. »Wenn du meinst. Er mag dich eben, und ich dich übrigens auch. Ist nur eine kleine Absicherung, mehr nicht. Du gehst zu viele Risiken ein, Bliss. Javier erzählte mir, er hätte sich nicht eingemischt, wenn diese Typen in Coroico euch nicht herumgeschubst hätten. Er wollte nicht eingreifen, aber er musste etwas unternehmen, denn sonst wäre die Situation eskaliert.«

»Das ist doch Blödsinn!«, polterte ich los. Er brauchte ja nicht zu wissen, dass wir an jenem Tag tatsächlich ganz schön in der Tinte saßen.

»Und dann letzte Nacht. Du kennst mich doch gar nicht gut genug. Ich hätte dich doch anketten und dich den beiden ausliefern können. Und dich dann halb San Pedro überlassen.«

Ich unterdrückte ein Lächeln. »Das hast du doch schon längst getan.«

»Aber doch nicht wirklich.«

Wir schweiften ab. »Aber Carlos, wieso machst du das? Willst du einfach nur Macht über mich haben?«

Er grinste und fingerte an den Handschellen herum, die er einpackte. »Erzähl mir nicht, du weißt nicht, dass ich gern Macht über dich habe.«

»Klar, aber ... wo soll das enden?«

»Wenn du es sagst«, antwortete er schlicht und machte den Reißverschluss der Tasche zu. »Wenn du mich nicht mehr sehen willst, okay, kein Problem. Sag es Jorge. Er leitet die Nachricht an mich weiter. Ansonsten treffe ich dich Ende des Monats in Puerto Montt, und wir tanken Sonne in Chiloe.«

Er küsste mich etwas traurig, als glaubte er, es könnte das

letzte Mal sein. »Pass auf dich auf, Bliss. Ich hoffe, wir sehen uns.«

Und dann war er fort und ließ mich mit der Frage zurück, wo ich da um Himmels willen hineingeraten war. Er hatte mich ausspionieren lassen. Es sei zu meinem Besten, wie er meinte. Er wollte nicht nur sexuell Macht über mich haben, er hatte sich darüber hinaus noch eine bedrohlichere Macht ausgedacht. Er wusste, wie er sich die erkaufte, er wusste, wie er Gehilfen wie Javier anheuerte. Und er hatte mich belogen, was seinen Aufenthalt in Machu Picchu betraf. Selbst wenn ich Red und Robbie nicht geglaubt hätte, wäre mir spätestens bei Carlos' Verhalten aufgefallen, dass er kein normaler Geschäftsmann war.

Ich konnte ihm nicht trauen, und ein Teil von mir war versucht, nach Santiago zu fahren. Ich würde in die Jugendherberge gehen und Jorge anrufen, um ihm zu sagen, dass ich nicht ins Hotel kommen und Carlos auch nicht in Chiloe treffen würde. Aber der andere Teil von mir, die dumme, risikofreudige Bliss in mir, war ganz aufgeregt und wie geblendet von meiner Rolle als Spionin. Solange Red und Robbie meinten, es sei nicht zu gefährlich, würde ich mich auf den Weg zu Jorge in Santiago machen.

»Stell dir vor, du wachst jeden Morgen vor dieser Kulisse auf«, meinte Jorge und deutete vom Fenster aus auf die klatschenden Wellen des Pazifischen Ozeans. »Da muss man einfach zum Künstler werden, wenn du jeden Tag aufs Neue inspiriert wirst.«

Wir waren in einem der Häuser von Pablo Neruda, Chiles bedeutendstem Dichter. Da ich mich nicht sonderlich für Dichtkunst interessierte, hatte ich Neruda nur am Rande wahrgenommen, bis Jorge mich mitnahm zu dem Haus des Dichters in Santiago. Ich war wie verzaubert davon und wollte unbedingt das Haus an der Küste sehen.

Wenn ich einfach so aus San Pedro abgereist wäre, fest entschlossen, Carlos nie wiederzusehen, und Red und Robbie gesagt hätte, ich würde als Geheimagentin aussteigen, dann hätte ich einiges verpasst. Erstens zwei idyllische Tage im Zelt mit den Jungs in San Pedro, gefolgt von der Reise in die Hauptstadt mit Zwischenstopp in Antofagusta. Zweitens einige Tage Sonnenbaden am Strand von La Serena. Und ich hätte Jorge und das Hostal de Arte verpasst.

Kaum waren wir in Santiago angekommen, als Red und Robbie auch schon beschlossen, weiter südlich ein bisschen in den Bergen zu wandern. Also vereinbarten wir, uns in ein paar Tagen zu treffen, und ich nahm ein Taxi zu einem der unkonventionellsten Orte, an dem ich je war.

Im Erdgeschoss des Hostal de Arte befand sich eine Kunstgalerie, im ersten Stock Jorges Ausstellungsfläche sowie die Rezeption. Wie Carlos mir bereits gesagt hatte: Jorge arbeitete nicht selbst im Hotel, aber die Angestellten, die er beschäftigte, hätten keinen Job im Ritz bekommen, das könnt ihr mir glauben.

Ulla stammte aus Norwegen, eine ernst dreinblickende Blondine, die normalerweise einen blütenweißen Kittel trug. Mit ihrem streng zurückgekämmten Haar und ihren flachen Schnürschuhen sah sie eher wie eine Krankenschwester als eine Empfangsdame aus. Isabella hingegen hatte wallende, schwarze Locken und zog sich exotisch an, immer in Stilettos und extravagantem Make-up. Dann gab es da noch Manuel, einen Typen mit langem, dunklem Haar, auffällig weichen Wangen und tadelloser Kleidung. Auf mich machte er jedenfalls den Eindruck, als wäre er lieber Manuela.

Zuerst dachte ich mir nicht allzu viel dabei. Als ich eincheckte und Jorge aus seinem Atelier kommen ließ, begrüßte er mich gleich mit einer überschwänglichen Umarmung. Ich mochte ihn auf Anhieb. Er war klein und untersetzt, um die vierzig und trug sein gelocktes Haar schulterlang, ein bisschen so wie Che Guevara. Und wirklich, wenn er sein liebenswertes, breites Lächeln aufsetzte und mit der Zigarette in der Hand gestikulierte, sah er wie einer von Mums alten Hippie-Freunden aus, die ich noch aus meiner Kindheit kenne. Doch natürlich besaß Jorge die südamerikanische Ausgelassenheit und eben nicht die Londoner Passivität. Vielleicht war das der Grund – abgesehen natürlich davon, dass er Carlos' Freund war –, dass ich mich gleich in seiner Nähe sicher fühlte.

Nachdem er mir persönlich mein Zimmer gezeigt hatte, führte er mich durch die Galerie und schließlich in sein Atelier. Dort stand in der Mitte ein Kunstwerk, an dem er gerade arbeitete: eine halb fertige Installation, die er *casa de poeta* nannte – das Haus des Dichters. Um die Galionsfigur eines Schiffes gruppierten sich verschiedene Objekte wie Muscheln, Bierdeckel und leuchtendes, buntes Glas, dazu Fotos von der Einrichtung dreier Häuser. Die Gegenstände spiegelten die Einrichtung von Nerudas Haus wider, wie Jorge mir mit Begeisterung erzählte und mir versprach, mir die Häuser zu zeigen.

An den Wänden hingen ein paar Bilder und jede Menge Fotos. Fast alles war auffällig farbenfroh, abgesehen von einer Fotoserie einer Frau. Sie war gefesselt. Trug Korsett, Handschellen, Ketten und Seile.

»Jetzt weiß ich, was ihr gemein habt, du und Carlos«, sagte ich und betrachtete die Fotos. Auf allen war ein und dieselbe Frau zu sehen. Sie hatte blasse Haut. Ihr Gesicht wirkte geisterhaft bei den dunklen Augen, den roten Lippen und dem feuerroten Haar. Ihr ganzer Körper hob sich weiß von dem glänzenden, schwarzen Satin und Leder ihrer Fesseln, dem Korsett und Gürteln ab.

»Ja, Susie«, sagte Jorge belustigt. »Ich hatte nicht gedacht, dass du sie kennengelernt hast.«

Ich fuhr herum. »Was? Ich meinte das Bondage.«

Er verzog das Gesicht, als wolle er zum Ausdruck bringen »was-bin-ich-doch-für-ein-Dummkopf«, aber ich vermute, dass er sich insgeheim über meinen Schreck amüsierte.

»Sorry. Ja, das auch.«

Jetzt sah ich mir die Frau genauer an. Die beiden Freunde teilten sie sich also? Ich wusste, dass Carlos mindestens eine Frau an der Hand hatte, und jetzt sah ich eine vor mir. Das schwarze Korsett kam mir natürlich bekannt vor, so auch der breite, schwarze Ledergurt. Wir hatten offenbar dieselbe Größe, aber ich schätzte, ihre Füße waren größer als meine.

»Sie arbeitet manchmal hier, manchmal auch in Lima. Sie benutzt das Büro dort«, erklärte er und zeigte auf eine Tür mit der Aufschrift »Privat«.

»Ist sie Südamerikanerin?«

Er lachte. »Nein, sie kommt aus New Orleans. Gefällt sie dir?«

»Wem würde sie nicht gefallen? Ich frage mich, ob Carlos sie wohl auch nach Chiloe mitnimmt.« Im Geiste ging ich schon sämtliche Möglichkeiten durch und verlor fast die Orientierung.

Jorge war talentiert, da gab es kein Vertun. Da ich ja darüber nachdachte, das Fotografieren ernsthaft zu betreiben, hatten wir genügend Gesprächsstoff. Und Jorge war scharf darauf, mir die Galerien in Santiago zu zeigen. Ihn kennenzulernen war wirklich ein Plus, da er mich in Ateliers mitnahm, die ich allein nie gefunden hätte. Nebenbei zeigte er mir natürlich auch die Sehenswürdigkeiten und einen Weinberg in der

Nähe, an den ich mich allerdings nur noch vage erinnern kann, weil ich zu schnell und zu viel gekostet hatte.

Ich hielt mich schon einige Tage im Hotel auf, als mir auffiel, dass zwar immer viele Leute im Haus waren, aber zum Frühstück stets nur ich und vielleicht noch ein Pärchen erschienen. Das Frühstück servierte übrigens Ulla, höflich, aber ohne je zu lächeln. Jorge war kein Frühaufsteher, doch manchmal setzte sich Manuel zu mir und unterhielt sich mit mir auf Spanisch. Da meine Sprachkenntnisse allerdings immer noch rudimentär waren, konnte man nicht wirklich von einer Unterhaltung sprechen. Dann, am Samstagmorgen, ehe wir nach Valparaiso aufbrachen, saßen jede Menge Leute im Frühstücksraum, als warteten sie alle auf etwas.

»Warum dieser Andrang heute Morgen im Hotel?«, fragte ich Jorge neugierig, als wir auf der Isla Negra das Haus verließen und zum Strand gingen.

Er blinzelte mir ein wenig seltsam zu. »Samstags morgens arbeitet keiner. Das waren alles Liebespaare.«

»Was? Du meinst, die sind gekommen, um Sex zu haben?«

»Klar. Bringt Geld ein. Normalerweise buchen sie für eine Stunde, manche auch nur eine halbe. Weißt du, Chile ist ein katholisches Land. Die meisten Leute wohnen bis zur Hochzeit zu Hause, und wo sollen sie vögeln, außer vielleicht im Auto?«

»Ich dachte, die Frauen wollen bis zur Heirat Jungfrauen bleiben.«

»Viele, ja. Aber die im Hotel wollen's vorher wissen.« Er zog eine Braue hoch. »Es sei denn, sie beschränken sich auf Analverkehr, was viele von ihnen tun.«

»War mir noch gar nicht so klar, dass das ja auch eine Verhütungsmethode ist.«

Er lächelte breit. »Sehr praktisch.«

Jetzt hatte ich eine Vorstellung davon, was für eine Art von Etablissement er betrieb.

»Die meisten Frauen wollen also Jungfrauen bleiben ... und die Männer, die unter der Woche dort herumlungern, sind Kunden?«

Er nickte. »Ich habe mich schon gefragt, wann du eins und eins zusammenzählst. Gute Strategie, nicht wahr? Minimaler Aufwand, maximale Einkünfte. Und ich kann mich der Kunst widmen.«

»Manuel ist also ein Prostituierter?«

»Fast. Manche Männer wollen ihren Verlobten treu sein. Oder sie mögen ihn einfach.«

Ich kam mir ein bisschen naiv vor, dass ich das nicht schon vorher durchschaut hatte, aber egal. In einem Bordell zu wohnen fand ich eher lustig.

»Und was ist mit den anderen Gästen? Zum Beispiel die Österreicher, die jetzt gerade da sind.«

»Was soll mit denen sein? Sie kommen zufällig vorbei. Wir weisen niemanden ab.«

Ich fragte mich, ob Ulla sich auf Züchtigung spezialisiert hatte – sie wäre jedenfalls der Typ dafür. Aber da ich wusste, dass Carlos und Jorge sich Susie teilten, wollte ich nicht zu genau nachhaken, für den Fall, dass er es als Einladung auffassen würde.

Man musste ihn aber gar nicht erst auf diese Fährte bringen. Auf dem Rückweg nach Santiago nämlich hielt er abrupt das Auto an, schweifte völlig von unserem Gespräch ab und meinte: »Ich möchte dich für meine Arbeit haben, Bliss. Die Galerie wird morgen Nachmittag geöffnet sein. Würdest du ein Ausstellungsstück sein wollen?«

»Ich soll mich präsentieren?«, fragte ich vorsichtig nach. »Und wie?«

»In Fesseln. Manchmal hat Susie das gemacht. Erinnerst du dich an das Clownfoto?«

Klar. Susies ohnehin bleiche Haut war noch weißer, und sie hatte clowneske rote Punkte auf den Wangen und schwarz getuschte Augen. Ihr Haar war zurückgebunden und zu drei Zöpfen gedreht. Ihr großes Clownskostüm bestand aus schwarzem Leder. Natürlich war sie an die Wand gekettet, am Ledergurt und an den schwarzen Schaftstiefeln. Aber die Hände hatte sie frei und jonglierte mit drei roten Bällen. Ansonsten war sie nackt, ihr Leib so bleich wie ihr geschminktes Gesicht, abgesehen von ihren rot bemalten Nippeln und ihrem leuchtenden, roten Schamhaar.

»Die Fotos stammten also aus einer ... Ausstellung?«

Er nickte eifrig. »Performance Art gehört immer schon zu meiner Arbeit, und wenn dazu eine Frau in Ketten gehört ... würdest du das machen?«

Ginge ich dann mit meinem Exhibitionismus zu weit, überlegte ich. Mit Red zu vögeln und Robbie zuschauen zu lassen war eine Sache. Aber vor fremden Besuchern nackt und angekettet als Kunstobjekt herzuhalten war noch etwas anderes.

Jorge schüttelte ungeduldig den Kopf, als ich meine Zweifel kundtat. »Es kommen nur geladene Gäste. Komm schon, Bliss, du bist doch auch Künstlerin. Da muss man die Grenzen ständig aufs Neue definieren, das weißt du doch.«

Eins weiß ich genau: Ich liebe es, wenn mich jemand als Künstlerin bezeichnet.

»Ich bin dabei.«

In Ketten durfte man allerdings nicht wörtlich nehmen, wie ich am nächsten Morgen feststellte, als ich um zehn Uhr zum Atelier kam.

»Alles ausziehen«, befahl Jorge. »Kein Make-up – gut so. Ulla macht dann nachher dein Haar.«

»Nach was?«

Er holte eine Packung Frischhaltefolie und transparentes Garn hervor. »Nachdem ich dich eingewickelt habe.«

Ich hatte so meine Bedenken, doch letzten Endes war es nicht so erniedrigend, aber schon recht bizarr.

Meine Arme wurden mir hinterm Rücken zusammengebunden und mit transparentem Garn an den Ellbogen und Handgelenken stabilisiert.

Dann kam die hauchdünne Plastikfolie. Jorge begann bei meinen Füßen, wickelte mich gewissenhaft ein und achtete darauf, dass die Folie sich ausreichend überlappte. Schließlich legte er die Folie auf den Boden und drehte mich mehrmals um die eigene Achse wie die Beute einer Spinne. Und die ganze Zeit plauderte er in einem fort über Kunst, über den Unterschied zwischen der erotischen und pornografischen Kunst und der Notwendigkeit, das Publikum durch schrille Performances zu schocken.

Er war auf Hüfthöhe angekommen, und als seine Hände über meinen Venushügel strichen, erschauerte ich, nur für einen kurzen Moment, doch Jorge bemerkte es. Seine Hand blieb auf meiner Scham.

»Es wäre besser, wenn du rasiert bist. Machst du das manchmal?«

»Ja, aber nur für die Arbeit. In den Ferien lasse ich mir einen Bart stehen.«

Er grinste, und ermutigt durch meinen Blick, strich er sanft über meine Spalte und tauchte in meine Feuchtigkeit. »Carlos meinte, du liebst es, gefesselt zu sein.«

»Aber das hier ist noch anders, oder?«

»Nein. Ich möchte dich gern ficken, Bliss.«

»Doch nicht, wenn ich Ausstellungsstück bin.«

Er lachte und wickelte mich weiter ein. »Nein. Später.«

Ich ließ mir die Option offen.

Als mein ganzer Körper in die durchsichtige Folie gehüllt war, wurde mir heiß. Vielleicht lag es daran, in Plastik gehüllt zu sein, vielleicht hatten mich auch nur Jorges Hände an meiner Muschi und auf meinen Brüsten aufgegeilt. An meinen Titten hatte er sich jedenfalls viel Zeit gelassen und die Folie dort noch strammer als an den übrigen Stellen gespannt, als wollte er sie flachdrücken. Inzwischen lag ich auf dem Fußboden und hörte, dass Jorge etwas in eine Schale schlug.

»Du bist eine Schnecke, Bliss. Du wirst durch den Raum kriechen und eine Spur hinterlassen wie eine richtige Schnecke. Na, was meinst du?«

Schwitzend schaute ich auf. Die Schale enthielt eine transluzide, weißliche Flüssigkeit.

»Sieht aus wie Sperma.«

Er lachte leise. »Eiweiß. Aber idealerweise müsste es Sperma sein, ja.«

Nun kniete er sich neben mich und brachte sein Gesicht nah an meines. »Und am liebsten hätte ich zehn Männer, die auf dich masturbieren. Dann könntest du eine Spur aus Sperma auf dem Boden hinterlassen. Wie fändest du das?«

Da keine zehn Männer im Raum waren und alles nur der Fantasie entsprang, gefiel mir der Gedanke. Wie andere Mädchen habe auch ich Orgien-Fantasien, nicht zu vergessen die Erniedrigungsfantasien. Und die Vorstellung, dass zehn Mann gleichzeitig über mir wichsen, gefiel mir, solange es nicht der Realität entsprach.

»Ich würde gern auf dich onanieren, Bliss. Du siehst so nackt und weich aus – würdest du mir einen blasen?«

Er öffnete seine Hose. Da er nichts druntertrug, sprang

sein Schwanz gleich hervor. Er sah irgendwie jungenhaft aus und leicht zu befriedigen. Ich ging in eine sitzende Position und rutschte auf meinen Knien. Eingehüllt zu sein und die Arme nicht bewegen zu können machte mich an, und so lutschte ich ihn.

Er spritzte auf meine eingewickelten Brüste, und der Saft lief mir am Körper hinab. Ich wusste, was er von mir erwartete, legte mich mit dem Gesicht nach unten auf den Boden und versuchte, vorwärtszurutschen. Doch ich kam nicht gut voran; mein Körper war nicht so flexibel wie mein Wille.

Jorge drehte mich auf die Seite und küsste mich auf den Mund, aber für Zärtlichkeiten war keine Zeit. Denn schon kam Ulla herein, um mir das Haar zurückzubinden und mit Wachs an den Kopf zu kleben. Zuletzt stülpte sie mir eine transparente Kappe über den Kopf, die mir genau bis zu den Augen ging. Die Plastikfolie, in die Jorge mich bis zum Hals gewickelt hatte, wurde mir nun bis über den Mund gezogen; nur die Nase blieb frei, damit ich genügend Luft bekam. Anschließend wurde ich an einer Seite mit aufgeschlagenem Eiweiß eingestrichen und erhielt die Anweisung, mich auf diese Seite zu legen. Es funktionierte; jetzt konnte ich mich wirklich leicht vorwärtsbewegen, fast so wie eine richtige Schnecke. Jorge war begeistert.

Übrigens auch die Gäste. Es waren größtenteils Bohemiens, die Jorge mit großem Respekt begegneten. Wie besprochen rutschte ich durch den Raum, was nicht ganz so einfach war, weil ich zwischen den Gästen hindurchschlüpfen musste. Außerdem hatte ich Bedenken, wenn ich bei jemandem vorbeikam, der eine Zigarette rauchte. Den kettenrauchenden Jorge scheute ich wie der Teufel das Weihwasser.

Ich fragte mich, ob mich irgendwer anfassen würde: und wieder ging meine Fantasie mit mir durch, als ich mir vorstellte, wie die versammelten Gäste die arme Schnecke in einer Mischung aus Faszination und Horror begrapschten. Aber diese Besucher waren gebildet, und so entging ich dem physischen Kontakt und stieß nur einmal gegen den Schuh einer Frau. Ich wünschte, mein Mund wäre nicht zugeklebt gewesen, dann hätte ich ihr am liebsten ins Bein gebissen. Für die Zukunft nahm ich mir vor, mehr Mitleid mit Hunden zu haben.

Es hatte mir zwar Spaß gemacht, mich einwickeln zu lassen und im Mittelpunkt zu stehen, aber irgendwie wurde das Schneckendasein dann doch langweilig, insbesondere als die Gäste sich über den Wein hermachten. Ich hatte mich schon gefragt, wie lang die Show noch gehen mochte, als Jorge mir bedeutete, zur Tür der Galerie zu kommen. Also rutschte ich zu ihm. Er stand in der Lobby vor der Tür mit dem Schild »Privat«, und ich kroch erleichtert in den Raum.

»Fototermin, Bliss. Du warst wundervoll. Dauert nicht mehr lang, nur noch eine Sache ...«

Der Blitz blendete mich. Wie Susie würde jetzt auch ich unsterblich auf Jorges Galeriewand werden; ob Carlos mich entdecken würde? Jorge machte gleich mehrere Bilder aus verschiedenen Winkeln, nahm mir dann die Kappe ab und löste die Folie an meinem Mund.

»Wein!«, platzte es aus mir heraus, und er lachte.

»Klar bekommst du Wein. Aber zuerst musst du das Plastikzeug am Körper loswerden, und ich habe mir überlegt, dass Ulla dich ein wenig mit ätherischen Ölen massieren könnte, nachdem du geduscht hast. Wäre das okay?« Er begann, mir die Folie vom Leib zu wickeln.

»Prima, solange ich gleichzeitig noch einen Drink bekomme.« Für ein großes Glas Wein hätte ich einiges gegeben.

»Übrigens bin ich auch an Audio-Performances dran. Daher würde ich es gern aufzeichnen, wenn du dich während der Massage mit Ulla unterhältst: Du erzählst ihr, wie es für dich war, eingewickelt zu werden und als Schnecke zu leben. Erzähl ihr alles, was dir durch den Kopf ging und auch, was du von Ullas Massage hältst. Beschreibe, wo sie dich gerade massiert und so weiter. Dann versuchen wir, die Aufzeichnung und die Fotos zusammen zu präsentieren. Was meinst du?«

»Hört sich ganz danach an, als wärst du der nächste Kandidat für den Turner-Preis. Ich bin dabei.«

Ein Lächeln umspielte seine Lippen. »Gut. Schauen wir, ob es funktioniert. Auf Englisch kommt es bestimmt gut. Während du duschst, hole ich dir den Drink und rufe Ulla.«

»Und jetzt bekomme ich eine Massage von Ulla, von der Frau, die mich von ihrem Outfit her an eine Krankenschwester erinnert. Damit meine vom Plastik strapazierte Haut sich bei wertvollen Essenzen erholt – kann ich noch etwas Wein haben? Oh, sorry, aber ich schätze, du bearbeitest die Aufnahme noch, oder?«

»Ein Ja auf beide Fragen«, sagte Jorge, grinste und stand auf, um die Flasche zu holen. Das Mikrofon, das er mir vor den Mund gehalten hatte, legte er auf ein Kissen. »Rede einfach weiter. Was genau macht Ulla jetzt?«

Ehe er den Wein einschenkte, machte er noch ein Foto.

»Sie massiert mich, wie ich schon sagte«, wiederholte ich und ärgerte mich ein bisschen, aber das hatte ehrlicherweise mehr damit zu tun, dass ich zwei Glas Wein auf leeren Magen getrunken hatte. Denn schließlich genoss ich Ullas Hände auf meinem Rücken, insbesondere als sie die Handflächen über meine Pobacken kreisen ließ.

»Details, Bliss«, sagte Jorge und reichte mir noch ein Glas Cabernet Sauvignon. »Könntest du dich umdrehen? Das dürfte noch interessanter werden.«

Ich vermutete, er meinte das Foto, das er von mir machte, als ich mich umdrehte und mich genüsslich ausstreckte. Doch ich merkte schnell, dass er auf Ullas geschickte Hände anspielte, die sich jetzt über meine Brüste bewegten. Ich kicherte.

»Okay, verstehe, was du meinst. Ihre Hände sind auf meinen Titten – äh, Brüsten – ach, schneide einfach raus, was dir nicht gefällt. Sehr angenehm.«

»Auch erregend? Genauso erregend wie das Dasein als Schnecke?« Er zoomte meine Titten heran.

»Anders. Ich sagte dir ja, dass ich es mochte, als mich die Gäste ansahen, als sei ich eine Künstlerin, obwohl ich mir auch wie eine Stripperin vorkam. Aber Kontakt ist ... na ja, einfach ein schnelleres Vergnügen.«

Ihre Hände glitten zu meinem Bauch, was ich ein bisschen schade fand, hatte ich doch auf ein bisschen Nippelmassage spekuliert.

»Wie erregend ist es, Ulla?«

Warum fragte er sie? Die Frage erübrigte sich, als sie mit zwei Fingern in mich drang. Ich sagte ja, sie war wie eine Krankenschwester, aber ich gebe zu, es war nichts Medizinisches.

»So gut wie es eben geht«, erwiderte sie leise und strich mir dann wieder über den Bauch. Ich fragte mich schon, ob ich mir das nur eingebildet hatte, aber nein: sie hatte mich definitiv penetriert. Das würde keine normale Massage werden.

»Bliss?«

Ich vernachlässigte meine Kommentar-Pflichten.

»Ulla hat mich eben mit zwei Fingern penetriert, offensichtlich auf Anweisung hin, um zu prüfen, ob ich in meiner

Aufregung genug Feuchtigkeit produziert habe«, formulierte ich pedantisch. »Und die Antwort lautet, ja.«

»Heißt das, dass du dir Sex erhoffst, Bliss? Und mit wem?«

Ehe ich etwas erwidern konnte, sagte er noch: »Oh, ich habe da noch eine bessere Idee.« Dann wartete er gar nicht ab, ob ich vielleicht sagen würde »Ja, ich hatte auf Sex spekuliert, mit dir wäre es okay«, zog mir die Arme über den Kopf und befestigte meine Handgelenke mit Lederriemen an den Ecken des Massagetisches. Allmählich fragte ich mich allerdings, ob ich nicht doch recht gehabt hatte, dass Ulla eher für Züchtigungen zuständig war und nicht für die reine Massage. Sie war natürlich damit beschäftigt, meine Füße festzubinden.

Nach dem unerlässlichen Foto erzählte ich dem Aufnahmegerät pflichtbewusst, was mit mir geschah, und gab zu, dass ich nicht unzufrieden war. Ich musste auch bekennen, dass ich sehr erfreut war, als die öligen Hände meine Labien öffneten, meine Nässe auf meiner Klitoris verteilten und mich mit leichten Strichen zu massieren begannen. Und während ich jede Hand-Aktion von Ulla beschrieb, jedes Reiben, Streicheln und Verwöhnen, merkte ich, dass mich das Sprechen genauso anmachte wie die Stimulierungen selbst. Ich war beschwipst, und daher sprach ich wahrscheinlich etwas zu laut oder vielleicht auch zu schleppend oder theatralisch, als ich dem Mikro mit erhobener Stimme beschrieb, dass Ulla mit zwei Fingern in mich drang, mit dem kleinen Finger um mein hinterstes Loch kreiste und gleichzeitig über meine Klitoris rieb. Von meinem Orgasmus war ich vielleicht keine zwei Sekunden mehr entfernt, als Jorge die Hand erhob und die Sache abrupt stoppte.

»Hey! Ich war kurz vorm Kommen!« Ich wollte mich aufrichten, bekam aber nur die Hüften hoch, wie ich mich auch schon zuvor unter Ullas erfahrenen Händen aufgebäumt hatte.

»Noch nicht«, meinte Jorge. »Ich möchte noch mehr hören. Erzähl mir von dem Sex, den du bislang in Südamerika hattest.«

»Oh, Mist«, murmelte ich. Ich hatte zwar nichts zu verbergen – er war Carlos' Freund, und die beiden teilten sich Susie, also wusste ich, dass es da keine Geheimnisse gab. Außerdem wäre ich nicht überrascht gewesen, wenn Carlos ihm nicht schon längst von Red und Robbie erzählt hätte. Aber ich liebte eben die Stimulation mit den Händen. »Nur wenn ich mich noch weiter befingern lassen kann.«

»Klar. Nur etwas langsamer, Ulla. Ein langsames Aufbauen. Mach weiter, Bliss.«

Mit gefesselten Armen und Beinen und verzweifelt auf den Höhepunkt hoffend, blieb mir kaum eine andere Wahl. Ulla strich mir wieder über die Brüste, knetete meine Nippel und ignorierte meine überhitzte Muschi vorerst, während ich über meine Einführung ins Bondage sprach.

Ich wechselte zu meiner neu entdeckten Neigung zum Exhibitionismus und beschrieb, wie groß Reds Schwanz war, als Ulla mit ihren Händen wieder abwärtswanderte. Sie war verdammt gut darin.

»Und wer sind diese Jungs? Australier, sagtest du?«

»Ja, Studenten im höheren Semester aus Perth, haben mit Umwelt zu tun und mit, wie sagt man, ethischem Konsumverhalten und so weiter.«

Ulla spielte auf mir wie auf einem Instrument, und die Melodie war herrlich. Ich hoffte bloß, Jorge würde es diesmal zulassen, dass sie mich zum Höhepunkt brachte.

»Interessant. Also studieren sie hier?«

»Nein, sie sind Rucksacktouristen. Obwohl sie unterwegs

auch irgendetwas ausarbeiten wollen. Sie wollen sich die große Kupfermine im Norden ansehen. Ich weiß nicht mehr, warum. Ich glaube, es gibt da eine vergleichbare Mine auf einer Insel vor Australien, die alles verschmutzt.«

Mit dem kleinen Finger war sie in meinem Anus, während sie die übrigen Finger leicht über meine Spalte spielen ließ. Mit der anderen Hand massierte sie meine Klitoris. Eher unwillig schenkte ich meine Aufmerksamkeit wieder Jorge, der mich jetzt zu Aktivismus befragte.

Wie bitte?

Okay, nur nicht paranoid werden. Ein enger Freund eines einflussreichen und möglicherweise skrupellosen Geschäftsmanns, der von zwei Aktivisten ausspioniert wird, hat dich gefesselt und hält dich unmittelbar vor dem Orgasmus. Und immer, wenn du gerade kurz vorm Höhepunkt bist, stellt der Mann dir spezielle Fragen.

Nur weil er drauf und dran ist, dich in eine Falle zu locken, heißt das nicht, dass du nicht paranoid bist.

Glücklicherweise habe ich diese Begabung, zuerst den Sex zu genießen. Während mein Mund Worte formte, die die Antwort auf Jorges Frage zu sein schienen, verspannte mein Körper sich und drückte gegen Ullas Hand. Trotz der nur leichten Striche waren meine Sexmuskeln stark genug – Übung macht den Meister –, um mich in die Strudel meiner Kontraktionen zu katapultieren. Ich schloss die Augen und konnte Jorge keine Antwort mehr geben. Abgesehen von dem Höhepunkt war ich auch sonst zufrieden mit mir, rechtzeitig für Ablenkung gesorgt zu haben. Und ich schätzte, dass ich eine ziemlich gute Spionin abgeben würde.

»Sorry, Jorge, der Orgasmus hat mir den Atem geraubt – soll ich das noch einmal für deine Aufnahme beschreiben?«, fragte ich unschuldig. »Wo waren wir eben eigentlich?«

»Bei den Australiern«, sagte er. Ich glaube nicht, dass ich mir die Enttäuschung in seinem Blick eingebildet hatte.

»Ja, klar. Aktivisten?« Ich lachte. »Ach, weißt du, die sind zwar schon im Hauptstudium, aber ich glaube nicht, dass sie allzu viel draufhaben. Aber was kümmert's mich, was sie im Kopf haben oder nicht, solange sie gut bestückt sind.«

Ich gähnte theatralisch. »Gott, was bin ich müde. Nach all dem Schneckenkriechen, dem Wein, der Massage und – dank Ulla – dem guten Sex bin ich ganz schön am Ende. Hast du jetzt genug für deine Tonaufnahme zusammen?«

Kurz darauf war ich in meinem Zimmer und grinste in mich hinein, wie brillant ich mich aus der Affäre gezogen hatte. Doch unterschwellig war mir angesichts von Jorges Fragen doch ein wenig mulmig zumute. Jedenfalls hatte ich den Beweis, dass Carlos meine Kumpel Red und Robbie verdächtigte, irgendetwas im Schilde zu führen. Blieb die Frage, ob er auch mich in Verdacht hatte. Oder ging er vielmehr davon aus, dass ich mich als Unschuldslamm auf diese gefürchteten Radikalen eingelassen hatte?

Was Jorge anbelangte, so war es mir egal. Es war sowieso meine letzte Nacht im Hotel. Der nächste Tag war Montag, und da wollte ich meine Jungs wieder treffen. Geplant war eine Fahrt nach Süden in eine Stadt namens Pucon, wo die beiden sich den Krater eines Vulkans ansehen wollten. Ich meinte, vorerst genug Eruptionen gehabt zu haben, aber man weiß ja nie.

Ich schlief den Schlaf der Gerechten, der Dummen und der Zufriedenen, denn ich hatte das Gefühl, ein wenig von allen drei Eigenschaften zu haben.

Kapitel sieben

Red und Robbie waren nicht überrascht, dass Jorge versucht hatte, etwas über sie in Erfahrung zu bringen. Beeindruckt waren sie allerdings, wie gut ich seine Falle gemieden hatte, doch ich hatte noch mit größerem Lob gerechnet. Ich denke, sie waren noch ganz verwirrt darüber, dass ich nackt und in durchsichtige Folie gewickelt über den Boden des Ateliers gerutscht war. Denn natürlich erzählte ich ihnen als Erstes, dass ich unter die Performance-Künstler gegangen sei.

Auch die beiden wussten Neues zu berichten. Ihr Kontaktmann auf Chiloe hatte berichtet, dass Carlos eins der nobelsten Häuser auf der ganzen Insel gemietet habe. Er sei zwar noch nicht eingezogen, habe aber längst Treffen mit bedeutenden Regierungsvertretern und reichen Geschäftsleuten arrangiert.

»Woher weiß euer Kontaktmann das alles? Und wie habt ihr überhaupt dort vor Ort jemanden gefunden?«

Robbie schüttelte den Kopf. »Das brauchst du nicht zu wissen. Am sichersten ist es für uns, wenn wir uns an minimale Informationen halten. Viel mehr wissen wir nämlich auch nicht.«

Ich war beeindruckt. Die beiden wussten wirklich, wie man so etwas machte. In Mums Lieblingsbuch über einen Revolutionär in den USA hatte ich über so etwas schon gelesen. Es spielte in den guten alten Zeiten vor meiner Geburt. Aber in dem Buch jagten die Leute Banken und Ölfirmen in die Luft. Also hinkte der Vergleich ein wenig.

»Meint ihr nicht, dass ihr das Ganze ein bisschen zu sehr dramatisiert? Denn schließlich sprechen wir doch hier über einen Holiday-Resort-Komplex, oder nicht? So etwas wie den Club Med oder einen Center Park. Ist das denn so eine große Sache?«

Robbie nickte. »Eine sehr große Sache, Bliss. Wir reden hier von einem riesigen Projekt. Die ganze Insel könnte ihr natürliches Gepräge verlieren und so etwas wie ein Themenpark werden. Und in diesem Themenpark gäbe es dann nur einen Arbeitgeber, der Löhne und Bedingungen diktiert. Regierungsvertreter werden bestochen, wenn es um Landkauf geht, die dort ansässigen Menschen werden vertrieben. Die örtlichen handwerklichen Produkte werden in Ausbeuterbetrieben produziert, hauptsächlich in China. Schon bestehende Hotels oder Restaurants werden einfach übernommen, die Menschen dort werden entrechtet, und der ganze Profit wandert in die USA. Hört sich das etwa nicht wie eine große Sache an?«

»Okay. Demnach wird Carlos also versuchen, mit den Bestechungen anzufangen. Aber mir sagte er, wir würden ein bisschen Urlaub machen. Und er möchte, dass ich ihm sage, was ich von der Insel halte. Was soll ich machen, während er in seinen Besprechungen sitzt?«

Kaum hatte ich den Satz zu Ende gesprochen, als sich auch schon Bilder bei mir einstellten: Carlos und Señor X saßen an einem Pool und ließen sich von einer Bikini-Maus Getränke servieren.

»Ich nehme an, ihr zwei würdet mir sagen, wenn eure ›Kontaktperson‹ andeutete, dass den örtlichen hohen Tieren als Gegenleistung für ihre Kooperation sexuelle Gefälligkeiten angeboten werden?«

Red sah geradezu entrüstet aus. »Verdammt, Bliss, für wen

hältst du uns? Glaubst du etwa, wir lassen dich einfach so gehen, wenn wir der Ansicht wären, dass er dich als Bestechung einsetzte?«

Robbie wirkte erschrocken. Gott sei Dank. Wenn man bedachte, wie die Beziehung zwischen Carlos und mir aussah, dann lag die Vorstellung nicht allzu fern, dass ich womöglich gefesselt und mit einer Binde vor den Augen hilflos dalag, während Señor X seine Belohnung dafür erhielt, dass er irgendein Bauvorhaben durchgedrückt oder Land verkauft hatte. Allerdings wussten die Jungs ja nichts über diese Bondage-Beziehung, und daher war es auch verständlich, wenn sie schockiert reagierten. Und mir wurde bewusst, wie weit ich es seit meiner Ankunft in Südamerika getrieben hatte; vielleicht zu weit. Es war an der Zeit, Red und Robbie von Carlos' Vorlieben zu erzählen – und natürlich davon, wie bereitwillig ich mich auf ihn eingelassen hatte. Aber das wollte ich mir aufheben, wenn wir allein wären.

Seltsam, aber meine Gedanken schienen Red dazu zu veranlassen, mir etwas zu erzählen. Ich glaube eigentlich nicht an Telepathie oder an diesen psychischen Quatsch, aber es war schon eigenartig.

»Robbie kann dir später einige Abenteuer erzählen.«

Okay, dann könnten wir ja abwechselnd erzählen.

Robbie zog eine Braue hoch. »Ja, aber da wir die Nacht über im Bus sitzen werden, wird das wohl warten müssen.«

»Oh, ich weiß nicht. Mir ist es noch nie gelungen, im Bus zu schlafen. Und du wirst doch wohl flüstern können, oder nicht, Robbie?«

Da wir nun wussten, dass wir uns mit einer Nachtfahrt eine Unterkunft sparen würden, stürzten wir uns in ein üppiges Abendessen in Santiagos Fischmarkt. Überall gab es gut besuchte Restaurants mit tollem Flair, obwohl Red meinte, das in Sydney sei genauso gut. Wir hatten uns in dem Büro der Reederei getroffen, um unsere Schifffahrt hinunter nach Patagonien zu buchen. Zum Glück kamen wir drei darin überein, dass wir nicht in einer 20-Betten-Schlafsaal-Kabine schlafen wollten, aber die kleineren Kabinen hatten immer zwei, vier oder sechs Kojen. Robbie dachte sich schnell eine Freundin aus, die ich Miss Bertha Vida taufte und die zu uns in unsere Vier-Bett-Kabine stoßen sollte. Das Problem war nur, dass diese Bertha nicht da war und auch keinen Pass vorzeigen konnte. Also würden wir uns mit einem Fremden begnügen müssen. Manchmal gewinnt man, manchmal verliert man. Vielleicht könnten wir unser Spielchen dann nicht spielen, aber mit etwas Glück fänden wir jemanden, der unserem Vergnügen eine neue, pikante Note verleihen könnte. Doch ich verwarf den Gedanken schnell wieder. Drei in einem Sex-Spiel waren, ehrlich gesagt, genug.

Wir schlenderten durch die Stadt, verfolgten die Schachspiele auf dem Marktplatz, wanderten die Anhöhen von Cerro Santa Lucia hinauf, wo ich leider ohne Erfolg die Jungs zu überreden versuchte, sich zu trennen und so zu tun, als wären sie auf der Suche, denn wir befanden uns in dem großen Schwulenviertel. Aber ich vermute, dass Männer einfach anders über Bisexualität denken als Frauen, und Macho-Australier würden ihre Neigung wahrscheinlich sowieso nie zugeben. Ich hätte es toll gefunden, von ihren Erlebnissen zu erfahren. Ich fühlte mich liederlich und fordernd und wollte, dass Red mir möglichst viel handfeste Aufmerksamkeit schenkte, während Robbie wieder den Voyeur spielen sollte. Ich war noch von meiner Performance am Tag zuvor aufgeladen, und die Lust schwelte in mir, sodass ich mich den Jungs mitteilen musste. Aber der einzige Ort, an dem wir unseren Heißhunger hätten stillen können, war Jorges Hotel, was bei den gegebenen Umständen keine so tolle Idee war.

Der Nachtbus war nicht voll. Da wir zu den ersten Fahrgästen zählten, breiteten wir uns auf der Rückbank aus und unterhielten uns übertrieben laut, damit die anderen sich nicht in unsere Nähe setzten. Red machte es sich in einer Ecke bequem und zog mich zu sich, sodass ich mit dem Gesicht zu Robbie schaute. Während wir uns mit unseren Fleecejacken und Pullovern zudeckten und auf dem Bildschirm im Bus *Das Kartell* in spanischer Synchronisation begann, fing Robbie mit seiner tiefen, rauen Stimme an, von dem Mädchen zu erzählen, das er in den Bergen getroffen hatte.

Sie hatte eine Freundin dabeigehabt – Red war untreu gewesen! Doch Red betonte, er habe nur deshalb bei dem Vierer mitgemacht, da Robbie seit längerer Zeit keine abbekommen habe – und die beiden Jungs dachten, sie hätten es gut getroffen, als sie am ersten Abend beim Lagerfeuer erzählt hatten.

Die Mädels hießen Becky und Tasha und stammten aus New York State. Die Jungs hatten einiges an Wein mitgebracht, und Tasha begann, mit Robbie zu flirten. Die logische Entscheidung für die Nacht wäre gewesen, dass Red in das Zelt der Mädels zog und Tasha mitsamt Schlafsack und Isomatte zu Robbie ging.

»Bis dahin war es prima«, sagte er düster. »Aber, verdammt, Bliss, sie hockte nackt auf mir und stöhnte, wenn ich ihre Brüste massierte, aber als ich sie weiter unten berührte, war sie so trocken wie ... wie ...«

»Wie ein Kookaburras's Khyber?«, ergänzte ich aus meinem Barry-Mackenzie-Führer zum australischen Slang.

»Trocken wie eine Nonne?«, bot Red schelmisch an. Das bestätigte mich in meinem Verdacht, dass die Australier vielleicht gut im Sport sind, großartig die Globalisierung bekämpfen und tolle Sexpartner sind, aber wenn es um ausgefeiltere, kulturelle Belange geht, spielen sie ganz klar nur in der untersten Liga.

Ich zuckte mit den Schultern. »Du wirst doch wohl wissen, was du mit einer Frau machen musst, oder nicht?«

»Klar. Ich brachte meinen Mund ins Spiel, und sie keuchte und stöhnte »O mein Gott«, wie es die Amerikanerinnen machen, als wäre sie kurz vorm Kommen, aber ich wusste, dass sie einfach nicht bereit war. Ich versuchte es weiter, befingerte sie, vögelte sie, machte es wieder mit den Fingern, aber sie schaffte es einfach nicht.«

»Mist. Tut mir leid, Robbie. Nach allem, was du für mich getan hast, hättest du es verdient.«

»Ja, dachte ich auch. Aber ich muss fairerweise sagen, dass sie alles versucht hat. Sie lutschte mich, rieb ihre Titten an mir und stöhnte ›Fick mich‹ und so weiter, aber da sie nicht kam, verlor ich das Interesse. Also begann ich, ihr was zu erzählen, wie ich es bei dir immer mache, und ihr Atem schien schneller zu gehen. Meine Hände taten schon weh, und als sie wieder sagte ›Fick mich, ich bin bereit‹, vögelte ich sie und kam, aber sie eben nicht.

›Dann sag mir doch, was ich machen soll‹, sagte ich zu ihr. Und da brach sie in Tränen aus. Ich hielt sie im Arm, wünschte, du wärst nicht nach Santiago gefahren, und dann fing sie damit an, sie sei sowieso nichts wert, der ganze Psychokram. Durchgeknallt, weißt du? Also kuschelte ich mit ihr, versuchte ihr einzureden, dass das alles Quatsch wäre, dass sie eben nicht wertlos sei, aber sie beharrte darauf, eine Null zu sein. Dann meinte sie, ich würde weiß Gott was von ihr denken, weil sie sich so schnell flachlegen ließ, und sie tauge ohnehin nichts. Und da begriff ich.«

Ich ebenfalls. An dem Punkt war ich auch schon – waren wir da nicht alle? Beleidige mich, erniedrige mich, missbrauche mich – kann einen echt antörnen. Solange es nicht real wird. Ich ließ Robbie weitererzählen.

»Ich hörte mit dem Schmusen auf, legte mich hin, gähnte und sagte ihr, ich wäre lieber bei ihrer Freundin: denn die sei bestimmt besser im Bett. Da ließ sie endlich das Schluchzen, hörte plötzlich zu, und ich fragte mich die ganze Zeit, ob Becky wirklich so leicht zu haben wäre. Ich betonte, ich hätte mehr für Becky übrig, weil sie langes, lockiges Haar hatte, aber da ich sah, dass Tasha abgehen würde, wäre ich ja schön blöd gewesen, sie abzuweisen.

Wie dem auch sei, ich merkte, dass ihr Atem schneller ging; ihre Brüste hoben und senkten sich, also setzte ich mich hin und winkte sie zu mir. ›Mach die Beine breit. Das machst du doch immer, oder nicht?‹ Sie stand über mir und befolgte meine Anweisung, und ich hörte, wie sie sich räusperte. ›Zeig mir deine Fotze, du Schlampe.‹ Sie befingerte sich und zog die Lippen auseinander, und ich konnte sehen, dass sie zerfloss. Um es kurz zu machen, ich brachte sie dazu, meinen Schwanz in den Mund zu nehmen, damit ich wieder hart wurde. Und dann vögelten wir schön langsam, während ich die ganze Zeit irgendwas erzählte. Als ich kurz vorm Orgasmus war, suchte ich ihre Perle mit der Hand, und sie ging ab wie eine Rakete.«

Er hatte den Blick gesenkt, sah mich aber jetzt an. »Glaub nicht, dass ich stolz drauf bin, Bliss. Ich würde nie so zu einer Frau sprechen, es sei denn, sie will es so. Um ehrlich zu sein, danach kam ich mir auch irgendwie wertlos vor.«

Männer können so niedlich und so naiv sein. Ich legte ihm meine Hand auf seinen Arm.

»Es war brillant von dir, den Hinweis ernst zu nehmen. Ich

meine, du müsstest stolz auf dich sein. Nein, ehrlich, du brauchst dich nicht zu schämen.« Ich zwinkerte ihm zu. »Ab und zu mag ich diese Sprache auch ganz gern.«

Ich wollte noch mehr hören. Gegen neun Uhr würden wir in Pucon ankommen, und da ich ahnte, dass wir im Bus nur schlummern würden, beschloss ich, dass wir später am besten das Zelt aufbauten, eine Gute-Nacht-Geschichte hörten und vögelten und dann unseren Schönheitsschlaf nachholten. Dann wären wir bereit für den Nachmittag.

Manchmal ändert sich die Beziehung zweier Menschen so unmerklich, dass man es erst mitkriegt, wenn es schon zu spät ist und das Gleichgewicht gestört ist. Mit drei Leuten war es da einfacher. Erst war es mir gar nicht aufgefallen, aber als wir in Pucon unser Zelt aufbauten, spürte ich, dass irgendwas anders war. Red und Robbie frotzelten herum wie üblich, aber ich blieb außen vor. Ich war zur Außenseiterin geworden. Was verständlich war. Wir waren eine Weile nicht zusammen gewesen, und die beiden hatten ihren Spaß mit zwei Girls gehabt. Ich glaubte zwar nicht, dass sie jetzt lieber mit Becky und der armen Tasha zusammen gewesen wären, aber ich hatte das Gefühl, dass ihre Erlebnisse ohne mich sie weiter zusammengeschweißt hatten. Sie waren nicht so bereit, sich zu öffnen, wie beim ersten Mal. Das musste sich ändern.

»Schlafen ist jetzt irgendwie Zeitverschwendung. Ich glaube, ich lass euch zwei allein und schau mir ein bisschen die Stadt an«, meinte Robbie wie beiläufig.

»Warte mal, Kumpel, ich komme mit. Bliss ist hier die Müde«, sagte Red.

Die beiden waren schon fast zum Zelt hinaus. Ich hatte

zwei Möglichkeiten: Ich könnte mitgehen und das Gefühl haben, hinter ihnen herzutrotten, oder ich sorgte dafür, dass sie blieben und in die alten Routine verfielen.

»Wenn ihr auf Erkundungsgang wollt, bitte schön. Aber weil ihr mir so ausführlich von Tasha erzählt habt, möchte ich jetzt vögeln.« Schon zog ich meine Hose samt Slip herunter und stieg aus ihnen heraus. »Nur ein Quickie, Red. Und wenn du nichts dagegen hast, Robbie, könntest du dann wohl meine Handgelenke festhalten? Ich habe euch ja noch gar nicht erzählt, dass ich bei Carlos das Bondage kennengelernt habe. Übrigens fesselte Jorge mich an einen Massagetisch, damit die Norwegerin mich befingern konnte ... ich weiß nicht, ob ich Sex jetzt ohne Fesselung noch richtig genießen kann.«

Das half. Die Jungs machten den Reißverschluss des Zelts von innen zu, während ich mich vor Red kniete, Po zu ihm.

»Robbie, könntest du hierherkommen und meine Arme schön fest runterziehen?« Dann warf ich Red einen Blick über die Schulter zu und sagte im Geschäftston: »Ich bin dann bereit – du auch?«

Während Robbie wie betäubt seine Position einnahm, suchte ich seinen Blick und fasste mir zwischen die Beine. »Ja, ich bin feucht. Dachte ich mir doch, nach deiner Story.«

Als Beweis zeigte ich ihm meine Hand, die mit meinen Säften glänzte. »Sieht so aus, als wäre ich die Schlampe hier«, sagte ich leise. »Wo warst du stehen geblieben? Tasha sollte es sich vor deinen Augen besorgen, während du ihr sagtest, was für eine Hure sie doch sei –«

»Ich dachte, wir hätten eben davon gesprochen, wie gern du es magst, gefesselt zu sein«, sagte Robbie mit noch heiserer Stimme als sonst. Ich war kurz davor, meine nasse Hand an den bestimmt harten Schwanz in seiner Hose zu führen, aber diese kleine Änderung in unserer Beziehung würde noch warten müssen ... nicht, dass ich es ausschloss.

»Im Augenblick hast du die Aufgabe, mich festzuhalten«, befahl ich. Er packte meine Handgelenke und drückte sie für meinen Geschmack etwas zu fest. Aber ich mochte das. »Und mach bitte weiter mit der Tasha-Story. Bitte.«

Die kleine Betonung auf dem Bitte entging ihm nicht. Lächelnd sank er auf die Knie, und als ich Reds Schwanz an meiner Spalte spürte, ließ ich mich nach vorne sinken, sodass Robbie mich stützen musste. Langsam füllte mich der große Schwanz meines Australiers aus, worauf ich mich noch gegen ihn drückte und es genoss, ihn wieder in mir zu spüren. Ich merkte, dass Robbie meine Zufriedenheit sah, und gab ihm mit einer hochgezogenen Braue das Signal.

»Sie war schockiert von meinem Vorschlag, vor mir zu masturbieren, zumindest tat sie so. Ich lachte ungläubig und sagte ihr, dass ein geiles Stück wie sie wahrscheinlich die ganze Zeit an sich herumfingerte. Also brauchte sie nicht so zu tun, als wisse sie nicht, was sie machen sollte. Dann streckte sie sich auf dem Schlafsack aus, und ich beugte mich über sie und meinte, ich hätte noch nie so eine feuchte Fotze gesehen. Da ihre Finger so schnell über ihren Kitzler zuckten, hatte sie wohl viel Übung. Dauernd wiederholte sie ihr ›O mein Gott‹, worauf ich ihr sagte, sie solle endlich das Maul halten, da sie doch wisse, dass sie es so wolle und auf mich warten sollte. Dann hatte ich einen Geistesblitz, Bliss – ich reichte ihr die Stabtaschenlampe und befahl ihr, sich damit zu ficken. Es war keine große Lampe, aber groß genug, um sie auszufüllen.

Ich kniete über ihr und begann, meinen Schwanz mit beiden Händen zu massieren, und überlegte laut, ob ich nicht lieber auf sie spritzen sollte, anstatt meinen Schwanz in ihre große, nasse Fotze zu drücken. Ich hätte ihr ins Gesicht und auf ihre Titten spritzen können oder ihr den Schwanz in den Mund schieben sollen, damit sie alles schluckte. Schließlich teilte ich ihr ein bisschen widerstrebend mit, dass ich sie ficken würde.

Ich nahm ihr die Taschenlampe ab, dachte an das Gummi, drehte mich auf den Rücken und zog Tasha auf mich, aber so, dass sie mit dem Gesicht in die andere Richtung schaute. Sie fing auch gleich an, mich zu reiten, und ich suchte ihren Kitzler. Nach ein paar Strichen fing sie mit ihrem ›O mein Gott‹-Zeug an. Ich steckte ihr die Taschenlampe in den Mund, die noch nass von ihrem Saft war, und sagte ihr, dass ich sie zwar gern fickte, aber nichts von ihrem Unsinn hören wollte. Endlich spürte ich, dass sie sich verspannte und kam. Sie explodierte sogar so heftig, dass ich mich gar nicht mehr zu bewegen brauchte. Mein Schwanz wurde richtig schön geknetet, bis ich zum Schuss kam.«

»Ich bin jeden Moment so weit«, keuchte ich. »Los, gib mir deinen Finger.«

Ich schaute zwar Robbie an, meinte aber Red. Doch das konnte er nicht wissen.

»Wen meinst du denn jetzt?«, wollte er wissen. Ich fragte mich, ob ihm das überhaupt wichtig war.

Robbie, der seine Intuition unter Beweis gestellt hatte, was die Vorlieben der Frauen betraf, knüpfte an meinen Hinweis von vorhin an.

»Es ist ihr doch völlig egal, Mann. Mach du's; ich kann das nicht, wenn ich sie gleichzeitig festhalten soll.« Er warf mir ein schiefes Lächeln zu. »Du hast recht, Bliss. Du bist hier die Schlampe. Ich hätte gedacht, dass du dich zufriedengeben würdest, wenn dich ein Typ fickt, während der andere dabei zuguckt. Aber wie sich herausstellte, lässt du dich auf die

Peitschen- und Kettennummer mit dem kleinen, glatten Carlos ein.«

Ich wollte lachen, aber es klang gehetzt, weil Red mich inzwischen mit seinen geschickten Fingern ablenkte. Mit eindeutigen Bewegungen gab ich Red zu verstehen, dass er mich härter befingern sollte. Außerdem wollte ich noch mehr hören.

»Keine Peitschen, nur Ketten und Korsett und so weiter – ich mag das Knirschen des Leders.«

»Kriegst du denn nie genug?«, entgegnete Robbie. »Hältst du es nicht mal ein paar Tage ohne Sex aus?«

Ich schüttelte stumm den Kopf. Ich wollte Nein sagen, doch mein Körper schien ein »Ja!« hinausschreien zu wollen, und eine weitere verächtliche Bemerkung dieser Art würde ausreichen.

»Du bist eine Fotze, Bliss«, spie er mir verächtlich entgegen, und das genügte: denn für einen Augenblick war ich nichts als eine Fotze, als meine Muskeln sich so hart zusammenzogen, dass mein Geist sich verflüchtigte.

Meine Arme waren plötzlich wieder frei, und fast wäre ich vornübergekippt, weil ich mich die ganze Zeit auf Robbie gestützt hatte. Erst jetzt merkte ich, dass Red, den ich praktisch vergessen hatte – den mechanischen Kolben für meinen Orgasmus –, offensichtlich auch gekommen war und sich jetzt zurückzog.

»Glaub nicht, dass ich das einen Moment wirklich so gemeint habe«, sagte Robbie mit einem Anflug von Angst in der Stimme.

»Ich hab zu viel Grips, um das von dir zu glauben. Und ich schätze, du hast zu viel Grips, es zu sagen, wenn du es so meintest. Wenn du verstehst, was ich meine.«

Wir waren wieder eine Dreiereinheit.

Für die nächsten paar Tage hatte ich mir vorgenommen, mich am See mit einem Buch zu entspannen. Die Jungs sollten sich ruhig ihrem Vulkan widmen, aber es nützte nichts. Ich hatte das Gefühl, unsere Wiedervereinigung weiter festigen zu müssen, damit die beiden nicht zu sehr zum Doppelpack wurden. Nachdem wir also die Stadt erkundet hatten, was nicht lange dauerte, und in eine der vielen Agenturen gegangen waren, die Trips nach Villarica anboten, blieb mir nichts anderes übrig, als zum Krater mitzukommen. Leider sollte es wieder in aller Herrgottsfrühe losgehen, und wir waren doch noch so müde trotz des Schlummers nach dem Sex. Aber dann ergab es sich, dass der Trip erst am Mittwoch stattfinden sollte. Eine Atempause! Also hatten wir einen ganzen Tag frei, konnten Steine über die Wasseroberfläche springen lassen, über Sex lesen oder sprechen oder uns über den Weltkapitalismus unterhalten. Ich durfte meinen Roman zu Ende lesen, ehe ich mit *No Logo* anfing, in dem es um die Globalisierung von Marken ging. Red hatte mir versprochen, dass es absolut keine langweilige Lektüre wäre, doch ich kam zu dem Schluss, dass man auf langen Reisen den Geist mit den großen Klassikern füttern sollte. Da hatten trockene Fakten nichts zu suchen. Zum Glück fand ich im letzten Buchtausch-Café einen Joanna-Trollope-Roman, gegen den ich nichts einzuwenden hatte.

»Das war also dein erstes Mal?«, fragte Robbie, nachdem sie mich überredet hatten, von meiner Einführung ins Bondage zu erzählen. »Weißt du, als wir dich mit ihm in Lima sahen, hattest du hohe Stiefel und Handschuhe an und warst ganz in Schwarz. Wir dachten, du würdest auf Gothic Look stehen. Ich fragte mich schon, was aus dieser Vorliebe geworden ist, aber wahrscheinlich ziehst du dich für die Stadt anders an.«

»Frauen«, meinte Red, aber ich wusste, dass er nur versuchte, mich aufzuziehen, und ignorierte ihn.

»Ja, das war das erste Mal. Und genau auf dieser Tour durch die Stadt kam ich durch ihn auf den Geschmack am Exhibitionismus.«

Ich erzählte ihnen erst nur von dem alten Mann, aber dann dachte ich »Was soll's« und berichtete auch von den anderen Erlebnissen in San Pedro.

Sie schwiegen, als ich mit meiner Story fertig war. Und ich dachte gleich, dass es wohl ein Fehler gewesen war, alle Details auszubreiten.

»Also haben wir es eigentlich Carlos zu verdanken, dass wir unsere kleine *ménage à trois* haben«, hob ich hervor. »Ehrlich gesagt hätte ich es vor Wochen noch seltsam gefunden, Sex im Zelt vor Zuschauern zu haben, aber seitdem Carlos mir mein Talent fürs Exhibitionistische vor Augen geführt hat, macht es mir Spaß.«

Robbie lächelte und legte einen Arm um meine Schultern. »Das hast du gut entschieden, meinst du nicht?«

»Na klar.« Wir lächelten einander an, und obwohl Red mein Sexpartner war und auf der anderen Seite neben mir saß, zuckte es in meiner Pussy, als ich Robbie in die Augen sah. Ich wusste, dass er mich wollte, und zwar unbedingt. Vielleicht hatte ihm zu Beginn der Voyeurismus genügt. Vielleicht hatte ein richtiger Dreier aber immer schon auf seiner Liste gestanden. Ich wusste es nicht. Aber jetzt war sein Blick schon ganz glasig vor Verlangen. Und, ganz ehrlich, ich schätze, ich wollte es auch.

Lustig war nur, dass es allmählich ein bisschen zu spät war, Robbie danach zu fragen, wie er zu seiner Erlösung kam. Masturbierte er in seinem Schlafsack, nachdem er seine Kommentare zu unseren Sexübungen abgegeben hatte? Ich bezweifelte es. Für gewöhnlich bin ich ja kein Fan von Sex zur Schlafengehzeit, und daher konnte ich nie sofort einschlafen. Also kuschelte ich mich immer in meinen Schlafsack, lauschte auf Reds Schnarchen und dachte über die Ereignisse des Tages nach. Bestimmt war Robbie von seinen Erzählungen und unseren Aktionen erregt, was machte er also mit seinem Steifen? Ich wünschte, ich hätte ihn das schon mal gefragt, wendete aber den Blick von ihm und wechselte das Thema.

»Da wir jetzt meine kleinen Bekenntnisse gehört haben, ist es an der Zeit, dass du uns von deinen Becky-Erlebnissen erzählst«, sagte ich und wandte mich Red zu.

Er zuckte mit den Schultern. »Da gibt's nicht viel zu erzählen.«

»Willst du das nicht später hören, im Zelt?«, fragte Robbie.

Offenbar bewegten wir uns da auf dünnem Eis. Ich weiß nicht, wie das bei Red ankam, aber ich hatte das Gefühl, dass Robbie der Hauptakteur wäre, wenn Red den Audiokommentar beisteuerte. Und in dieser Phase unseres Spiels hätte dieser Wechsel vielleicht in einer Tragödie geendet. Robbies Augen hatten mir verraten, dass er genau *das* wollte, aber noch war es nicht so weit.

»Nein, ich will es jetzt hören.«

Robbie stand auf. »Okay, macht ihr das mal.«

»Sag nicht, dass du das schon gehört hast«, sagte ich mit einem Grinsen. Dann stimmte es also, dass Männer noch schlimmer waren, wenn es darum ging, über ihr Sexleben zu sprechen.

Er lachte. »Nein! Aber die beiden würde ich lieber vergessen und weitermachen. Ich wollte sowieso ins Internet-Café, um nachzusehen, ob es was Neues für uns gibt.«

»Bist du sicher, Kumpel? Soll ich nicht später mitkommen?«

»Ach, lass nur. Ihr bleibt hier, und ich bring uns was zum Essen mit, okay?«

Becky war, wie sich herausstellte, ebenso langweilig, wie Tasha aufregend war. Red erwies sich als weitaus schlechterer Geschichtenerzähler als sein Freund. Anstatt einer heißen Story für die Sinne wie bei Robbie und Tasha bekam ich nur eine öde Vanilla-Sex-Story zu hören.

»In der zweiten Nacht sagte sie dann: ›Du kannst mich anal bumsen, wenn du magst. Ich habe Gleitmittel.‹«

»Man sollte eben auf alles vorbereitet sein. Ich wette, du hast es gemacht.«

»Ja. Machst du das auch –«

»Nicht mehr«, erwiderte ich mit Nachdruck. »Und dabei bleibt's auch. Und, wie war's? War es dein erstes Mal?«

Er nickte und blickte ein bisschen verlegen drein. Ich fragte mich, ob Männer je reif genug sein würden, um auch mal zuzugeben, dass es noch Bereiche beim Sex gab, die sie noch nicht ausprobiert hatten.

»Dann erzähl mir davon!«

Er machte den Mund auf und schloss ihn wieder. War etwas schiefgelaufen? Hatte er etwa bei seinem ersten Analsex keinen hochgekriegt? Oder hatte er vergessen, ein Kondom zu benutzen?

Die Antwort war eine ganz andere. Das vorbereitende Eincremen und Befingern hatte ihm gefallen, nicht aber die Penetration. Ich lasse mal aus, wie eng es war, wie der Reiz des Verbotenen sich regte und so weiter. Er sagte ihr, es sei für ihn das erste Mal – ich applaudierte fast –, worauf sie ihn fragte, wie es sich anfühlte, wie sehr es sich von der Vagina unterschied.

»Dann fragte ich sie, wie sie es denn fand und ob ihre Muschi sich nicht leer vorkam. Und sie meinte nur: ›Doch, schon, aber du könntest doch deinen Freund holen. Dann nehme ich euch beide zugleich in mich auf.‹«

»Gott! Warum hat Robbie mir das noch nicht erzählt?«

»Weil ich ihn nicht geholt habe.«

»Oh, schade.«

Gerade dachte ich noch, wie vorhersehbar doch die Männer sind, als er diese Bombe platzen ließ. Kann man das glauben? Wie viele Männer, die Sie kennen, würden sich eine solche Chance entgehen lassen? Vielleicht war Red doch viel mehr Puritaner, als ich dachte, obwohl er sich auf Sex als Performing Art einließ. Muss an seinem skandinavischen Blut liegen.

»Sorry, wenn du jetzt enttäuscht bist.«

Ich zuckte mit den Schultern. »Macht mir nichts. Hauptsache, dir hat's gefallen.«

»Hat mich ein bisschen abgetörnt. Ich hatte das Gefühl, nicht zu genügen. Egal, ich drang mit drei Fingern in sie, rieb mit dem Daumen über ihren Knopf, und so kamen wir beide. Danach sagte ich ihr, sie sei eine unersättliche kleine Schlampe, die es auf beide Arten wollte. Und daher gab ich ihr meine Taschenlampe.«

Er mied meinen Blick. Kein Wunder.

»Robbie hat dir also erzählt, was er mit Tasha angestellt hat, und du hast es einfach nachgemacht?«

»Ja, gebe ich zu. Aber das klappte gut.« Er sah mir in die Augen, mit einem etwas gereizten Blick. »Wir müssen nicht alles miteinander teilen, okay? Nur weil wir uns dich teilen, heißt das noch lange nicht, dass er sich an jedes Mädel heranmachen darf, das ich vögele.«

»Ihr teilt euch mich nicht, Red. Wir haben eine Beziehung, in der jeder seine Rolle spielt. Ich bin kein Spielzeug, das ihr euch herumreicht.«

»Sorry, habe ich blöd ausgedrückt. Ich bin manchmal echt sauer. Meine Rolle in unserer Beziehung ist, Schwanz und Finger beizusteuern. Der Rest von mir könnte genauso gut nicht existieren.«

Was sollte ich da sagen? Am Tag zuvor hatte ich das Gleiche gefühlt. Red war aufgefallen, dass Robbie und ich mental Kontakt aufgenommen hatten, und war jetzt eifersüchtig. Mich durchzuckte ein Schuldgefühl, nicht nur Red gegenüber, sondern auch gegenüber der armen Becky, die ein nettes Angebot gemacht hatte.

Kein Wunder, dass ich mich außen vor gefühlt hatte; Red hatte befürchtet, ausgeschlossen zu werden, und daher hatte er Robbie enger an sich gebunden und mich im Regen stehen lassen.

Ich umarmte ihn. »Ich möchte nicht, dass du dich so fühlst. Aber wenn ihr beide tauschen würdet, wäre das wohl nicht so gut, oder? Er vögelt mich, und du schaust uns zu?«

»Nein«, gab er zu. »Ich schätze, es war ein bisschen dumm von mir.«

»Eigentlich nicht. Ich möchte mich nicht zwischen dich und Robbie zwängen. Ich könnte genauso gut ein Zimmer in einem Hostel buchen. Dann könnten wir uns tagsüber treffen, wenn ihr das möchtet.«

Er legte mir beide Hände um meinen Arsch und zog mich an sich. Ich fühlte seinen Steifen durch den Stoff.

»Ich möchte weiter Sex mit dir haben. Es sei denn, du willst nicht mehr.«

Ich sah ihm in die blauen Augen. Und entdeckte wieder mehr Fröhlichkeit in seinem Blick, aber auch Bedenken, dass ich ihn abblitzen lassen würde. Ich schüttelte den Kopf.

»Machst du Witze? Lass uns doch jetzt zum Zelt gehen, auf

einen Quickie. Wahrscheinlich sind wir längst fertig, ehe Robbie zurückkommt.«

Auf dem Zeltplatz war niemand um die Uhrzeit, was okay war, da jeder unschwer erraten hätte, warum wir ins Zelt wollten. Kaum hatte er den Reißverschluss am Zelt zugemacht, zog ich ihm die Jeans und die Shorts möglichst weit runter. Nach ein paar Zungenspielchen zog ich alles aus bis auf den BH und setzte mich rittlings auf Red.

Manchmal ist ein kräftiger, satter Quickie befriedigender als eine lange Aktion mit schwüler Erotik. Ich ritt ihn heftig und konzentriert, und als seine Bauchmuskeln zu zucken anfingen, begann ich mich zu befingern und steuerte noch einige Kommentare bei – wie Tasha es gemacht hätte –, blieb aber in der englischen Tradition. Wenn Red Robbies Technik kopierte, dann konnte ich mich ja an Tashas Vorgaben halten. Und ehrlich gesagt, wenn es um Sex geht, dann rechtfertigt das Ziel die Mittel, solange alle Beteiligten damit zufrieden sind.

Red kam den Bruchteil einer Sekunde nach mir, und ich ließ mich mit meinem ganzen Gewicht auf ihn sinken. Es war erst das zweite Mal, dass wir ohne Robbie bumsten, und zur Abwechslung war das ganz nett. Allerdings vermisste ich wie jeder Performer die Bewunderung der Zuschauer.

Ich *weiß*, dass ich schon Bilder von dem schneebedeckten Vulkan gesehen hatte. Ich *weiß*, dass gewisse Ausrüstungsgegenstände auf der Liste standen, als wir die Reise buchten. Aber, verdammt noch mal, da war es Sommer gewesen. Ich war verblüfft, als ich einen langen, steilen und mit Schnee bedeckten Berg erklomm; die Art von Abhang, die man eigentlich nur mit Skilift hinauffahren und nur auf Skiern heruntersausen sollte. Viel verblüffter war ich jedoch, als ich beim Abstieg den Halt verlor, mir der Eispickel aus der Hand flog und ich den Abhang hinunterkugelte – wie ich glaubte, in den sicheren Tod.

Aber mein Leben ist nicht voller Drama, und daher glaube ich auch nicht, dass mein Tod irgendwann besonders dramatisch sein wird. Unverletzt rutschte ich die letzten Meter, drehte mich um und sah Red und Robbie durch den Schnee auf mich zu laufen.

»Ihr saht komisch aus, als ihr den Abhang runterkamt«, sagte ich ihnen, als sie mir aufhalfen.

»Nicht so komisch wie du«, sagte Robbie. Er bemühte sich, normal zu sprechen, aber seine Stimme klang zittrig, und trotz der Sonnenbräune war er ganz blass im Gesicht geworden. Red stützte mich und klopfte mir den Schnee vom Rücken, ohne ein Wort zu sagen. Beide hatten sie Angst um mich gehabt, und beide empfanden Zuneigung für mich. Wir hatten zwar keine flammende Lava gesehen, und der Krater hatte nach faulen Eiern gestunken, aber der Trip war es trotzdem wert gewesen.

Eine großartige Woche verbrachten wir damit, im chilenischen Lake District zu wandern. Wir campten an den Ufern azurblauer Seen, kamen über Wiesen voller Frühlingsblumen und erregten einander nicht nur mit Worten, sondern auch mit handfesten Taten. Ich achtete darauf, dass Red sich nicht außen vor fühlte, und so waren wir drei uns näher als je zuvor.

Schließlich ergab sich die Gelegenheit, Robbie zu fragen, wie er es ohne Sex aushielt – abgesehen von seinem Erlebnis mit Tasha. Er lachte.

»Dir ist wohl nicht aufgefallen, wie lange ich abends brauche, wenn ich noch mal pinkeln gehe«, scherzte er. »Nach der ersten Nacht im Zelt wusste ich, dass mir die Eier platzen würden, wenn ich nicht schnell Erleichterung fände. Also spritze ich immer vorm Schlafengehen ab. Das heißt nicht, dass ich nicht wieder einen Steifen kriege, wenn ich euch zuschaue, aber es heißt, dass ich mich zurückhalten kann.«

»Und wie stellst du fest, dass du bereit bist fürs Wichsen?«

Er warf mir einen Seitenblick zu. »Meistens sitze ich den ganzen Abend neben dir oder gegenüber von dir. Und da reicht es mir schon, wenn ich mir vorstelle, dass ich dir gleich zuschauen werde, und dann bin ich bereit für alles.«

Ein heißer Schauer durchlief mich. Aber Robbie musste noch seiner Rolle treu bleiben, bis Red beschloss, dass es an der Zeit wäre, die Rollen zu tauschen.

Bald würde ich Carlos in Puerto Montt treffen. Wir verbrachten den letzten gemeinsamen Tag in einer hübschen, kleinen Stadt im deutschen Stil, wo wir uns über tolle Kuchen und Törtchen in einem Tea Shop hermachten, in dem Weihnachtslieder gespielt wurden. Erst dann kehrten wir in unser Gästehaus zurück, um den letzten Abend zu genießen. Unser Zimmer war unterm Dach und wurde von einem riesigen Messingbett beherrscht, das in der Mitte stand und wie geschaffen für mich war. Unter der Dachschräge stand ein kleines Einzelbett, und jeder Zoll des altmodischen Toilettentischs und der hohen Schlafzimmerkommode war von verspieltem Porzellan bevölkert.

Zuerst hatte die Wirtin uns etwas argwöhnisch beäugt, als wir zu dritt ein Zimmer haben wollten. Aber dann erklärte Red ihr, wir wären Geschwister, und ich schätze, dass man uns das sogar abnahm, da wir alle drei blond und groß waren.

Satt vom Kuchen ließen wir uns auf das große Bett plumpsen. Der Messingrahmen leuchtete im Sonnenlicht, das durch das Dachfenster hereinflutete, und ich lag auf dem Rücken und umfasste das Kopfende mit beiden Händen. Vom anderen Bett lächelte Robbie mir zu.

»Ich denke, ich werde dir genau da die Hände festbinden. Ich sehe gar nicht ein, warum nur Señor Garcia das Vergnügen haben soll, dich zu fesseln.«

Ich erschauerte. Es gab da keine logische Erklärung, natürlich nicht, aber ich wollte es nicht. Meine Beziehung mit den Jungs war eben anders, und aus meiner Sicht sollte das auch so bleiben.

»Du kannst nicht deine Schwester fesseln und sie von deinem Bruder ficken lassen, Kumpel. Das ist illegal.«

Robbie und ich mussten lachen.

»Stellt euch vor, die Wirtin kommt rauf, um uns Tee zu bringen, und sieht, wie wir vor Robbies Augen vögeln. Gott, die bekommt vielleicht einen Herzanfall.« Red grinste durchtrieben. »Da wir gerade von Geschwistern sprechen, habt ihr je Doktorspiele gemacht?«

»Ob ich das je gemacht habe? Wie hätte ich sonst meine brillante Karriere als Sexhäschen starten sollen?«

»Also bleiben Sie ruhig liegen, Miss van Bon, während Doktor Sullivan und ich alles für die Untersuchung vorbereiten.«

Gerade als mir bewusst wurde, dass Red seinen Kumpel praktisch eingeladen hatte, mich überall anzufassen, fiel mir auch auf, dass Robbie nicht seine abendliche Pinkelpause hatte, weil unsere normale Routine durchbrochen war. Also hatte er keine Zeit, sich einen runterzuholen.

Red fing bei meinen Socken an, arbeitete sich bis zu meiner Hose hoch und zog sie mir aus, während Robbie sich mein

Sweatshirt und mein T-Shirt vornahm. Seine Hände strichen über meine Brüste, als er mir das Shirt über den Kopf zog. Ich hatte nichts als ein dünnes Top darunter, sodass meine Nippel gleich aufblühten.

»Ich denke, unsere Patientin hat hier eine leichte Schwellung«, sagte er und streichelte über eine harte Knospe. »Auf der anderen Seite auch. Untersuchen Sie das, Doktor.«

Ich schaute zu, als die beiden mit ihren Händen meine Spitzen bearbeiteten und in mir ein heißes Kribbeln auslösten.

»Eigentlich habe ich weiter unten Beschwerden«, warf ich ein. »Ich fürchte, es handelt sich um eine Art Überhitzung.«

»Schauen wir uns das mal an.«

Langsam zog Red mir den Slip herunter und schob meine Beine auseinander. »Leider haben wir keine Halterungen für Ihre Beine. Daher müssen wir sie hochhalten.«

Jetzt nahmen sie sich beide je ein Bein, hielten es hoch und schauten abwechselnd auf meine Spalte.

»Ich stelle da eine abnorme Absonderung von Sekret fest«, sagte Red. »Wie fühlt sich das an?«

Die Frage war an Robbie gerichtet; Red wollte also, dass er mich anfasste. Ich verlor fast die Besinnung, als ich zum ersten Mal Robbies Hand auf mir spürte. Obwohl Robbies Stimme bei unseren früheren Aktionen immer eine Schlüsselrolle in meiner Erregung gespielt hatte, hörte ich jetzt nicht mal, was er sagte, als er flüchtig über meinen Kitzler strich, ehe er Red Platz machte. Wir waren in eine neue Phase eingetreten, aber diesmal hatte Red es vorangetrieben, und ich wollte mit den Spielchen aufhören und es richtig scharf haben.

»Hören wir auf mit dem Doktorkram. Wie soll's jetzt weitergehen?«, sagte ich mit einer fast rauchigen und gefährlich verführerischen Stimme. Es war noch nicht mal Absicht, sondern das Resultat meiner Erregung.

Red lächelte erst Robbie und dann mir zu. »Keine Karte. Kein Plan. Keine Grenzen. Ja oder nein?«

Oh, Mann, ja!

Die Sonne schien schräg auf unsere Körper. Das Bett mit dem Kopfende aus Messingstangen war weich, und es war das erste Mal, dass Robbie und ich mehr ausgetauscht hatten als nur Worte oder eine flüchtige Berührung der Hände: Was jetzt auch immer geschah, es wäre bestimmt bestens. Natürlich wussten wir, dass wir kein Verbrechen begingen, aber dennoch hing der Inzest-Vorwurf irgendwie in der Luft und verschaffte mir ein herrlich sündiges Gefühl. Die kleine Dachbodenkammer war von einer Atmosphäre der Dekadenz und der Zügellosigkeit erfüllt, und ich schwelgte darin.

Robbie wollte mich schmecken, aber während ich in gespannter Haltung auf seine Zunge wartete, nahm er einen Löffel aus einer hübschen Porzellantasse, die auf dem Toilettentischchen stand. Sorgfältig sammelte er damit meine üppig fließenden Säfte, suchte dann meinen Blick und führte schließlich den Löffel an seine Lippen. Genüsslich nippte er daran, ehe er mit dem kühlen Metall über meine heiß pochende Stelle strich. Ich glaubte schon, mir würde der Schädel platzen, aber es sollte noch besser kommen.

Die Vorstellung, mich zu fesseln, hatte von ihm Besitz ergriffen. Als Red mich umdrehte, sodass ich kniete und zum Kopfende des Betts schaute, stellte Robbie sich so vor das Bett, dass er mich durch die Messingstäbe hindurch sehen konnte. Ich zog noch schnell mein Top aus, ehe Red mich von hinten nahm, und hoffte darauf, dass Robbie meine Brüste kneten würde, während Red mich bumste.

»Ihr seht aus wie die Tiere im Zoo«, stellte er fest. »Und ich denke, ihr seid wie Tiere.«

»Ja, genauso primitiv«, stimmte ich zu.

»Aber wahrscheinlich promiskuitiver und weniger wählerisch als die meisten. Halte dich an den Stäben fest.«

Ich klammerte mich an die Stangen, und sofort schlossen sich seine Hände um meine. Ich machte Anstalten, sie fortzuziehen, und er erhöhte den Druck.

»Du entkommst mir nicht«, neckte er mich. Wollte ich auch gar nicht, da Red langsam und befriedigend in mich drang. Die Vorstellung, wie ein hemmungsloses Tier öffentlich zu kopulieren, elektrisierte mich. Dazu kamen noch Robbies große Hände, die mich festhielten, doch all das verblasste kurz, als Robbie sich plötzlich vorbeugte und meinen Mund mit seinen Lippen berührte.

Aufs Küssen hatte ich nie besonders gestanden. Küsse gehörten für mich in die Jugendzeit mit ihren Experimentierphasen mit den Jungs, wenn du stundenlang irgendeine Schlabberzunge im Mund hast und eigentlich nur darauf wartest, dass der Typ dich endlich richtig anfasst. Nicht, dass ich grundsätzlich was gegen das Küssen habe. Mit Gabi und Carlos hatte es mir wieder richtig Spaß gemacht, aber wenn mich jemand fragt, wo das Küssen auf meiner Beliebtheitsskala war, dann würde ich es weit unten ansetzen. Bis Robbie mich durch die Gitterstäbe küsste.

Es fing sanft und zärtlich an, aber nicht zu nass. Unsere Lippen schienen positiv und negativ gepolt zu sein und sorgten für eine knisternde Aufladung. Fest, aber sanft erkundete seine Zunge meinen Mund, aber ich war heiß auf ihn und drängte ihn. Seine Lippen verspannten sich, und das Eindringen seiner Zunge empfand ich als genauso erregend wie Reds Penis.

Ich stöhnte, während der Kuss anhielt, und als Robbie sich dann zurückzog, hatte ich das Gefühl, richtig gebumst worden zu sein. Eine Berührung, und ich wäre gekommen, aber ich wollte noch nicht. Würde Robbie jetzt gleich Reds Position einnehmen? Ich sehnte zwar unbedingt meinen Orgasmus herbei, wollte aber um keinen Preis etwas Geiles verpassen.

»Dein Mund ist so schön wie deine Pussy«, sagte Robbie mit noch rauchigerer Stimme als sonst. Ich glaube, er war von dem Kuss noch genauso erregt wie ich. »Ob ich es hier fühlen kann?«

Er zog seine Hände fort, machte den Reißverschluss seiner Jeans auf und zog sich die Shorts runter. Ich zögerte kurz und überlegte, ob ich jetzt auf Tasha machen sollte und seine Größe bewundern müsste, ehe ich ihn in den Mund nähme, entschied mich dann aber dagegen. Er wollte meine Lippen um seinen Schaft spüren und nicht irgendwelche Phrasen hören. Die bewundernden Worte könnten ja später noch folgen.

Wieder packte er meine Hände, während ich meine Zunge spielerisch über seinen Steifen gleiten ließ. Nein, sein Schwanz war nicht so groß wie Reds, aber gut genug und vor allem schön hart. Ich schätzte, dass es nicht lange dauern würde.

»Hast du Spaß, Kumpel?«, fragte Red und drängte sich in meine träumerische Stimmung. Inzwischen hatte ich mich nämlich gedanklich von dem verbotenen Inzest verabschiedet und war eingetaucht in die romantische Welt des ersten Mals mit einem neuen Liebhaber, was natürlich absurd war. Denn ich wollte es ja scharf haben. Und weil ich einen Schwanz im Mund hatte und den anderen in der Pussy, fiel es mir auch nicht schwer, wieder in das Gefühl von Lüsternheit und Ausschweifung zu kommen. Insbesondere als die beiden anfingen, Noten zu verteilen.

»Du hast mir gar nicht gesagt, wie gut sie das macht«, erwiderte Robbie atemlos. »Wenn du sie lieber fickst, als dir einen Blasen zu lassen, dann muss sie ja echt geil sein.«

»Ist sie auch, Kumpel. Eng, aber weich. Geile Muskeln. Sollen wir tauschen?«

Ich sog ihr Gerede förmlich in mich auf, als hätte ich kein Mitspracherecht, während ich Robbies Schwanz lutschte.

»Nein, ich komme lieber in ihrem Mund. Sie schluckt's doch bestimmt gern, oder?«

»Es gibt nichts, was sie nicht macht.«

Reds Kommentar wurde begleitet von heftigeren Stößen. Er hatte meine Hüften umfasst und zog mich hart zu sich, während Robbie den Druck auf meine Hände erhöhte. Beide waren kurz vorm Abspritzen.

»Hör zu, Kumpel. Lass mich das zu Ende bringen, wenn du nichts dagegen hast.« Das war Robbies Stimme.

»Kein Problem«, keuchte Red und stöhnte auf, als er kam. »Gott!«

Robbies Arme zitterten. Seine Hände verkrampften sich über meinen, und da wusste ich, dass auch er gleich spritzen würde. Ich nahm seinen heißen Schwanz so tief in den Mund, wie es eben ging, als er auch schon abschoss. Red hatte natürlich gelogen – ich schlucke nie Sperma, sondern ließ es langsam aus dem Mund quellen, sodass es mir über die prallen Titten lief. Als Robbie meine Hände losließ und auf die Knie sank, cremte ich mir die Brüste mit dem warmen Sperma ein. Bei seiner letzten Bemerkung wäre ich fast ohne Finger an der Klitoris gekommen.

Eigentlich hatte ich damit gerechnet, dass er jetzt aufstehen und hinter mich kommen würde, aber er blieb am Kopfende.

»Setz dich hin, Bliss.«

Ich setzte mich, das Gesicht immer noch ihm zugewandt, und fragte mich, wie lange er mich noch warten lassen wollte, bis ich endlich kommen konnte. Plötzlich fasste er mit beiden Armen durch die Messingstreben, packte meine Beine und zog sie durch das Gitter. Sie waren fast unbequem weit gespreizt, und meine offene Muschi steckte nun zwischen zwei Streben.

Inzwischen lag ich auf dem Rücken, mit dem Kopf an Reds Knien, und erinnerte mich, dass er ja auch noch da war. Doch Robbie hatte seinen Kumpel nicht vergessen.

Als es dann seltsam still im Raum war und ich in meiner Vorfreude auf Robbies Berührung wartete, musste ich an Carlos denken, der mich gefesselt und geknebelt in seinem Zimmer hatte zappeln lassen. Natürlich hatte ich Robbie erzählt, wie erregend dieses Abwarten gewesen war, und jetzt bemühte er sich, die Atmosphäre für mich nachzubilden. Ich versuchte mir vorzustellen, was für einen Anblick ich jetzt wohl abgab: meine pinken Lippen waren bereit, meine Spalte war nass.

Seine Zunge verwöhnte mich so zart, dass ich einen wohligen Schauer verspürte. So sanft, wie er mich geküsst hatte, so sanft küsste er jetzt meine Pussy, leckte sie und drang langsam ein. Eine halbe Ewigkeit schien vergangen zu sein, bis er sich endlich meinem Kitzler widmete, aber kaum spürte ich seine Zunge dort, überkam mich das Verlangen, auf der Stelle zu kommen. Ich schlang die Beine um Robbie und merkte schon die Spannung, die sich in meinen Sexmuskeln aufbaute. Doch da schüttelte er meine Beine wieder ab und legte mir die Hände auf die Schenkel. Langsam leckte er über meine geschwollene Knospe, viel zu langsam für meine Erlösung – eine herrliche Tortur. Dann suchte seine Zunge wieder meine zerfließende Spalte, drang rhythmisch und härter in mich. Meine Atemzüge wurden flacher, und schließlich wanderte er mit seinem heißen Mund weiter nach unten und ließ seine Zunge um mein hinteres Loch kreisen.

Ich weiß nicht, ob er die Laute hörte, die meiner Kehle entwichen, aber Red hatte Robbies Mahnung zur Stille verinnerlicht und legte mir wie selbstverständlich eine Hand auf den Mund.

Robbies Zunge lief wieder über meine Pussy und zu meinem Knopf, und diesmal wusste ich, dass er mich kommen lassen würde. Während er den Druck erhöhte, nahm er die Hände von meinen Schenkeln und rieb mit den Fingern beiderseits des Kitzlers. Mit schnellen, feurigen Zungenstrichen verwöhnte er jetzt meine heißeste Stelle und drückte fester mit den Fingern. Ich hatte komplett die Kontrolle verloren, und als ich mir noch ausmalte, wie passiv und entblößt ich dalag, wurde ich endlich von der gewaltigen Explosion geschüttelt, die ich mir die ganze Zeit gewünscht hatte.

»Nicht schlecht, Rob«, kommentierte Red, als mein Orgasmus allmählich nachließ und wir wieder in der Realität ankamen. Meine Hände und mein Mund gehörten jetzt wieder mir.

»Woher weißt du, dass ich schon gekommen bin?«, fragte ich mit matter Stimme.

Beide schüttelten sich vor Lachen. »Das ganze Bett vibrierte davon«, meinte Red. »Selbst dein Gesicht verspannte sich. Deine Beine zuckten. Deine Möse zuckte.«

»Du konntest doch meine Beine und meine Möse gar nicht sehen. Außerdem hasse ich das Wort. Sag das nicht noch einmal.«

»Ja, Miss. Ich hab das schon oft genug gesehen.«

Ich zog meine Beine wieder zwischen den Messingstäben hindurch und grinste Robbie an. »Er hat recht, es war ein toller Orgasmus. Erst war ich ein bisschen enttäuscht, als du sein Angebot ausschlugst, die Position zu tauschen, aber du hast es mehr als gutgemacht.«

Dann umarmten wir drei uns. So habe ich es auch bei Mum erlebt, als ich noch Kind war – natürlich tat sie das nicht nach dem Koitus, sondern war angezogen und kam gerade von ihrer bewusstseinserweiternden Selbsthilfegruppe. Okay, ich war enttäuscht, dass Robbie mich nicht richtig gefickt hatte, ahnte aber gleichzeitig, dass wir uns das noch für später aufgehoben hatten.

Kapitel acht

Nach zwei Tagen auf Chiloe rechnete ich nicht mehr länger damit, dass Carlos mich fesseln und mir drohen würde, wenn ich ihm nicht sofort sagte, was Red und Robbie im Schilde führten. Vielleicht war er gar nicht so skrupellos, wie ich ihn in meiner Fantasie gemacht hatte. Ja, okay, er hatte mich beschatten lassen, aber doch nur zu meinem eigenen Schutz, wie er beteuerte. Die Warnungen meiner Aussie-Freunde, ganz zu schweigen von dem Bond-Drill, den ich vor meiner Abreise hatte absolvieren müssen, waren übertrieben und schon fast albern.

Ich hatte zwei E-Mail-Adressen lernen sollen. Doch ich weigerte mich kategorisch, auch noch das Papier aufzuessen, auf dem die Adressen standen. Eine Adresse war die von meinen Freunden, die andere gehörte zu der anonymen Kontaktperson auf Chiloe, die ich scherzhaft Moneypenny taufte. Nachdem Red und Robbie nachgehakt hatten, ob Carlos je mein Handy gesehen habe, gaben sie mir eins und sagten, ich müsse die Nummer auswendig lernen, als gehörte es mir schon seit Jahren. Sie speicherten Moneypennys Nummer, allerdings nur für den Notfall. Falls ich dringend Hilfe brauchte, sollte ich die Kontaktperson anrufen und mit »Steve« anreden. Angeblich ein alter Freund von mir, den ich bitten sollte, meine Mum anzurufen, damit sie etwas Geld auf mein Konto einzahlte. Moneypenny selbst würde sich bei mir mit den Worten melden: »Franco, wie in General Franco.«

Jetzt hatte diese Person schon drei Namen. War das noch ernsthafte Spionage oder schon dummes Zeug?

Aber während der zwei Tage Sightseeing auf der schönen Insel hatte sich nichts Besonderes ereignet, außer dass ich mir Jorges endgültiges Tondokument angehört und mir dabei die Schneckenfotos angesehen hatte. Über Carlos hatte er mir eine Nachricht zukommen lassen, dass er Ende des Monats die Bilder ausstellen und den Audiokommentar auf einer Endlosschleife abspielen würde. Ob wir auch kommen könnten? Leider wäre ich da längst in Patagonien, aber Carlos meinte, er werde versuchen, zur Ausstellung zu kommen.

Die Schneckenbilder waren klasse. Mitten in der Rutschphase sah ich ziemlich eindrucksvoll aus, eingehüllt in mein durchsichtiges Mumienkostüm. Außerdem gefiel mir die Mischung aus Spaß und Entschlossenheit auf meiner Miene. Allerdings muss ich zugeben, dass die Fotos von dem Massagetisch für mich nicht wie Kunst aussahen, sondern doch eher wie Pornografie. Aber das war mir egal.

Am ersten Abend spielte Carlos die Aufnahme in voller Laustärke ab. Wir waren in dem ziemlich netten Haus, das er gemietet hatte. Ich konnte mich nicht entspannen und die Aufnahme nicht genießen, weil das Hausmädchen dauernd hereinkam, um die Teller vom Abendessen abzuräumen und Kaffee zu servieren. Zumindest gelang es mir, die Fotos rechtzeitig verschwinden zu lassen.

»Kannst du nicht warten, bis sie weg ist?«, zischte ich verlegen. Ich stand ja auf Exhibitionismus, aber nicht in Gegenwart einer Hausangestellten mittleren Alters.

»Sie versteht doch überhaupt kein Englisch«, versicherte er mir, doch als die Frau gerade in dem Moment mit dem Kaffee ins Zimmer kam, als ich stöhnend beschrieb, wie Ulla mit ihren Fingern meinen Arsch, meine Muschi und meinen Kitzler zugleich versorgte, wurde ich ziemlich rot. Selbst ich wusste, was die ersten beiden Wörter auf Spanisch hießen. Außerdem hätten wohl die meisten Leute, egal aus welchem Land, erkannt, dass die Person, deren keuchende Stimme da auf dem Band zu hören war, kurz vorm Orgasmus stand. Doch die Angestellte schien all das zu überhören und schaute mit konzentrierter Miene auf das Tablett.

Meine Verlegenheit nahm noch zu, als ich mich auf dem Band sagen hörte, wie der Sex mit Carlos und mit Red und Robbie sei. Carlos war offenbar leicht verunsichert von meiner enthusiastischen Beschreibung von Reds großem Schwanz. Jorge hatte seine Frage zu den Jungs einfach rausgeschnitten und ließ die Aufnahme mit meinem Orgasmus enden. Ich hätte schwören können, dass ich beim Kommen entweder still bin oder schreie, aber jetzt hörte ich mich stöhnen und keuchen wie ... na ja, wie die amerikanischen Girlies. Ich fragte mich natürlich, ob ich das immer so machte oder ob ich nur ein bisschen mehr aufgedreht hatte, um Jorges Falle zu entrinnen, aber das konnte ich Carlos kaum fragen.

Mir gefiel das Ganze schon besser, als er das Band noch einmal abspielte, nachdem er Maria fortgeschickt hatte. Natürlich übernahm er den Part von Ulla und berührte mich, wenn sie es tat, und man kann sich ja vorstellen, dass er mich ebenfalls an den Tisch fesselte. Während er mich also synchron zum Band zum Höhepunkt brachte, biss ich etwas gehemmt die Zähne aufeinander und kam stumm. Aber obwohl das Zuhören mich angetörnt hatte, schien die Aufnahme nicht dieselbe Wirkung auf Carlos gehabt zu haben. Nach meinem Orgasmus band er mich los und meinte, er werde auf mich warten. Es war ja nicht das erste Mal, und daher zuckte ich mit den Schultern und ging ins Bett.

Jeder hatte sein eigenes Zimmer, was okay für mich war.

Beim Zelten blieben einem nur die Schlafsäcke und Isomatten zum Sex, aber in einem großen Haus mit abgelegenen Garten und einem Swimmingpool würden sich für die kommende Woche jede Menge Gelegenheiten ergeben.

So dachte ich jedenfalls in der ersten Nacht. Doch dann blieb uns im Verlauf der zweitägigen Tour über die Insel kaum Zeit für uns – und schon überhaupt keine Zeit für einen schönen Fick. Carlos fuhr überall auf der Insel herum; und er schien wirklich an meiner Meinung interessiert zu sein. Ob ich mir zum Beispiel ein großes Ferienhotel vorstellen könnte. Ausführlich erklärte er mir, dass Bereiche der Insel durch rücksichtslosen Holzeinschlag verunstaltet worden seien, also könne es nur besser werden. Einige Strände auf der dichter besiedelten Ostküste sahen prima aus; die Städte fand ich attraktiv, die Menschen dort nett und freundlich. In einem kuriosen Restaurant, das auf Pfählen im Wasser gebaut war, genossen wir hervorragende Meeresfrüchteteller. Im Nationalpark auf der Westküste machten wir Picknick, und zwar auf dem längsten und weißesten Sandstrand, den ich je gesehen hatte.

Red und Robbie hatten sich oft über Abholzung ausgelassen, aber ich verstand nicht, warum ein Ferienpark schlimmer sein sollte als ein vernachlässigter Wald. Allerdings betonte ich in Carlos' Gegenwart, dass ich diese immer gleich aussehenden Ferienparks hasste und nie auf die Insel gefahren wäre, wenn ich eine Bustour hätte mitmachen müssen, auf der der Reiseleiter Bingokarten austeilte.

»So wird es doch gar nicht werden, Bliss. Aber du weißt doch, dass Millionen von Menschen Pauschalurlaub machen und unterhalten werden wollen. Schau dir doch die Karibik an. Die meisten Urlauber dort wohnen in großen Hotelburgen. Das mögen die Leute eben.«

Nun, darüber ließ sich nicht streiten. Selbst Freunde von mir, die Rucksacktouren in Indien und Marokko hinter sich hatten, waren in riesigen Ferienkomplexen in der Dominikanischen Republik gelandet. Es sei dort so herrlich, schwärmten sie, wenn man so viel essen könne, wie man wolle, und alles schon geplant sei. Dann brauchte man nicht dauernd die Nase in den Reiseführer zu stecken und zu entscheiden, was man nicht verpassen durfte und wo die billigsten Hotels waren. Aber mir wurde klar, dass meine Aussies recht hatten: Diese Hotelkomplexe in der Karibik gehörten bestimmt nicht den Einheimischen, sondern international vernetzten Firmen. Ich fragte mich sogar, ob die Warnungen, auf keinen Fall allein in der Karibik zu reisen, nicht vollkommen übertrieben waren und von eben jenen großen Firmen in die Welt gesetzt worden waren, damit die Touristen in den Hotelkomplexen Urlaub machten. Und nur dort das Essen, die Drinks und die Souvenirs konsumierten. Was hatten meine Jungs noch gleich gesagt? Auch die Nahrungsmittel wurden importiert?

Ich beschloss, Carlos darauf nicht anzusprechen. Denn schließlich sollte ich ja Informationen sammeln und ihn nicht davon abbringen, seinen Job zu machen.

Er versprach mir, dass wir uns am kommenden Tag am Pool entspannen würden, doch als ich zum ersten Mal zum Schwimmbecken ging, war ich alles andere als relaxt. Der Gärtner stutzte die Hecke und begrüßte mich mit einem »Buenas dias, señora«. Auf Englisch fügte er hinzu: »Ich heiße Franco, wie in General Franco.«

»Oh, prima. Ich meine, hallo, Franco.« Sollte ich noch irgendetwas anderes zu ihm sagen?

Mit einem Lächeln begab er sich auf die andere Seite der Hecke. Mir wurde schlagartig bewusst, dass man nur dann einen Code brauchte, wenn die Gefahr bestand, belauscht zu werden ... oder der Garten verwanzt war. Aber kann man einen ganzen Garten verwanzen? Na ja, ich denke, wenn man den Präsidenten der Vereinigten Staaten abhören kann, dann gibt es wohl keine Grenzen in der Abhörtechnik. Ich fürchtete, ich wäre ein hoffnungsloser Spion, und zwang mich, nicht länger nach versteckten Mikros in der Hecke zu suchen. Also setzte ich mich an den Pool.

Ich schätzte, die Anwesenheit von Franco/Moneypenny/Steve sollte mich beruhigen. Aber eigentlich rechnete ich wirklich nicht damit, dass Carlos mir irgendetwas antun würde. Andererseits war mir schon ein bisschen mulmig zumute, wenn ich darüber nachdachte, warum mich Red und Robbie gewarnt hatten. Und diesen geheimnisvollen F/M/S gab es tatsächlich. Meine Freunde waren definitiv nicht durchgeknallt, blieb also nur die Erkenntnis, dass hier doch irgendwie Gefahren lauerten. Aber als Carlos zu mir an den Pool kam, nur in blauen Badeshorts, relativierte sich meine Angst wieder. Wahrscheinlich stellte die Kontaktperson F/M/S auch nur Nachforschungen an, genau wie ich. Nur weil ich seine Nummer für den Notfall hatte, bedeutete das noch lange nicht, dass meine Freunde glaubten, Carlos werde mir wirklich etwas antun. Es war vielmehr nur eine – wenn auch übertriebene – Vorsichtsmaßnahme. Ich musste wieder an die Versicherungspolice meines Dads denken: ein gut gemeintes, aber übertriebenes Auffangnetz, mit dem er mir sagen wollte, dass er einfach um mich besorgt war.

Carlos und ich hatten unseren Spaß beim Wettschwimmen – im Freistil war er zwar besser, aber im Brustschwimmen bin ich echt große Klasse –, ehe wir uns gegenseitig mit Sonnenmilch eincremten. Und dabei quatschten wir die ganze Zeit. Später kam Maria heraus und brachte uns Salatteller und Bier zum Mittagessen, und dann meinte Carlos, er habe noch zu tun, könne die Arbeit aber entspannt am Pool erledigen. Mir war's recht, da ich seit Wochen meine Postkarten vernachlässigt hatte. Daher machte ich mich daran, Kip eine Karte zu schreiben, die ich tags zuvor gekauft hatte.

Hallo Kippi!

Carlos – sorry, Charlie – und ich verbringen tolle Ferien auf der schönen Insel Chiloe. Das Wetter ist klasse, bislang keine Einschränkungen – Anspielung kapiert? –, aber nach zwei Tagen kreuz und quer über die Insel und einem entspannten Tag am Pool hege ich große Hoffnungen, dass uns noch was Fesselndes einfällt, wenn du verstehst, was ich meine. An meinen australischen Kumpels bin ich auch noch dran, oder auch umgekehrt ... hoffe, bei dir *steht* auch alles zum Besten. Blissi.

Carlos schaute von seinem Laptop auf, als Maria kam und fragte, ob wir Kaffee wünschten. Wir wollten aber keinen, doch ich nutzte die Unterbrechung, um ihm die Frage zu stellen, die mir schon länger auf der Zunge brannte.

»Ich dachte, wir würden uns hier noch auf andere Weise entspannen«, sagte ich mit bedeutungsvoll hochgezogener Braue. »Da wären der tolle Garten, der Pool, das große Haus. Und dann gibt es da noch Maria und den Gärtner.«

»Franco«, erwiderte Carlos fast mechanisch. Ich nickte. Konnte ja nicht wissen, ob er längst wusste, dass ich Francos Namen kannte. »Also? Sollen sie etwa mitmachen?«

»Sehr witzig. Solange die beiden da sind, können wir wohl kaum den netten Garten nutzen, oder?«

»Ah, verstehe. Nun, Franco kommt nur zweimal die Woche für ein paar Stunden. Ich denke, er ist schon fort. Und was Maria betrifft, ich muss einige Leute unterhalten, und da erschien es mir ein wenig aufdringlich, von dir zu erwarten, das Kochen und das Saubermachen zu übernehmen.«

»Besten Dank. Aber könnte sie nicht abends kommen, um das Essen zu machen? Sie läuft hier den ganzen Tag herum.«

Der Stuhl schabte über den Beton, als Carlos ruckartig aufstand und sich hinter mich stellte. Er zog mir das Bikini-Top herunter und verwöhnte meine Brüste mit beiden Händen. Ich schloss die Augen, genoss die Aufmerksamkeit, die er mir schenkte, und überlegte, wohin das noch führen sollte.

»Maria!«, rief er.

Oh, Mist. Er lachte, und da merkte ich, dass ich laut gesprochen hatte. Maria kam durch die Flügeltür auf die Terrasse und blieb vor dem Tisch stehen. Ich sah, dass ihr Blick flüchtig über meine Brüste huschte, die Carlos ungeniert weitermassierte. Marias Miene blieb auch unbeteiligt, als Carlos meine Nippel zu harten Knospen knetete.

»Si, señor?«

Er sagte irgendetwas zu ihr auf Spanisch, während ich meine Lider schloss. Ich verstand sowieso nichts, weil er so schnell sprach. Sie antwortete, aber dem Klang ihrer Stimme war nicht zu entnehmen, was in ihrem Kopf vorgehen mochte. Ich konnte nur raten. *Was für ein schamloses Flittchen! Ist schon so tief gesunken, dass sie an nichts anderes mehr denken kann, als sich vor den Augen der Angestellten begrapschen zu lassen.*

Ich konnte ihr wohl kaum erklären, wie falsch sie damit lag. Mein Spanisch war nicht gut genug, um ihr zu erklären, dass ich vielleicht ein Flittchen war, aber ein unbezahltes. Und schwierig würde es, ihr zu vermitteln, dass ich mich wirklich schämte. Aber ich hätte ihr bestimmt nicht klarmachen können, dass ich mich nur deshalb schämte, weil es zwischen meinen Schenkeln zu pulsieren begann.

Carlos sagte noch etwas, woraufhin sie wieder im Haus verschwand. Dann half er mir aus dem Liegestuhl und machte mein Top auf.

»Ich erklärte ihr deine ›Angst‹ vor dem Exhibitionismus«, sagte er fast verächtlich, spielte aber immer noch an meinen Titten, »und dass ich dir noch gar nicht gesagt habe, dass Maria laut Vertrag viele sexuelle Dinge sehen wird, wenn sie hier für mich arbeitet. Sie wird es aber gleichgültig aufnehmen und sich nicht schocken lassen. Und alles für sich behalten.« Er lächelte zynisch. »Solange ich ihr das Doppelte des üblichen Lohns zahle.«

»Und was hat sie gesagt?«

»Dass es sie nichts angeht und sie es nicht als anstößig empfindet. Weißt du, Bliss«, fügte er nachdenklich hinzu, »ich glaube fast, dass sie diese kleine Zurschaustellung genossen hat. Du doch auch, oder nicht?«

Ehe ich überhaupt merkte, was er vorhatte, war er auch schon mit einer Hand in meiner Bikinihose. Er lachte, als er den Beweis hatte, wie feucht ich schon war. In seinen dunklen Augen glitzerte Durchtriebenheit. Dann wendete er den Blick von mir.

»*Gracias, Maria. Momento, por favor.*«

Sie war also wieder da. Und hielt eine Schnur in der Hand, die Art von Leine, die wir früher in meiner Kindheit benutzten, um Wäsche aufzuhängen. Geduldig stand sie auf der Terrasse, die Leine in der einen Hand, ein Messer und eine Tube in der anderen. Und da war ein Glitzern in ihren Augen, als sie beobachtete, wie Carlos' Hand in meiner Hose verschwand. Sie schaute weiter zu, während Carlos mir die

Hose bis zu den Knien zog und mit der Hand zu meiner heißen Pussy wanderte.

Ihre Augen verharrten zwischen meinen Schenkeln. Während Carlos über meine Klitoris rieb, schaute Maria mit fast wissenschaftlichem Interesse zu, bis sie meinen Blick suchte. Ich sah etwas in ihren Augen aufblitzen – Unverschämtheit? Eifersucht? Erregung? –, und ich glaubte, den Anflug eines Lächelns bei ihr wahrzunehmen. Ich kam, ohne mich daran erinnern zu können, einen Laut von mir zu geben; meine Beine zuckten leicht.

»Dann bat ich sie, die Leine, das Messer und die Sonnenmilch zu holen«, fuhr er fort. Er nahm ihr die Tube ab und rieb mir die Brüste und den Rücken ein. Dann zog er mir die Bikinihose ganz aus und cremte mir auch den Po und die Bikinizone ein. »Wir wollen ja nicht, dass du dir einen Sonnenbrand holst.«

Er setzte mich auf einen Stuhl und ließ sich das Seil und das Messer geben.

»Beim Vorstellungsgespräch war sie so teilnahmslos, da wusste ich, dass sie die Richtige ist«, erklärte er wie beiläufig, während er mir die Leine zweimal um den Oberkörper legte, genau oberhalb der Brüste, und hinten festzog. Meine Arme und Beine wurden an den Stuhl gefesselt. Dann schlang er mir die Leine diagonal über den Körper, sodass sie sich zwischen meinen Brüsten kreuzte, und verknotete sie weiter unten auf Taillenhöhe. Mit dem Messer durchtrennte er die Leine und verknotete die Enden erneut. Schließlich zog er mir die Beine weit genug auseinander, um die Füße an den Stuhlbeinen festbinden zu können.

Das war ein anderes Gefühl als bei dem Korsett, den Ketten und den weichen, schwarzen Lederbändern. Ich dachte, er hätte mir schon alles Wichtige über das Bondage beigebracht. Doch mir wurde schlagartig bewusst, dass ich wohl nur amateurhaft im Softbondage tätig geworden war. Das hier war Hardcore.

In schwarzem Leder hatte ich mich sexy und begehrenswert gefühlt, und dazu hatte noch die Enge des schwarzen Leders beigetragen. Nackt und gefesselt mit einer Wäscheleine sah ich mich allerdings nicht mehr als Objekt der Lust, doch solange Carlos es so wollte, war es okay für mich. Die Leine fühlte sich zumindest nicht so schrecklich an, wie sie aussah, aber sie kniff dennoch in meine Haut. Ich fragte mich schon, ob rote Striemen zu sehen sein würden und ob Carlos genau das beabsichtigte.

»Ich hoffe, du genießt dies genauso wie deine anderen kleinen Spielchen«, sagte er, setzte sich wieder an den Tisch und rückte den Stuhl zurecht, damit er mich besser sehen konnte. »Ja, gefällt mir. Was meinst du?«

»Ich hätte mit meiner Karte an Kip noch warten sollen«, sagte ich mit matter Stimme. »Aber ich sage dir später, wie es war. Gefesselt im Liegestuhl fällt mir das Denken schwerer.«

Er gluckste. »Herrlich, Bliss. Davon habe ich schon die ganze Zeit geträumt. Hier zu sitzen, zu arbeiten und dich neben mir zu wissen, schön gefesselt. Diese Leine ist viel realistischer, nicht wahr? Zwar nicht so elegant, aber die Eleganz heben wir uns für den Abend auf.«

»Großartig«, erwiderte ich. »Solange das hier meine Tageskleidung ist und ich für heute Abend noch was überziehen kann, werde ich überleben.«

»Da wir gerade vom Abend sprechen, ich erwarte ein paar sehr wichtige Partner«, fügte er im Plauderton hinzu. »Du wirst definitiv etwas anziehen, um Eindruck zu machen.«

»Aber eine Sache will ich von vornherein klarstellen«, sagte ich, als sich Argwohn in mir regte. Da ich an einen Stuhl gefesselt war, hatte ich nicht viel zu sagen bei dieser Verhandlung, aber ich musste von Anfang an sicherstellen, dass es hier kein Missverständnis gab. Ich war nicht bereit, mich von halb Chiloe vergewaltigen zu lassen, nur weil Carlos meinte, mir würde so etwas vielleicht gefallen. »Ich bin nicht hierhergekommen, um mit deinen Geschäftspartnern zu vögeln, oder wie du sie auch immer nennst, weder willentlich noch unwillentlich. Wenn du dachtest, ich hätte Spaß daran, dann hast du dich geirrt, und dann werde ich auf der Stelle gehen. Und wenn dich das nicht kümmert und du mich vergewaltigen lässt, dann schreie ich so laut, bis mir die Lunge aus dem Hals hängt.«

Er lachte. »Ich hoffe doch sehr, dass du mich nicht für einen Vergewaltiger hältst. Nein, ich erwarte nicht, dass du mit meinen Kontaktleuten vögelst. Ich möchte nur eines, falls das deinen Sinn für Anstand und Sitte nicht verletzt. Zieh dich schick an, verwehre den Herren nicht den Blick auf deinen Ausschnitt und deine langen Beine, sei bitte so bezaubernd zu meinen Gästen, wie es dein Spanisch zulässt. Und gib ihnen insgesamt zu verstehen, was für tolle Partner sie bekommen können, wenn sie sich auf meine Wünsche einlassen. *Capisce?*«

»Das ist Italienisch«, entgegnete ich schmollend. »Okay, ich halte dich nicht für einen Vergewaltiger, aber ein Mädchen muss sich eben immer absichern. Wie vielen Männern soll ich meine Titten präsentieren?«

»Nur drei Männern«, antwortete er. »Allerdings sind die drei wichtig, zumindest was mein Projekt betrifft. Zwei sind Regierungsvertreter, der Dritte ein Grundbesitzer. Aber keine Sorge, du wirst nicht die einzige Frau sein. Eine Freundin von mir aus Lima kommt auch. Sie kann übrigens gut Spanisch, daher wird sie mir mehr nutzen als du.« Er schaute auf seine Uhr. »Sie müsste eigentlich gleich hier sein.«

Ich hatte da so eine Ahnung, wer diese Frau sein könnte. »Susie, nehme ich an.«

»Jorge hat mir erzählt, dass du die Fotos gesehen hast«, neckte er mich. »Sie ist doch attraktiv, oder?«

»Ganz bestimmt«, gab ich zu. »Heißt das also, dass heute Abend *ihr* deine Aufmerksamkeit gehört?«

»Vielleicht«, kam es nachdenklich von ihm. »Oder vielleicht dir. Oder ihr geht beide leer aus. Oder keiner von euch. Obwohl –«, er beugte sich leicht vor, »– wenn ich noch länger hier sitze und dich hilflos in dem Stuhl sehe und dir das köstliche Nass über die gespreizten Schenkel läuft, dann werde ich dir wohl nicht widerstehen können.«

Sein Blick haftete auf meiner Pussy, die ich ihm präsentierte. Ich ahnte, warum ihn das anmachte, und zitterte selbst vor Erregung.

Dann stand er auf, kam wieder zu mir und befingerte sacht meine feuchte Spalte. Ich seufzte. War hilflos und Schauobjekt. Reglos und schutzlos. Damit konnte ich leben.

»Allerdings bin ich manchmal nach dem Dinner nicht so aktiv. Dann gucke ich lieber zu. Vielleicht dir und Susie? Ich weiß, dass ihr das gefallen würde – dir auch?«

Ich wurde nicht nur in die nächste, rauere Phase des Bondage eingeführt, nein, mir wurde obendrein eine geile Rothaarige samt Zuschauer angeboten. Lief es nicht prima für mich?

Es schien schon ewig her zu sein, dass ich mit Gabi zusammen unterwegs gewesen war. Sollte ich da wirklich das Angebot ausschlagen, eine geile Szene mit Susie zu genießen?

An der eleganten Tafel saßen sechs kultivierte Erwachsene und lachten, speisten und tranken. Die Frauen sahen absolut schick aus, und die Herren trugen smarte, dunkle Anzüge; die Gespräche bei Tisch wurden in zwei Sprachen geführt. Das Essen war erste Klasse und der Wein bestimmt der Beste, den Chile zu bieten hatte. Auf den ersten Blick ein sehr kultivierter Abend.

Doch die Gäste waren Fremde und nur eingeladen, um herauszufinden, wie leicht sie zu bestechen waren. Die Frauen waren gekommen, um die Lust der Herren zu steigern und die Scheckbücher aus den Taschen zu locken. Was mich betraf, so war der Abend ein Vorspiel für langen und fantastischen oder auch schnellen und wilden Sex mit Susie. Mir war es gleich, wie sie es haben wollte. Die verschiedenen Unter- und Zwischentöne bei Tisch verliehen dem Abend eine surreale Atmosphäre.

Mir machte es Spaß, mit den Kontaktpersonen zu flirten. Als Carlos die örtlichen Politiker erwähnt hatte, musste ich unweigerlich an die Stadtbezirksräte denken, die ich einmal über Vicki kennengelernt hatte – laute, unattraktive Typen, die nur deshalb gewählt worden waren, weil niemand ihren Job machen wollte. Wenn Sie das Viertel kennen würden, in dem Vicki arbeitet ...

Diese Herren aber waren charmant. Ich fragte mich schon bald, ob ich am Nachmittag nicht zu abrupt abgelehnt hatte, keinen Sex mit den Gästen zu haben. Ich hätte nämlich nichts dagegen gehabt, Señor Riviera mehr als nur meinen tiefen Ausschnitt zu präsentieren. Oder hieß er Ribera? Das musste ich genau recherchieren, für Red und Robbie. Dann verwarf ich diesen Gedanken völlig und verwandelte mich in ein richtig *böses* Mädchen.

Señor R, oder Miguel, da wir uns mit Vornamen ansprachen, war der Jüngste der Regierungsvertreter: schlank, dunkler Teint – okay, den hatten sie als Südamerikaner alle –, dichte Augenbrauen, eine elegant gebogene Nase und volle, sinnliche Lippen. Vielleicht mochte ich ausgerechnet ihn am meisten, weil er ein bisschen Englisch konnte und mein schlechtes Spanisch besser zu verstehen schien als die anderen. Sein Boss, Fernando, war der einzige große Mann am Tisch. Er war furchtbar dünn und hatte ein wolfsähnliches Gesicht. Ich schätzte, Carlos hatte da schon ganz richtig gelegen: Dieser dürre Typ würde bestimmt Bestechungsgelder annehmen.

Der dritte Gast wurde mir als Raoul Delgado vorgestellt, aber alle nannten ihn Señor Delgado. Er war offensichtlich Mr. Big, und er war auch rein körperlich schon der dicke Typ. Bliss die Spionin schlussfolgerte, dass er der Grundbesitzer sein musste. Und gemessen an der Art und Weise, wie die anderen ihm nach dem Mund redeten, besaß er bestimmt verdammt viel Land. Carlos war freundlich und zuvorkommend zu allen drei Gästen, aber selbst er widmete Raoul seine besondere Aufmerksamkeit und diskutierte weltmännisch mit ihm über Wein und Zigarren. Der dicke Mann war jovial und charmant zu mir, mehr sogar noch zu Susie. Ich fragte mich, ob auch sie ihre Regeln schon längst festgelegt hatte.

Sie war früh angekommen. Mir war unsere erste Begegnung peinlich, weil ich da noch gefesselt am Pool saß. Doch Susie begrüßte mich mit Küsschen auf beide Wangen, ganz so, als sei sie es gewohnt, neue Bekannte nackt und gefesselt anzutreffen. Sie und Carlos besprachen Geschäftliches, und ich hörte angestrengt zu, aber für mich war nicht viel Neues dabei.

Mit ihrem flammend roten Haar wäre sie mir überall aufgefallen, aber ihr Gesicht war jetzt nicht so blass wie auf den Clown-Fotos. Ihr typischer Südstaatenakzent war irgendwie angenehm und vertraut. Kurz überlegte ich, ob ich nicht eigentlich eifersüchtig auf ihre Beziehung mit Carlos sein müsste, aber hey, er war ja schließlich nur eine Urlaubsromanze.

Carlos hatte mir gesagt, dass sie mir Kleidung mitbringen würde. Wie ich ja bereits wusste, hatten wir eine Größe. Nachdem ich wieder frei war und geduscht hatte, klopfte sie an meine Tür und kam mit einem großen Koffer herein.

»Nicht gerade die topaktuelle Mode, Honey, sondern das Standard-Hostessen-Outfit«, erklärte sie und zauberte jede Menge Cocktailkleider hervor, die meisten mit tiefen Ausschnitten und geteilten Röcken. »Du als Modedesignerin bist bestimmt erschrocken über diesen Kram.«

»Ich entwerfe Stoffe und Muster«, verbesserte ich sie. »Ist schon okay, ab und zu macht es mir nichts aus, wie ein Flittchen rumzulaufen.«

Sie musste lachen. »Ja, macht manchmal Spaß, oder? Das erste Mal, als ich jemanden für Carlos bei Laune halten musste, da dachte ich, ich sähe aus wie meine Mutter. Um Himmels willen. Aber das ist wie mit den Korsetts.« Sie warf mir einen Blick zu. »Zuerst fand ich das so abartig, aber jetzt kann ich abends gar nicht mehr ohne aus dem Haus gehen. Nur so fühle ich mich sexy.«

Ich nickte zurückhaltend und fragte mich gleichzeitig, ob auch ich am Abend ein Korsett würde tragen müssen. Und ob ich es tragen sollte, um Carlos zu gefallen, oder doch eher, um Susie später zu gefallen.

Ich brauchte mir nicht lange den Kopf zu zerbrechen. Schnell stand fest, welche Kleider wir tragen würden – meins war weiß, mit langen Ärmeln und freien Schultern, ging mir bis zu den Waden, hatte aber seitlich einen langen Schlitz; ihrs war schwarz, kurz und ärmellos, aber mit tiefem Dekolletee. Danach holte sie die passende Unterwäsche hervor. Ich fragte mich, ob Carlos mir da falsche Hoffnungen gemacht hatte, als er meinte, sie habe was für mich über. Denn als sie mir sagte, ich solle mich leicht vorbeugen, damit meine Brüste die kleinen Satincups ausfüllten, und damit begann, das Korsett zu schnüren, war ihr Blick so distanziert wie der einer Krankenschwester bei ihrem Patienten.

»Das ist eng, Honey«, sagte sie, während sie meine Rippen mit dem steifen Satin quetschte. »Er meinte, wir hätten dieselbe Größe, aber du hast obenrum ein bisschen mehr als ich. Sei's drum, so hat man mehr Spaß.«

»Mehr Spaß? Für wen?«, fragte ich verblüfft und atemlos.

Sie antwortete darauf nicht, sondern quetschte mich weiter in das Korsett, bis sie einen Schritt zurücktrat und mich betrachtete. Und da entdeckte ich etwas in ihrem Blick, das mir bekannt vorkam. Ich sah Begierde, aber sie vermischte sich mit Machtgelüsten und Befriedigung.

»Verstehe«, sagte ich leise. »Du magst es nicht, gefesselt zu sein, oder?«

Sie lächelte. »Du begreifst schnell, Honey. Nein, ich spiele beide Rollen. Bei Carlos kann ich allerdings nicht beides ausleben. Er ließe sich eher auf ein Rodeopferd binden, als sich von einer Frau fesseln zu lassen.«

Da kam mir ein interessanter Gedanke. Wenn Carlos es ehrlich gemeint hatte, dass ich mich für seine Kontaktpersonen nicht zu prostituieren brauchte, hatte er mich dann nur deshalb hierhergebracht, damit ich Susies Spielzeug war? Musste er sie von Zeit zu Zeit bei Laune halten? Und wie stand es um ihre Beziehung zu Jorge – ließ der sich etwa ab und an von ihr in Ketten legen?

Ich kam zu dem Schluss, dass es mir gleich war, während Susie mir einen engen, goldenen Choker anlegte. Er bestand aus etlichen dünnen Kettchen, und ich fragte mich, ob einige dieser Ketten später an einer Wand befestigt würden – oder sogar an einer Leine. Wie weit mochte Susie gehen?

Schließlich ging sie so weit, mit einer Hand über meine Scham unterhalb des Korsetts zu streicheln.

»Ich fürchte, du wirst ohne Slip auskommen müssen, Honey, bei diesem hohen Schlitz. Seidenstrümpfe wären ein bisschen zu vulgär. Aber ein Hingucker wäre nett. Etwas, das die Typen durch den Schlitz sehen können.«

So kam es also, dass ich an der festlich gedeckten Tafel saß: Miguel rechts von mir, mit freiem Blick in meinen Ausschnitt. Mr. Big saß auf meiner anderen Seite und konnte das spezielle Band sehen. Ich sollte vielleicht noch sagen, dass es eher ein Schmuckreif war, aus dünnem, weißem Metall mit Wellenmuster – verstellbar wie früher bei den Sklaven. Susie hatte dafür gesorgt, dass es fest saß. Sie hatte sich echt viel Zeit genommen, es an meinem Oberschenkel zu befestigen; mit den Fingern war sie über die weiche Haut meiner Beine gefahren, und zwar ziemlich nah bei meiner Pussy, sodass ich ein heißes Kribbeln verspürte. Die einzige Enttäuschung war nur, dass Susie sich nicht von mir anziehen ließ. Das Vergnügen blieb wohl Carlos vorbehalten.

Nach dem Essen wäre ich gern noch auf einen Kaffee oder einen Brandy am Tisch geblieben – Zigarrenqualm war allerdings nicht so mein Ding –, aber Susie schlug vor, die Herren allein zu lassen und in den Wohnraum zu gehen. Ich lächelte zwar und stimmte freundlich zu, verfluchte Susie aber im Stillen. Denn jetzt würden die Herren ja das Geschäftliche besprechen, und ausgerechnet das würde ich verpassen und meinen Kumpels nicht mitteilen können.

»Wie lange werden die bleiben?«, fragte ich, als wir es uns auf dem Sofa bequem machten. Ich überlegte, ob ich mich schnell an Susie heranmachen sollte, während im Nebenzimmer die Maschinerie aus Bestechung und Korruption in Gang kam. Doch dann überlegte ich, dass ich den Deal wahrscheinlich zum Platzen brächte, wenn drei schockierte katholische Männer die beiden Hostessen *in flagranti* erwischten.

»Ach, die sind bald fort, Honey«, meinte sie. »Ich kenne Carlos doch. Er wird im Vorfeld seine Recherchen betrieben haben. Und dann braucht er den Gästen nur ein paar Anreize in Aussicht zu stellen, und schon werden sie gern bereit sein, ihn bei seinem Projekt zu unterstützen.«

»Was für Anreize?«, fragte ich unschuldig.

Susie berührte mich an der bloßen Schulter. »Keine Sorge, Süße. Carlos erzählte mir, dass du nichts mit ihnen zu tun haben willst.« Sie lachte leise und strich mir dann über meine Brüste. Langsam schoben sich ihre Finger unter den Stoff und fuhren erst über die eine Brust, dann über die andere. Schließlich befreite sie meine Titten aus der Enge des Korsetts und spielte mit meinen schnell hart werdenden Nippeln.

»Ich habe mich aber gefragt, ob du was dagegen hast, mit mir eine kleine Show für unsere Gäste abzuziehen.«

»Warte mal einen Moment.« Die Mischung aus Wodka, Wein und Brandy war für mich immer schon ein Cocktail, bei dem ich keinen klaren Kopf mehr hatte. »Du meinst, Carlos will, dass du und ich – Gott! Etwa Tabledancing und dieser Mist?«

Sie kicherte. »Oh, mein Gott, nein. Das wäre doch absolut geschmacklos. Nein, ich meine eher die Cabaret-Nummer, wenn du verstehst, was ich meine.«

Der Groschen fiel. »Klar verstehe ich dich«, sagte ich verstimmt. »Carlos hat es mir selbst vorgeschlagen. Er hat mir nur nicht gesagt, dass es da noch mehr Zuschauer gibt.«

Wissen Sie was? Ich war plötzlich richtig abgetörnt.

Obwohl mein Körper mich verriet, meine Spitzen hart wie Kugeln waren und meine Pussy sich feucht und heiß anfühlte, widersetzte sich mein Kopf. Er verselbständigte sich und fühlte sich mit einem Mal klar und nüchtern an. Und ich fragte mich mit kühlem Interesse, ob mein Körper weiterhin auf die Situation ansprechen würde, wenn ich mich nun doch überreden ließe oder gar gezwungen würde. Vielleicht auch nur mit dem Ziel, noch ein paar Informationen für Red und Robbie zu bekommen.

»Er meinte, du magst Zuschauer«, sagte Susie und wanderte mit einer Hand zu dem Schlitz in meinem Kleid. »Es liefe natürlich anders, wenn wir es für die drei Gäste machen. Nur ein bisschen sexy Striptease, Zungenküsse und Streicheleinheiten, wie in Softpornos. Viel Stöhnen und laute, vorgetäuschte Orgasmen. Später können wir dann richtig loslegen, meinetwegen vor Carlos.«

»Scheint dich ja nicht sonderlich aus der Ruhe zu bringen. Gehört das normalerweise zu deinem Job?«

Sie ließ von mir ab und zündete sich eine Zigarette an. »Manchmal. Die Dinge müssen eben fertig werden, und wenn Geld nicht ausreicht, dann macht es auch nichts, den Weg mit einem kleinen Spiel zu ebnen. Es kann richtig Spaß machen. Und so dürfte es heute Abend auch werden.«

»Ich fürchte, ihr irrt euch.«

Wir schauten erschrocken auf und sahen Carlos auf der Türschwelle. Er lächelte dünn. »Er will dich, Susie«, sagte er und nickte in Richtung von Mr. Big. »Am Zuschauen ist er nicht interessiert. Und die anderen beiden haben überhaupt nur Dollars im Kopf.«

Sollte mein erster Eindruck bei diesen guten Katholiken also richtig gewesen sein? Ich sah Susie an, die überhaupt nicht verdutzt wirkte.

»Mal gewinnt man, mal verliert man.« Sie zuckte mit den Schultern. »Ich nehme an, dass er halb so schlimm sein wird. Ein Problem ist vielleicht sein Gewicht.« Sie drückte die Zigarette aus und lächelte mich an. »Vielleicht später?«

Carlos hielt ihr die Tür auf. Ehe er ihr folgte, schaute er noch einmal zu mir zurück. »Ordne dein Kleid, Bliss, die anderen wollen sich gleich verabschieden.«

Plötzlich kam ich mir wie ein kleines Mädchen vor, das mit Spionen aus ihrer Fantasiewelt spielte. Oder wie eine Erwachsene, die in ein Sexspiel verwickelt wird, das üble Züge annimmt. Jetzt verfluchte ich Kip, dass er mich mit Carlos bekannt gemacht hatte. Ich verfluchte Red und Robbie und den ganzen Spionage-Mist und quetschte meine Brüste wieder in das Korsett. Ich fühlte mich verloren und einsam und wollte zu meiner Mum.

Mit Mühe zwang ich mich zu einem süßlichen Lächeln und verabschiedete mich mit Luftküsschen von Francisco und Miguel, ehe ich mich schwer aufs Sofa sinken ließ. Carlos kam mit Brandy herein. Ich hatte die Nase voll vom Alkohol.

Er nahm gegenüber von mir Platz und musterte mich mit kühlem Blick. »Susie meint, du hättest nicht allzu viel Lust, mitzuspielen, Bliss. Als ich dir vorschlug, es mit ihr vor Zuschauern zu machen, hatte ich den Eindruck, dass du geradezu enthusiastisch warst. Maria versucht jetzt noch, den Fleck aus dem Kissen zu bekommen.«

Es war wie ein Schlag ins Gesicht. Aber ehe ich mich sammeln konnte, um etwas zu erwidern, fuhr er bereits fort.

»Tut mir leid, wenn ich nicht recht weiß, wie ich mit dir dran bin, aber du scheinst plötzlich die Spielregeln geändert zu haben. Du erzählst mir, dass es dich anmacht, von einem Unbekannten in San Pedro begrapscht und befingert zu werden. Du erzählst mir, wie sehr du es genießt, deinen Hang zum Exhibitionismus mit deinen beiden Rucksackfreunden auszuleben, wie bereitwillig du dich fotografieren lässt, während eine andere Frau es dir besorgt. Und das Ganze beschreibst du auch noch auf dem Band. Dann erklär mir bitte schön, woher ich wissen soll, dass du dich plötzlich weigerst, es mit Susie vor ein paar exklusiven Gästen zu treiben.«

Seine Stimme nahm einen härteren Klang an. »Wenn ich meinen Gästen eine heiße Szene dieser Art versprochen hätte und du plötzlich einen Rückzieher gemacht hättest, wäre ich ganz schön in Erklärungsnot geraten. Ich denke, ich habe dir deutlich genug gemacht, wie wichtig dieses Projekt ist. Und selbst *du* dürftest kapieren, dass so etwas nicht einfach von selbst läuft, sondern dass viele schwierige Verhandlungen nötig sind.«

Wut stieg ihm aus jeder Pore, und mir war elend zumute. Er hatte recht; ich hätte fast gegeifert bei der Aussicht auf Sex mit Susie, insbesondere vor Zuschauern. Ich konnte ihm nicht vorwerfen, wenn er davon ausging, dass der Reiz umso größer war, je mehr Zuschauer da waren. Und seien wir mal ehrlich, wenn ich nicht Red und Robbie getroffen und folglich in Carlos den *bad guy* gesehen hätte, dann hätte ich wahrscheinlich die Nummer mit Susie durchgezogen und die bewundernden Blicke der vier männlichen Zuschauer genossen.

Ich spürte, dass es jetzt besser wäre, mich zu entschuldigen, um die Wogen zu glätten. »Tut mir leid, Carlos. Ich schätze, du hast recht. Ich habe mich blöd benommen. Ich weiß auch nicht, warum ich plötzlich so verklemmt bin. Vielleicht hättest du mich noch eher auf alles vorbereiten sollen. Ich war einfach schockiert, als Susie mir sagte, man erwarte eine Show von uns.«

Er seufzte. »Na ja, es ist ja nichts passiert. Aber ich werde dich keinen weiteren Geschäftspartnern vorstellen.«

Toll gemacht, Bliss, dachte ich angesäuert. Auftrag verpatzt.

»Carlos?«, fragte ich zögerlich. »Wie kam es dazu, dass er Susie wollte? Ich meine, du hast mir doch gesagt, dass du nicht von mir erwartest, mit denen zu vögeln. Wieso muss sie jetzt ran?«

Er zog eine Braue hoch. »Das gehört zu ihrem Job. Manchmal glaube ich, dass sie diesen Part am meisten genießt. Sehr nützlich. Machtmenschen mögen es oft, sich von Huren fesseln zu lassen.«

»Aber sie ist doch keine Hure, oder? Ich dachte, sie arbeitet für dich.«

»Oh, Bliss. Sie arbeitet ja auch für mich, und zwar in unterschiedlichen Bereichen. Heute Abend spielt sie die Rolle einer Hure. Du übrigens auch, doch ich sagte meinen Gästen, du seist eine Lesbe, die ich bezahle, weil ich Susie und dir gern beim Sex zuschaue. Wenn meine Gäste Interesse daran bekundet hätten, dann hätte ich ihnen angeboten, ebenfalls zuzuschauen. Glücklicherweise wollte Raoul mit einer Rothaarigen bumsen, da er noch nie eine hatte. Und Francisco sah ganz erschrocken aus, als er sich vorstellte, zwei Frauen würden es zusammen machen.«

»Und was ist mit Miguel? Ich hatte das Gefühl, er mag mich.«

Carlos setzte ein nachsichtiges Lächeln auf. »Oh, ja, du gefällst ihm. Aber er ist mit Raouls Nichte verheiratet. Er hätte euch zugucken dürfen, wenn die anderen eure Show gewollt hätten, aber er hätte keine von euch anfassen dürfen. Raoul hat viel Einfluss hier. Und man ist gut beraten, ihn nicht zu verärgern.«

Ich begriff, was er mir damit sagen wollte. Nämlich dass ich genau das beinahe getan hatte. Kein Wunder, dass Carlos sauer war.

»Es tut mir wirklich leid«, wiederholte ich. »Kann ich das irgendwie wiedergutmachen?«

»Nein.« Carlos stand auf und hielt mir eine Hand hin. »Du brauchst dir keine Gedanken zu machen. Wie ich schon sagte, es ist ja nichts passiert, mir ist kein Schaden entstanden. Geh einfach zu Bett, Bliss. Wir sehen uns morgen Früh.«

Ich war selbst überrascht, dass ich gut schlief, aber beim Aufwachen kam ich mir reichlich dumm vor. Ich hatte alles vermasselt. Die Gelegenheit, es mit Susie zu machen, hatte ich vorerst verpasst. Dann hatte ich Carlos vergrault. Und obendrein, und das war vielleicht das Wichtigste, hatte ich dafür gesorgt, dass er mich keinen weiteren Geschäftsfreunden mehr vorstellen würde. Aber jetzt sah ich keine Möglichkeit mehr, Red und Robbie zu helfen, und fragte mich, ob es nicht besser wäre, die Sachen zu packen und zurück aufs Festland zu fahren.

Ich hatte sogar Angst, das Bett zu verlassen, weil ich nicht wusste, wie Carlos und Susie reagieren würden. Aber als ich mich letzten Endes doch traute, mich anzuziehen und zum Pool zu gehen, wo ich ihre Stimmen hörte, wurde ich wie die beste Freundin begrüßt. Ich bekam Kaffee und Croissants.

»Sieht aus, als hättest du dich für die Stadt angezogen, Bliss«, sagte Susie, die Badesachen anhatte. Ihr bleicher Körper glänzte noch vom Wasser. Auf den ersten Blick trug sie einen ganz normalen einteiligen Badeanzug. Allerdings hatte sie sich einen kettenartigen Gürtel zweimal um die schmale Taille geschlungen, und an dem ansonsten züchtigen, hohen

Ausschnitt waren auffällige Schlaufen befestigt. Ich wusste, dass diese harmlos aussehende Kette um ihre Arme und ihren Körper gelegt werden konnte; oder man zog sie durch eine dieser Schlaufen, um Susie an eine Wand oder an einen Pfosten zu binden. Als Hundeleine hätte die Kette sicherlich auch getaugt. Hatte man mir bereits vergeben, sodass ich an einem solchen Spiel teilnehmen könnte? Oder bedeutete ihre Bemerkung gerade, dass die beiden mich los sein wollten, um ohne mich ihre Spielchen zu spielen?

»Ich weiß nicht, was ihr so vorhabt«, begann ich vorsichtig. »Fahren wir alle in die Stadt?«

»Aber sicher, Honey. Maria hat heute Abend frei, und da dachte ich, ich mache uns heute Abend was Leckeres zu essen. Also werden wir einkaufen gehen. Carlos muss noch zu einem Meeting. Wenn du mit mir kommen willst, dann treffen wir uns alle später zum Mittagessen in der Stadt. Wie findest du das?«

»Prima.« Ich fühlte mich schon besser. Offensichtlich wären wir am Abend unter uns, und alle schienen nett zu mir zu sein. Dem dummen Kind hatte man längst vergeben.

Susie brauchte nicht lange für ihre Einkäufe. Auf dem Fischmarkt bekam man praktisch alles, was man für ihr Louisiana Gumbo benötigte – Großmutters Rezept. Und nachdem wir noch Brot, Wein und Käse besorgt hatten, gingen wir in ein Café, um uns bis zum Mittagessen die Zeit zu vertreiben.

Ich brannte natürlich darauf zu erfahren, was sie mit Raoul erlebt hatte. Ich wollte wissen, ob Carlos mit ihr über mich gesprochen hatte und was Carlos und sie noch in der Nacht angestellt hatten, aber ich wartete, bis sie das Thema von sich aus anschnitt. Es überraschte mich nicht, dass sie meine Gedanken lesen konnte.

»Schieß los, Honey, ich weiß doch, dass du unbedingt wissen willst, was letzte Nacht abging.« Sie lächelte und hatte ihren Spaß.

»Na ja, um ehrlich zu sein, ich komme mir ganz schön blöd vor«, fing ich an. »Ich hätte mich nicht gewundert, wenn Carlos mir heute Früh mein Gepäck vor die Tür gestellt hätte. Am besten, ich sage jetzt nur noch was, wenn ich gefragt werde.«

Sie drückte meine Hand. »Zerbrich dir nicht den Kopf, Darling. Ja, er war wütend gestern Abend, aber nur weil er glaubte, beinahe Señor Delgado verärgert zu haben. Und als er merkte, dass alles bestens lief, beruhigte er sich auch wieder.«

»Was geschah dann?« Ich warf ihr einen Seitenblick zu, aber sie schüttelte den Kopf.

»Ich glaube, das will er dir später selbst erzählen. Und weil du dich nicht zu fragen traust, der dicke Typ war nicht ganz so schlecht.«

»Wusstest du, dass ich deine lesbische Huren-Spielgefährtin sein sollte?«

Susie lachte herzhaft. »Ob ich das weiß? Das war doch meine Idee. Bevor ich nach Chiloe kam, sagte Carlos mir, er habe vor, dich den Gästen als seine englische Cousine vorzustellen. Denn dadurch wäre für die Herren von vornherein klar gewesen, dass du nicht Bestandteil des Deals warst. Aber als du dann sagtest, du könntest dir eine Sexszene mit mir vorstellen, und dazu noch vor Zuschauern, aber nichts mit den Gästen zu tun haben wolltest, da kam mir die Idee mit der lesbischen Hure. Mir gefiel das, aber in Zukunft halte ich besser den Mund, weil ich uns beinahe in Schwierigkeiten gebracht hätte.«

»Oh, Mann! Carlos wollte mich also die ganze Zeit schützen?«

»Sicher, Honey.« Sie musterte mich kritisch. »Was glaubst du denn, was er für ein Typ ist?«

Darauf ging ich nicht direkt ein. »Aber, Susie, du musstest dich mit diesem Mr. Big abgeben. Welcher Mann erwartet das von seiner Assistentin?«

Sie zog die Augenbrauen hoch. »Der Mann, der einen Deal aushandelt, von dem auch die Assistentin profitiert. Ein Mann, der auf seine Assistentin hört, wenn sie ihm sagt, dass immer noch etwas anderes funktioniert, wenn Geld und Geschenke allein nicht ziehen.«

Demnach wurde sie nicht zur Hurerei gezwungen, sondern hatte das freiwillig gemacht. Ich konnte es nachvollziehen, sofern man einen der Typen mochte, die bestochen werden sollten. Denn immerhin hatte ich mit dem Gedanken geliebäugelt, mich auf Miguel einzulassen. Aber ein Typ wie dieser Raoul? Ich weiß nicht.

»Aber warum holt ihr euch nicht irgendeine Frau für den Job? Ich meine, du willst, dass dein Büro sauber ist. Also holst du dir eine Putzfrau, oder nicht? Da sagst du doch auch nicht: Okay, den Job kann ich selbst übernehmen.«

Sie lachte bei meinem Vergleich. »Das stimmt schon. Aber betrachte es mal von der anderen Seite. Stell dir vor, du besitzt ein altes, teures Auto, etwa einen Rolls Royce, und du selbst bist ein toller Mechaniker. Würdest du dann dein teures Auto zu einer fremden Werkstatt bringen, nur weil du dir die Hände nicht schmutzig machen willst?«

»Nun –«

»Nein, würdest du nicht. Und da es hier um eine richtig große Sache geht, riskieren wir doch nichts und engagieren irgendeine Nutte, die letzten Endes noch die Gäste vergrault. Nicht, wenn ich weiß, dass ich den Job besser mache.«

Okay, ergab Sinn. Sie erklärte mir, dass der ganze Deal

ohne Raouls Land und ohne seinen Einfluss auf andere Grundbesitzer platzen würde. Offensichtlich hatte er ein Interesse daran, dem Projekt unter die Arme zu greifen, da er einen guten Preis für Land bekäme, das ihm sonst nichts einbrächte. Aber bisher hatte er sich immer geweigert, bei den Verhandlungen mit den anderen Grundbesitzern zu helfen. Bis gestern Abend.

»Das war es also? Du brauchst das nicht noch einmal zu tun?«

Sie grinste. »Er meinte, das nächste Mal würde er mich gern mit meiner lesbischen Hure sehen, in Santiago.«

»Oh, Gott«, stöhnte ich. »Dann musst du dir eine andere suchen.«

»Kein Problem.«

Erst da wurde mir klar, was sie gesagt hatte. »Santiago? Im Hostel de Arte? Da hast du doch dein Büro.«

»Genau. Da ich ein Büro in einem Hotel habe, kann ich meine kleinen Vorhaben natürlich leichter in die Tat umsetzen.«

»Klar.« Mein träges Hirn schien allmählich besser zu arbeiten. »Dann ist Jorge auch in eurer Firma mit drin? Wie hieß sie noch gleich? ETA?«

»ETP. Ja, er arbeitet hin und wieder für uns, und manchmal nutzen wir das Atelier auch für Meetings.« Sie schaute auf ihre Uhr. »Ah, wir müssen los ins Restaurant.«

Alles lief wieder rund. Susie und ich verstanden uns prima; ich hatte noch ein paar Infos über das Entwicklungsprojekt und ETP aus ihr herausgekitzelt, und sie hatte angedeutet, dass Carlos mir noch genau beschreiben würde, was sich an dem Abend abgespielt hatte – vermutlich als Auftakt für irgendetwas Heißes. Aber die Dinge liefen nicht lange gut. Kaum hatten wir drei uns im Restaurant an einen Tisch gesetzt, als Red und Robbie hereinkamen und meinen Namen riefen. Carlos' Miene war abzulesen, dass er alles andere als begeistert war.

Da hatte er mir gerade meine Dummheit vom Vorabend vergeben, schon tauchten die beiden auf und verdarben alles! Ich versuchte noch, den Jungs mit versteckten Gesten und meiner Mimik zu verstehen zu geben, dass sie abhauen sollten. Aber da beugte sich Robbie bereits mit irgendwelchen Schmeicheleien halb über Susie, während Red so übertrieben ausrief, was für ein Zufall es doch sei, dass wir uns ausgerechnet hier träfen, dass ich am liebsten im Erdboden versunken wäre.

»Sorry, ich kann Sie nicht an unseren Tisch bitten«, sagte Carlos mit Nachdruck. »Wir wollten gerade bestellen. Aber nett, Sie wiederzusehen.«

Endlich kapierten sie, dass sie nervten, und verschwanden wieder. Ich starrte betreten auf die Speisekarte.

»Mir war nicht klar, dass du dich hier mit deinem Fanclub treffen wolltest, Bliss«, sagte Carlos mit angespannter Stimme.

»Wollte ich auch gar nicht«, erwiderte ich wahrheitsgemäß. »Wir trennten uns im Lake District, und eigentlich dachte ich, wir würden uns erst einen Tag vor unserer Abreise nach Patagonien treffen. Wie sollte ich da ein Wiedersehen arrangieren, wenn ich nicht mal wusste, in welcher Stadt ich sein würde? Das war reiner Zufall.«

Er sagte nichts weiter dazu, aber überzeugt schien er nicht zu sein. Susie versuchte noch, ihn zu besänftigen, und er lächelte höflich, als sie davon erzählte, wie ihre Großmutter früher zu Hause immer das Gumbo gemacht hatte. Aber ich spürte, dass es in Carlos gärte. Derweil tröstete ich mich mit dem Gedanken, dass Carlos bestimmt glaubte, die Jungs seien meinetwegen auf die Insel gekommen. Mit etwas Glück würde er nicht argwöhnen, dass Red und Robbie sich in seine Geschäftsangelegenheiten einmischten. Daher versuchte ich, mich möglichst ruhig zu geben, und beteiligte mich an den Gesprächen.

»Ich bin echt sauer auf dich, dass du unser Mittagessen verdorben hast, Bliss«, sagte Susie, als wir später am Haus aus dem Auto stiegen. »Wenn du den Jungs nicht erzählt hättest, dass du nach Chiloe wolltest, hätten wir einen schönen Tag gehabt. Ich glaube, es wird Zeit, dass du lernst, den Mund zu halten. Meinst du nicht auch, Carlos?«

Der Bastard! Er antwortete ihr auf Spanisch. Dann schüttelte er den Kopf und zog die Nase verächtlich kraus. Auch Susie sprach nicht mehr Englisch, und so diskutierten sie eine Weile, während ich dastand, kaum etwas verstand und nur wusste, dass ich den Mund zu halten hatte.

Der Wortwechsel endete erst, als Maria aus dem Haus kam und sagte, Carlos werde am Telefon verlangt. Er gab noch einen Kommentar in Richtung Susie ab und ging ins Haus. Fast gleichzeitig packte Susie mich am Arm und schob mich förmlich durch die Tür.

»Du kommst jetzt mit in mein Zimmer, Honey, und hältst die Klappe, ehe du noch alles verdirbst.«

Dann zerrte sie ihren großen Koffer unterm Bett hervor und winkte mich heran. Gehorsam folgte ich der Aufforderung. Ich hatte schon geahnt, was jetzt kommen würde.

Der Knebel war nicht so schlimm. Sie steckte ihn mir vorsichtig in den Mund, und das lüsterne Glitzern kam wieder in ihre Augen.

»Zieh dich aus«, befahl sie. Kein Zweifel, ich musste gehorchen. Denn immerhin hatte ich seit vierundzwanzig Stunden auf sie gewartet.

Sie stattete mich mit dem schwarzen Choker und den langen Handschuhen aus, die ich zum ersten Mal für Carlos getragen hatte. Dann band sie mir die Hände auf den Rücken, befestigte die Handschuhe aber nicht mit dem Choker. Es folgten die schwarzen Lederstiefel, deren Ketten Susie über den Absätzen zusammenband, wie Carlos es vor Wochen gemacht hatte. Wortlos musterte sie mich vom Scheitel bis zur Sohle und riss dann plötzlich an einer der Ketten des Chokers, sodass ich gezwungen war, zur Decke zu schauen.

»Mach ihn nicht noch einmal sauer«, wisperte sie fast bedrohlich an meinem Ohr. »Ich werde versuchen, ihn umzustimmen. Also verdirb es nicht wieder alles.«

Mit diesen Worten hakte sie eine Leine an einer der Ketten ein und zog mich wie ein Tier hinter sich her zur Tür hinaus. Doch anstatt direkt zu Carlos' Zimmer zu gehen, brachte sie mich in die Küche, wo Maria gerade unsere Einkäufe in den Kühlschrank packte. Sie wandte sich uns zu, und ein kleines Lächeln umspielte ihre Mundwinkel. Innerlich zuckte ich bei ihrem Blick zusammen und verfluchte Susie, dass sie sich nicht mit dem Knebeln zufrieden gab, sondern mich noch weiter demütigen wollte.

Susie unterhielt sich auf Spanisch mit Maria, und ich dankte Gott im Stillen, dass ich nichts verstand. Doch dann sprach sie wieder Englisch und übersetzte mir alles, was sie zu der Hausangestellten sagte – wahrscheinlich, um mich weiter zu demütigen.

»Danke für deine Hilfe, Maria. Was meinst du zu unserem kleinen Welpen hier? Ist sie nicht niedlich?«

Maria konnte kein Englisch, also übernahm Susie die Übersetzung. »Du meinst, sie sieht lächerlich aus? Aber du weißt ja, dass der Señor so etwas mag. Jetzt mal ehrlich, Maria, möchtest du sie dir nicht auch mal anschauen?«

Die Angestellte trat näher, und Susie lachte ausgelassen. Marias Blick haftete wieder auf mir wie zuvor am Pool. Und da wurde mir klar, dass sie es genoss, dass die kleine Engländerin gedemütigt wurde.

»Denkst du, sie hat einen tollen Körper? Möchtest du sie mal anfassen?«

Das Lächeln der Angestellten erstarb, als Susie die Frage auf Spanisch stellte. Sie zuckte mit den Schultern, und Susie redete weiter auf Spanisch und knetete währenddessen mit einer Hand einen meiner Nippel. Maria stieß ein heiseres Lachen aus. Aber ob das nun an der Hand auf meiner Brust oder an Susies Erklärungen lag, wusste ich nicht. Sie trat noch näher, und ich erschauerte. Sie roch nach Tomaten, Zwiebeln und nach zu lange getragenen Klamotten und stand so dicht vor mir, dass ich die Falten in ihrem Gesicht zählen konnte. Ich konnte nicht glauben, dass sie mich wirklich anfassen würde.

»Ich sagte Maria eben, dass sie keine Angst zu haben braucht, für eine Lesbe gehalten zu werden. Aber sie soll erleben, wie schamlos du es genießt, angefasst zu werden.«

Ich spürte, wie Maria mir mit den Fingern durch mein Schamhaar strich, und hoffte, sie möge nicht das Zucken meiner Sexmuskeln merken. Ich schloss die Augen, während Susie fortfuhr: »Ich forderte sie auf, einen Finger in deine Vagina zu stecken, um zu prüfen, wie feucht du bist.«

Die rauen, schwieligen Finger drangen in mich ein. Ich stellte mir vor, dass Maria eben noch Knoblauch gehackt und den Fisch ausgewickelt hatte, den es am Abend geben sollte. Es war furchtbar, so furchtbar, dass ich nicht anders konnte: Ich stöhnte. Susie lachte über Marias Kommentare und antwortete irgendwas. Wieder drangen die Finger in mich, zwei-, dreimal.

»Ja, sie muss eine Schlampe sein, wenn sie selbst bei einer alten Frau so feucht wird. Nur zu, mach's noch mal. Nimm dir die Hure vor.«

»Susie, du hast es weit genug getrieben. Lass sie gehen!«

Völlig beschämt und erniedrigt hob ich den Blick und sah Carlos an der Tür. Ich rechnete damit, so etwas wie Abscheu oder sogar Erregung in seinen Augen zu entdecken, aber stattdessen sah er mich mit einer Mischung aus Nachsicht und Bedauern an. Seine Miene änderte sich allerdings schlagartig, als er Maria anbrüllte, die daraufhin aus der Küche flüchtete. Als er sich dann Susie zuwandte, beherrschte Zorn seine Züge.

»Habe ich doch richtig vermutet, dass es nicht lange dauern würde, bis die Zicke in dir durchschlägt«, spie er wütend. »Die Hure zu spielen hast *du* dir ausgesucht, Susie, nicht ich. Keiner macht dich dazu. Du hast kein Recht, Bliss so vorzuführen. Ich sagte dir, dass du sie in Ruhe lassen sollst.«

Er durchquerte den Raum, zog mich in seine Arme und verbarg mein feuerrotes Gesicht an seinem Hals. »Ich wünschte, ich hätte dir diese Story nie erzählt«, fuhr er fort. »Wie dem auch sei, du hast deinen Job hier gemacht. Du kannst wieder zurück in dein Büro. Die nächsten Tage möchte ich dich hier nicht sehen.« Er schmiegte seinen Kopf an meinen. »Ich möchte mit Bliss allein sein.«

Kapitel neun

Die Entscheidung fiel mir schwer, ob ich Red und Robbie von dem Vorfall mit Susie und Maria erzählen sollte. Jedes Mal wenn ich daran dachte, stieg mir die Röte ins Gesicht, und dann kniff ich aus Scham und Abscheu die Augen zu. Ich wollte ihnen aber auch klarmachen, dass sie fair zu Carlos sein sollten. Denn obwohl er mit Bestechungsgeldern und Korruption zu tun hatte, hatte er mich letzten Endes nicht ausgenutzt und war mir wie der Ritter in der strahlenden Rüstung zur Hilfe geeilt, um mich aus den Fängen dieses Miststücks zu befreien. Ich brauchte den Jungs ja nicht auf die Nase zu binden, wie liebevoll er mir die Fesseln abgenommen und mich dann zur Dusche gebracht hatte, damit ich mir alle Spuren von Marias Hand vom Leib waschen konnte. Verschweigen würde ich auch, wie zärtlich er dann mit mir schlief, damit ich die Erniedrigung vergessen sollte. Er gab sich selbst die Schuld, Susie von dem alten Mann in dem Elendsviertel erzählt zu haben. Ersparen wollte ich den beiden auch die härteren Sexszenen, die wir im Verlauf der nächsten Tage auslebten, während Maria ihren Zwangsurlaub nahm.

Also ließ ich diese Details aus und erzählte ihnen nur schnell und mit gesenktem Blick von meiner Demütigung, fügte aber hinzu: »Ich wollte euch das erst überhaupt nicht erzählen, aber ihr müsst mir glauben, dass Carlos kein Widerling ist, was Frauen betrifft. Doch es ist vorbei, das war's. Reden wir nicht mehr davon.« Dann brach ich in Tränen aus.

Red drückte mich fest, und Robbie kletterte von seiner Koje herunter, um uns beide zu umarmen. Sie waren so lieb zu mir, und ich kam mir wie ein heulendes Girlie vor. Ich weiß gar nicht, wann ich zuletzt geweint habe. Ich glaube, das war, als unser Sportlehrer, in den ich verknallt war, unsere Schule verließ – vor achtzehn Jahren. Während die beiden mich trösteten und streichelten, dachte ich, dass es eigentlich auch ganz angenehm war, zur Abwechslung das Girlie zu spielen, nachdem ich als Objekt der Erniedrigung hatte herhalten müssen.

Wir waren längst auf dem Schiff nach Patagonien. Am Nachmittag zuvor hatten wir uns in Puerto Montt getroffen, und beide beglückwünschten mich zu den Infos, die ich ihnen nicht vorenthielt. Ehrlich gesagt hatte ich das Gefühl, dass die ganze Sache, abgesehen von ein paar heißen Sexszenen gegen Ende der Woche, reine Zeitverschwendung gewesen war. Aber Red und Robbie versicherten mir, ich hätte saubere Arbeit geleistet. Mit ihren eigenen Nachforschungen waren sie auch bestens zufrieden, ärgerten sich aber immer noch, dass sie einfach so in das Restaurant geplatzt waren. Sie hatten Carlos nach dessen Meeting verfolgt. Da sie aber keine Experten im Beschatten waren, hatten sie befürchtet, Carlos habe sie eventuell gesehen. In diesem Fall wäre es auffälliger gewesen, nicht in das Restaurant zu gehen.

»Dank Franco und dessen Kumpels haben wir jede Menge Beweise für Filz, Bestechung und Korruption gegen ihn in der Hand«, hatte Robbie begeistert gesagt. »Wir haben Fotos von dem Areal, das bebaut werden soll, und Mitschnitte von Interviews mit den Leuten, die bereits von Delgado und anderen eingeschüchtert worden sind. Wir haben die Sache ins Rollen gebracht.«

So kam es, dass ich am folgenden Tag auspackte. Mit der Kabine hatten wir Glück gehabt. Natürlich waren wir nicht allein, aber Michael, unser Mitreisender, war ein eher wortkarger Deutscher, der uns erzählte, wie gern er doch auf See sei. Nachdem er seinen Rucksack verstaut hatte, ging er hinauf aufs Deck. Und drei Stunden später waren wir immer noch allein.

Ich hörte mit dem Heulen auf und erklärte ihnen, dass ich fair zu Carlos sein wollte. »Ich meine, was passiert mit ihm, wenn seine Deals auffliegen? Jetzt sagt mir nicht, dass er bekommt, was er verdient. Er hat mir nichts getan und hat mir sogar geholfen.«

Robbies Lachen klang zynisch. »Mach dir doch bitte um ihn keine Sorgen, Bliss. Schau, wir haben unsere Arbeit gemacht. Aber vielleicht bringt uns das gar nichts. Selbst wenn es uns gelingen sollte, die Aufmerksamkeit einiger Medien auf das umstrittene Projekt zu lenken, hat man nichts davon, die Namen einzelner Leute zu nennen. Wir sind hinter den Agenturen und den multinationalen Konzernen her, die diese Leute engagieren, nicht hinter dem einzelnen Angestellten. Seien wir doch realistisch: wenn Carlos weg wäre, würde jemand anders seinen Platz einnehmen.«

Ich verstand das und fühlte mich gleich erleichtert, aber sein erster Kommentar machte mich stutzig. »Wieso glaubst du, es wird nichts bei eurer Sache herauskommen? Wenn ihr das Projekt kritisch hinterfragt, wird doch bestimmt von allen Medien nachgebohrt.«

Red strich mir durchs Haar und schaute zu Robbie auf. Ich spürte förmlich, wie sie Blicke tauschten und dachten: »Oh Mann, Bliss!«

»So ist das nun mal«, meinte Robbie. »Wenn die Öffentlichkeit wirklich daran interessiert wäre, was für einen korrupten Einfluss Firmen wie diese haben, hätten wir dann nicht längst ein paar Gesetzesänderungen sehen müssen? Aber weiterhin werden Menschen auf Geheiß der Ölindustrie von ihrem Land verjagt, werden regelrecht versklavt von Sportartikelherstellern und bekommen nukleare Wiederaufbereitungsanlagen vor die Nase gesetzt. Was soll sich da ändern?«

Verdammt, ich war deprimiert.

»Aber manchmal«, fuhr Red fort, »achten die Leute doch mal darauf, was um sie herum geschieht. Sehr selten zwar, aber in diesem Fall ist es wohl so.«

»Versuchen wir es«, meinte Robbie. »Findest du nicht auch?«

Ich nickte, aber für mich war es schwer nachzuvollziehen, wie lange sie noch mit dieser frustrierenden Arbeit weitermachen wollten.

»Wie dem auch sei, wir werden uns mal ein bisschen in Puerto Natales umschauen. Es sind Gerüchte im Umlauf, dass Patagonien Phase zwei für einen Ferienkomplex wird«, erklärte Red. »Man darf nie aufgeben, Bliss.«

Mir war nicht ganz klar, warum sie sich für eine weitere Nachforschung begeistern konnten, die womöglich auch nur reine Zeitverschwendung war. Andererseits war ich beeindruckt von dem Engagement der beiden.

Da der nette Deutsche so fasziniert war von der See und dem Maschinenraum des Schiffs, hatten wir drei ein paar tolle Tage auf der oberen Koje unserer Kabine. Michael kam nur zum Schlafen zurück, und da schnarchten wir schon längst; zumindest die Jungs. Im Zelt hatte ich die beiden immer anstoßen können, damit sie mit dem Schnarchen aufhörten, aber hier in der Kabine musste ich mich eben damit abfinden. Zum Glück fühlte ich mich immer schön befriedigt, konnte daher die Schnarcherei ignorieren und langsam einschlummern. Nur in der dritten Nacht standen wir dank der rauen See alle draußen an den Toiletten an, weil uns so schlecht war. So viel zu meiner Selbsteinschätzung, ich sei eine klasse Matrosin.

Ein paar Tage vor Weihnachten kamen wir in Puerto Natales an, was zu meiner Erleichterung bedeutete, dass Phase zwei im Durchkreuzen von Carlos' Plänen zunächst ruhen würde. Wir wollten nämlich ein paar Tage im Nationalpark verbringen. Nudeln und Tütensuppe waren kein ideales Weihnachtsessen, also kauften wir Wein und Fruchtkuchen als Ergänzung unserer täglichen Rationen. Das meiste Zeug ließen wir in unserem Gästehaus und hatten dadurch mehr Platz in den Rucksäcken für ein paar Luxusgüter. An zwei Abenden genossen wir Steak und Fischgerichte, dazu Bier und Pisco Sour, ehe wir wieder loszogen.

Die Torres del Paine sind drei Granitfelsen, die im Laufe der Zeit von der Natur eine perfekte Phallusform bekommen haben. Nein, kein Scherz. Als wir aus dem Bus stiegen und uns dem Gebirgszug näherten, glitzerten die drei Felsen in der Nachmittagssonne. Die kommende Nacht wollten wir so nah wie möglich an dieser Felsformation verbringen. Wenn man nämlich noch vor Sonnenaufgang aufstand und an der richtigen Stelle wartete, dann erlebte man, wie die drei Felsen in der Morgenröte leuchteten.

Zum ersten Mal seit langer Zeit war ich richtig glücklich. Ich hätte es beschönigen können, aber es stimmt, wenn ich sage, dass ein Leben als Spion stressig ist, insbesondere wenn man sich noch auf ungewöhnliche sexuelle Praktiken einlässt. Jetzt, da Red und Robbie mit ihren Nachforschungen auf Chiloe zufrieden waren und wir uns auf das Wandern, die Nächte im Zelt und nicht zuletzt auf Weihnachten freuten, fühlte ich mich wie die alte sorgenfreie Bliss. Ich hüpfte fast hinauf zum Zeltplatz. Okay, stimmt nicht ganz, denn der Pfad war ziemlich steil. Und auch wenn ich den Eindruck vermittelt habe, den Inka-Pfad im Eiltempo geschafft zu haben, so war ich eigentlich nicht so sportlich.

Hier und da standen ein paar Zelte auf dem Campingplatz, der idyllisch im Schutz alter Bäume gelegen war. Wir schauten uns auf dem Platz nach der besten Stelle um, blieben aber stehen, als wir einen Fuchs entdeckten, der zwischen zwei Zelten hindurchschlich.

Schweigend beobachteten wir, wie das Tier jedes Zelt beschnupperte, und rührten uns nicht vom Fleck, da wir es nicht erschrecken wollten. Ich war erstaunt, dass der Fuchs uns dennoch witterte. Ich weiß nicht, wie gut sie sehen können, aber er wird uns in der Nase gehabt haben. Doch anstatt gleich davonzulaufen, blieb er einfach stehen und starrte uns an.

»Keine Sorge, ihr werdet ihn nicht verscheuchen. Er lässt sich oft von Touristen durchfüttern«, sagte jemand hinter uns. Die Jungs drehten sich um, weil sie sich mit dem Fremden unterhalten wollten, aber ich wusste auch so, wer da hinter uns stand. Carlos' Stimme war unverkennbar.

Es war lustig zu beobachten, wie sich der Gesichtsausdruck meiner Jungs veränderte, aber ich überlegte gleich krampfhaft, was Carlos hier oben zu suchen hatte.

Nachdem er den Aussies die Hand geschüttelt hatte, begrüßte er mich mit Küsschen auf beide Wangen.

»Ich konnte mich einfach nicht entscheiden, wie ich Weihnachten verbringen sollte. Seit ich dich kenne, habe ich Heimweh nach England, aber da ich nicht mal eben dorthin fliegen kann, überlegte ich mir, dass es wohl das Beste wäre, hierherzukommen und mit meiner Lieblingsengländerin zu feiern.«

Seine Miene war ernst, und ich wollte ihm glauben, insbesondere nach den letzten drei Tagen, die wir zusammen verbracht hatten. Aber ich wusste, dass Red und Robbie nur

Hohn und Spott für mich übrig hätten, wenn ich ihnen versicherte, dass er wirklich nur gekommen sei, um mich zu sehen. Und verübeln konnte ich ihnen ihren Argwohn kaum.

Robbies Blick wanderte wieder zu dem Fuchs. Inzwischen war er zu einem Mann getrottet, der ihm an einem Zelt einen Bissen Brot hinhielt.

»Ist es nicht erstaunlich, dass sein natürlicher Instinkt, Menschen zu meiden, aussetzt, sobald man ihn mit einem Stück Brot oder Käse lockt?«

Carlos zuckte mit den Schultern. »So ist das eben, wenn du hungrig bist. Und nicht nur bei Tieren.«

Robbie nickte langsam. »Hungrig – oder gierig. Ich schätze, Sie haben recht. Ob Mensch oder Tier, wir überwinden alle schnell unsere Ängste oder unsere Moral, wenn nur der Preis stimmt.«

Es war ganz so, als hätte er gesagt: »Wir wissen, was du vorhast«, aber Carlos blieb vollkommen ruhig. Ich sagte mir, dass er Robbies Seitenhieb vielleicht nicht richtig registriert hatte.

Carlos lächelte schwach. »Egal, ich hoffe, ihr habt nichts dagegen, dass ich hier bin. Ich möchte euch einen Vorschlag machen.«

Er deutete auf ein großes Zelt weiter hinten auf dem Campingplatz, nah am Waldrand. Es war mir schon zuvor aufgefallen, denn es war offenbar so groß, dass man problemlos aufrecht drin stehen konnte. Typisch Carlos, er hatte natürlich das beste Zelt auf dem ganzen Platz.

»Sollen wir nicht zusammen zu Abend essen?«, schlug er förmlich vor, als hätten wir uns alle zufällig vor dem Ritz getroffen. »Ich habe den Platz neben meinem Zelt reserviert. Wenn ihr euers aufgebaut habt, könnten wir ja unsere Vorräte teilen. Ich werde nur ein paar Tage hier sein, daher hatte ich auch Platz für Wein im Gepäck.«

Er warf einen Blick auf seine Uhr. »Ich werde mal ein bisschen spazieren gehen. Ich fürchte, das Wetter wird umschlagen. Wenn ich also morgen Früh den Anblick der drei Felsen verpasse, bekomme ich sie wenigstens jetzt zu sehen. Bringt euer Essen doch in ein paar Stunden rüber zu mir. Falls es regnet, haben wir genügend Platz in meinem Zelt.«

»Großartig«, sagte ich spitz. Red sah aus, als machte er Anstalten, irgendwelche Ausreden zu erfinden. Daher erschien es mir am besten, Carlos los zu sein, damit wir in Ruhe über die neue Situation diskutieren konnten. »Bis später dann.«

Ich kniff ihm in die Wange und vermutete, dass er wohl der einzige Mann auf dem ganzen Campingplatz war, der schwach nach teurem Aftershave duftete.

Schweigend bauten wir unser Zelt auf und rollten Isomatten und Schlafsäcke aus. Ich breitete die Plastikfolie am Eingang aus, und Red und Robbie setzten sich darauf und sahen mich an.

»Was ist? Ihr meint, ich hätte die Einladung zum Abendessen ausschlagen sollen, nicht wahr?«, fragte ich, ein wenig verärgert von diesen Blicken.

»Bliss, du hast ihn doch nicht ... hierher eingeladen, oder?«, fragte Red leise.

»Oh, verdammt, nein!« Jetzt war ich wirklich sauer. »Denkt ihr, das hätte ich euch nicht gesagt? Vergesst es. Glaubt ihr echt, dass ich ihn eingeladen hätte? Das ist doch absurd.«

Ich ließ mich schwer auf die Folie plumpsen und strafte die beiden Jungs mit bösen Blicken. »Ihr taucht auf Chiloe auf, und er denkt, dahinter stecke ich. Jetzt taucht er hier auf, und ihr denkt, ich habe ihn eingeladen. Vertraut mir denn niemand mehr?«

»Okay, bleib ganz ruhig«, meinte Robbie. »Natürlich vertrauen wir dir. Es ist nur ein bisschen komisch, dass er am selben Tag hier eintrifft wie wir.«

»Darüber habe ich auch nachgedacht, während wir das Zelt aufbauten«, räumte ich ein. »Aber überlegt mal. Er wusste, an welchem Tag unser Schiff ablegte, und wenn er nicht davon ausging, dass ihr zwei euch ein bisschen undercover in Puerto Natales herumdrückt, dann hätte er sich leicht ausrechnen können, dass wir heute hier ankommen. Schließlich ist es nicht gerade die aufregendste Stadt der Welt, oder?«

»Er kann doch unmöglich seine Zeit damit verbringen, zu recherchieren, wann du wo sein wirst. Vergiss nicht, dass er gesagt hat, dass er dich so in San Pedro gefunden hat«, sagte Robbie nachdenklich. »Er gab zu, dass er dich in Bolivien beschatten ließ. Woher willst du wissen, dass er damit aufgehört hat?«

Bei diesem Gedanken durchlief mich ein Schauer. Hatte er mich etwa über Wochen ausspionieren lassen? Doch den Gedanken verwarf ich gleich wieder. »Nein, das in Bolivien war zu meinem Schutz. Ehrlich, das glaube ich ihm. Und wäre uns das nicht aufgefallen, wenn uns ständig jemand verfolgt hätte?«

Carlos wollte mir nichts Böses, da war ich mir ganz sicher. Eine Weile hockten wir in düsterem Schweigen da, bis ich einen Geistesblitz hatte.

»Ich hab's!«, rief ich triumphierend. »Wir haben doch die Bustickets einen Tag vorher gebucht. Er brauchte uns nicht zu folgen, wenn er jemanden bei dem Reiseunternehmen kennt.«

Die Jungs gaben mir recht, dass das ziemlich wahrscheinlich war. Wir wussten ja, dass Carlos überall seine Kontaktleute hatte.

»Also, so düster sieht's auch wieder nicht aus. Er wollte uns wirklich gern treffen und rief einen Freund an.«

Red und Robbie sahen jedoch alles andere als überzeugt aus. Ich verlor allmählich die Geduld.

»Hey, ihr glaubt doch nicht wirklich, dass er uns gefolgt ist, um uns Böses zu wollen, weil wir versuchen, sein Projekt zu torpedieren?«

Sie antworteten darauf nicht.

»Glaubt ihr das etwa?«, wiederholte ich.

»Ich schätze, ja«, gab Red zu. »Er kommt angeblich hierher, um ein nettes Familienweihnachten zu haben. Nimmst du ihm das ab? Und ich glaube, wir haben alle vergessen, dass er uns noch einen Vorschlag machen will.«

Robbie lächelte schief. »Gehen wir's ruhig an. Ich schätze, er wird uns vorschlagen, dass Bliss bei ihm schläft und nicht bei uns. Dieser kleine Mistkerl. Ich hoffe, du lehnst ab. Aber abgesehen davon, schaut euch das an.«

Er zeigte auf die vielen Zelte auf dem Campingplatz. Während wir unser Zelt aufgebaut hatten, waren immer mehr Leute gekommen, da sie offenbar auch das Naturschauspiel bei Sonnenaufgang sehen wollten. Andere waren über den Bergpfad gewandert, riefen aus, wie schön es hier sei, und verschwanden dann in den Zelten, in denen bei unserer Ankunft niemand gewesen war.

»Dürfte ganz schön voll werden. Vielleicht hat er geglaubt, er könne uns irgendwie drohen, aber mit all den Leuten hier kann er wohl kaum was anrichten.«

Ich konnte immer noch nicht glauben, dass Carlos gekommen war, um uns zu schaden. »Er wird uns *nicht* bedrohen«, sagte ich fast schon wütend. »Ich sage euch doch, dass er mir nichts Böses will, das weiß ich. Er ... er mag mich.«

Gott, das kam mir nicht so leicht über die Lippen, weil ich

wusste, dass die beiden mich auch sehr mochten. Ich wollte doch bloß, dass sie sich entspannten und nicht die ganze Zeit damit rechneten, Carlos werde über mich oder über sie herfallen. Wenn er sich etwas in den Kopf gesetzt hatte, dann würden wir es früher oder später erfahren, und außerdem waren wir zu dritt und alle größer als er.

Das Abendessen verlief eigentlich ganz angenehm. Da Carlos nur vier Tage bleiben wollte, wir aber acht, hatte ich keine Bedenken, seinen Proviant zu durchwühlen. Offensichtlich war er kein erfahrener Wanderer, weil er so unpraktische und schwere Sachen mitschleppte wie Dosen mit Corned Beef und weiche Süßigkeiten wie Trüffelparfait. Als ich sah, dass die Süßspeise zerquetscht war, beschloss ich, dass wir die Trüffelmatsche als Horsd'œuvre essen würden, gefolgt von Nudeln mit Instantsoße. Nachdem wir einen Karton Wein getrunken hatten, wurde die vorher etwas spröde Unterhaltung allmählich lebhafter. Und als wir uns den zweiten Karton vornahmen, platzte es aus mir heraus, wie viel Glück wir doch gehabt hatten, dass »Michael der Deutsche« unser Kabinenmitbewohner gewesen war.

»Offensichtlich wollten wir ein bisschen Privatsphäre.« Ich sah Carlos direkt in die Augen und, okay, ich flirtete. Wie ich ja schon gesagt hatte, ich verwandelte mich in das *bad girl*. Da jetzt alle drei Lover am improvisierten Tisch saßen, war ich ganz schön aufgeregt.

Meine Andeutung blieb nicht unbemerkt.

»Genau der richtige Zeitpunkt für meinen Vorschlag«, sagte Carlos leise. »Ich nehme an, ihr Jungs seid ein bisschen sauer, dass ich aufgetaucht bin, weil ihr euch auf ein paar Nächte mit Bliss gefreut habt. Insbesondere weil sie eine Woche lang mit mir zusammen gewesen war. Obwohl es da einige Probleme gab, was sie euch ja vielleicht erzählt hat.«

»Stimmt, Kumpel«, kam es ziemlich aggressiv von Red. »Sie erzählt uns alles – da kannst du sicher sein.«

»Ja, ich habe ihnen auch erzählt, wie du Susie losgeworden bist, die alte Zicke«, meinte ich und berührte Carlos am Arm. »Ganz zu schweigen davon, dass ich mich total blöd benommen habe und glaubte, du würdest mich als Prostituierte ausnutzen. Außerdem habe ich falsche Erwartungen geweckt, als ich meinte, ich wolle Zuschauer haben.«

»Nicht so laut, Bliss«, grinste Robbie. »Bist du blau, oder was?«

»Nur entspannt«, verteidigte ich mich. »Egal, schieß los mit deinem Vorschlag, Carlos.«

Sein Blick ruhte auf mir. »Du hast ihnen von Susie erzählt. Dann wissen sie ja wohl auch, dass ich nur einmal Zuschauer war, allerdings unfreiwillig, in der Küche.« Seine Augen huschten zu Robbie. »Ich möchte deinen Part übernehmen. Aber ich möchte euch beide mit Bliss beobachten. Und ich will, dass sie gefesselt ist.«

»Gott!«, entfuhr es Red. Als er ansetzte, lauthals zu protestieren, bat Robbie mit einer beschwichtigenden Geste um Ruhe.

»Du willst nur zugucken? Bliss ist gefesselt, aber wir sind frei? Hast du deshalb so ein großes Zelt mitgeschleppt?«

Carlos nickte bei den beiden ersten Fragen und lachte bei Robbies letzter Bemerkung. Natürlich war er es in seinem Job gewohnt, im Voraus zu planen, dachte ich und lächelte in mich hinein.

»Ich habe noch nicht mit Bliss gevögelt«, gab Robbie unumwunden zu. »Wenn du das sehen willst, muss Bliss erst zustimmen.«

»Es wird Zeit, dass du loslegst«, sagte ich zu Robbie und versuchte, so gleichgültig wie möglich zu klingen. Dabei brannte ich natürlich darauf, dass er mich endlich bumste.

Selbst bei dem »Sex ohne Grenzen« in der Dachkammer hatte er sich zurückgehalten, und auf der Schiffsreise hatte er von der oberen Koje zugeschaut, während Red und ich in der anderen vögelten. Um Red nicht zu vergraulen, wollte ich jetzt jedoch nicht allzu begeistert klingen.

»Red?«

Er wirkte sichtlich unschlüssig. »Weiß nicht, bin nicht so scharf drauf. Dass dein Kumpel jetzt hier ist, muss ich wohl akzeptieren, aber ich habe es noch nie vor Fremden gemacht. Und Bliss in Fesseln!«

»Das ist aber entscheidend«, betonte Carlos, »nicht nur, weil *ich* es will. Ich weiß, dass Bliss das gefallen wird. Oder etwa nicht?«

Er beugte sich zu mir vor, und seine dunklen Augen hatten einen hypnotisierenden Effekt auf mich, mehr jedoch noch seine Worte. »Du bist gefesselt und lässt dich von deinen beiden Lovern bumsen, von einem sogar zum ersten Mal. Und jemand schaut euch dabei zu. Jemand, der dich auch will. Enttäusche mich nicht. Sag jetzt nicht, dass du nicht scharf darauf bist.«

Und ob. »Ich bin nur ein bisschen enttäuscht, dass du nicht mitmachen willst«, sagte ich ein bisschen spitz.

»Unersättliche Schlampe«, sagte Robbie mit einem vielsagenden Lächeln, und da wusste ich, dass die Sache bereits lief. Das war das Startsignal.

»Hört sich gut an«, meinte Carlos, und seine Augen verengten sich. »Wie ich gehört habe, sorgst du auch für den Kommentar.«

»Warum willst du nicht mitmachen, Carlos?«, hakte ich nach. Okay, ich bin eine unersättliche Schlampe.

Nachdenklich schaute er zu Red. »Mache ich auch, wenn du es willst – nachher.«

»Nach was?«

»Ich habe mir da ein kleines Rollenspiel überlegt. Du wirst gefesselt sein. Was jetzt noch fehlt, ist ein bisschen Zwang.«

»Ach, hör auf mit dem Mist«, schimpfte Red. »Ich werde sie doch nicht vergewaltigen.«

»Nein«, erwiderte Carlos schnell. »Sagen wir, sie ist bereit, aber nicht gerade begeistert? Stellen wir uns das Szenario so vor, dass sie einwilligt, sich von ihrem Freund fesseln zu lassen. Doch sie weiß nicht, dass auch sein Kumpel vorbeikommt. Und dann ...«, sein Blick wanderte zu Robbie, »... lässt sie sich überreden, dass der Kumpel mitmacht.«

Er sprach wie ein TV-Produzent, der während eines Brainstormings ein paar Gedanken formuliert. Ich dachte gleich: Was, Vergewaltigung? Ist mir zu heftig. Gleichzeitig dachte ich: »Gangbang? Toll, Darling ...«

»Hast du die passenden Klamotten mitgebracht?«, wollte Robbie noch wissen.

»Ein paar, ja.« Carlos nickte. »Also? Sind wir uns einig?«

Ich war definitiv dafür. Jetzt musste ich nur noch Red überzeugen und malte mir in meiner Fantasie aus, wie ich den beiden anderen Jungs half, Red an den Zeltstangen festzuketten und zu vergewaltigen, oder besser, ein Gangbang daraus zu machen. Aber ich schweife ab. Letzten Endes nickte er zustimmend. Und weil ich nicht wollte, dass die anderen unschlüssig herumsaßen und überlegten, wie wir nun anfangen sollten, schickte ich meine Aussies mit dem schmutzigen Geschirr runter zum Bach, weil ich ein paar Minuten mit Carlos allein sein wollte.

»Geht es um mich? Oder eher um dich?«, fragte ich ihn, als die beiden außer Hörweite waren. »Oder wie sieht dein Fahrplan aus?«

»Es ist für uns beide. Weil du in ein paar Wochen wieder zu

Hause sein wirst. Und weil ich dich vielleicht nie wiedersehen werde. Übrigens wusste ich wirklich nicht, wie ich Weihnachten verbringen sollte. Außerdem ist es doch ein Riesenspaß.«

Er zog mich ins Zelt und küsste mich. Seine Zunge erforschte meinen Mund intensiv, aber zärtlich, und er schmeckte noch wie der Lover, der mich nach der Demütigung getröstet hatte. Eigenartig eigentlich, wenn man bedenkt, dass er mich kurz davor gefragt hatte, ob ich mich gefesselt auf Gruppensex mit zwei Männern einlassen würde, während er den Zuschauer spielte.

»Schon was von Susie gehört?«

»Klar. Sie ist wieder im Büro.« Seine Miene verdunkelte sich. »In einem Monat bin ich zurück in Lima. Ich denke schon, dass wir uns aussöhnen werden, aber trotzdem kann ich nicht vergessen, was sie dir angetan hat.«

»Na ja, vielleicht war das Ganze ja nicht so schlimm.«

Er schnaubte. »Sie weiß einfach nicht, wann sie aufhören muss. Oder sie ignoriert es wirklich, weil sie eine sadistische Ader hat. Macht ist eine Sache. Aber es ist etwas anderes, wenn man sie gewaltsam ausübt.«

»Gewalt vorzutäuschen ist aber was anderes.«

Carlos griff nach einer schwarzen Tasche, die oben auf seinem Rucksack lag. »Da wir gerade davon reden …«

Zehn Minuten später tanzte ich nah bei Red, und zwar sehr nah. Er hatte meinen Freund zu spielen. Allmählich kam er gut in seine Rolle rein und fasste mich überall an, während ich mich tanzend an ihm rieb, bis er mir die Knöpfe meines Hemds aufmachte. Ich streifte es über die Schultern, um mich in dem vorne geschnürten Torselett zu präsentieren, das Carlos mir mitgebracht hatte, strich mir mit beiden Händen über die Brüste und bot Red die Titten dar. Derweil schauten Robbie und Carlos zu, und da ich mir wie eine Stripperin vorkam, schleuderte ich mein Hemd fort und machte meine Hose auf. Mit kreisenden Hüftbewegungen entledigte ich mich der Hose ganz und stieg aus der Stofffülle. Jetzt hatte ich nur noch das Torselett und einen schwarzen Tanga an.

Obwohl es Reds Hand war, die ich zwischen meine Schenkel schob, drehte ich mich eigentlich für Robbie und Carlos. Ich hatte so meine Befürchtung gehabt, dass Red Schwierigkeiten haben würde, vor Carlos' Augen zu agieren. Doch letzten Endes hatten wir das Problem dadurch gelöst, dass Red keinen Blickkontakt mit Carlos hatte. Daher war ich zuversichtlich, dass alles gut laufen würde, während Red mich befingerte und spürte, wie meine Feuchtigkeit in den dünnen Stoff des Tangas drang.

Schließlich machte ich seine Hose auf, und sein Penis wippte nach vorn, fast bereit für mich. Langsam streichelte ich ihn und gab ihm seine normale Größe, wobei ich nicht zögerte, Carlos zu zeigen, wie schön lang Reds Schwanz war. Ob er eifersüchtig war? Als Red endlich seine Hose los war, kniete ich mich vor ihn und nahm sein pralles Ding in den Mund, leckte über den Schaft und lutschte weiter an seiner Eichel. Währenddessen knetete Red meine Schultern und suchte dann meine Nippel.

Weil ich endlich diesen großen Schwanz in mir haben wollte und die Show weitergehen musste, legte ich mich auf den Rücken und zog mir den Tanga aus.

»Fick mich.«

Während Red das Gummi anlegte, drehte ich mich halb zu Robbie und Carlos, zog die Knie an und präsentierte ihnen meine Pussy. Sie zuckte schon vor Vorfreude, und ich fragte mich, ob meine Zuschauer das sehen konnten. Außerdem kam mir da noch eine Idee. Da Robbie laut Drehbuch noch keinen Auftritt hatte, dachte ich, dass Carlos vielleicht nichts gegen ein paar geile Kommentare von mir hätte. Und mal ehrlich, ich hatte doch auch nichts dagegen.

»Steck deinen dicken Schwanz in meine Pussy«, sagte ich mit heiser-rauchiger Stimme, streichelte meinen Punkt und positionierte mich so, dass die Zuschauer nicht nur Reds Arsch und meine Beine sahen.

Mein Stöhnen, das ich ausstieß, als er in mich drang, war nicht gespielt. Er hatte einfach einen riesigen Schwanz, der mich jedes Mal aufs Neue begeisterte. Zunächst begann er langsam, und als wir in Fahrt kamen, legte ich Red meine Beine auf die Schultern, um ihn richtig tief in mich aufzunehmen.

»Du hast so ein geiles Ding! Du füllst mich ganz aus«, keuchte ich. »Wie fühle ich mich an?«

»Verdammt gut«, erwiderte er und schaute auf meine Titten, weil ich meine Nippel knetete.

»Sehen meine Titten gut in dem Teil aus?«

Er nickte. Red war nicht der Typ für Sexdialoge, aber das war egal, denn für so etwas hatten wir ja Robbie.

Seine Stöße gingen tiefer und kamen schneller und schneller, und ich glaubte, er würde jeden Moment kommen. Ich fragte mich natürlich, wann Robbie endlich als »der Freund« auftauchen würde; zum Proben war ja keine Zeit gewesen. Ich drehte den Kopf ein wenig und sah ihn; wie gebannt schaute er auf meine Hände, die immer noch meine Brüste verwöhnten.

Als Reds Hand zu meiner Klitoris wanderte, hielt ich ihn auf. »Noch nicht. Ich möchte, dass du dich auf deinen Orgasmus konzentrierst.« Jetzt nahm ich die Hände von meinen Brüsten und suchte Reds Bälle. Dort streichelte ich ihn ein paar Mal aufmunternd, während er den Rhythmus beschleunigte und mit einem Laut kam, der sich fast wie ein Schluchzen anhörte. Ich nahm die Beine runter und hielt ihn noch gefangen.

»Vielleicht ist das der falsche Moment für eine Unterbrechung.«

Robbie kam zu uns und schaute amüsiert auf uns herab. Ich war jedenfalls beeindruckt von seinem Drehbuch.

Red schaute mit einem Lächeln auf. »Hallo, Kumpel. Keine Sorge, bin gerade fertig.«

Er zog sich zurück und setzte sich hin, verschränkte die Beine und gähnte. »Ich muss Bliss noch zum Höhepunkt bringen, aber das hat Zeit.«

Robbie musterte mich beinahe mit klinischem Blick. »Sie kann es doch selbst machen. Ich würde wohl zuschauen.«

»Verpiss dich«, entgegnete ich. »Ich brauche es mir nicht selber zu machen, danke schön. Und vor dir würde ich es schon mal gar nicht machen.«

»Wieso nicht?« Er setzte sich und grinste mich unverschämt an. »Los, ich habe noch nie gesehen, wie eine Frau masturbiert. Er hätte nichts dagegen, oder, Kumpel?«

Auch Red grinste. »Würde ich auch gern mal sehen. Du hast doch wirklich perverse Einfälle, Rob.«

»Macht es dir wirklich nichts aus, wenn er zuschaut?«, fragte ich und merkte, wie albern meine Schauspielkunst war; meine Stimme klang ganz so, als wollte ich eine Sprechprobe für *Eastenders* machen.

Red schüttelte den Kopf.

»Sieht ganz so aus, als wärst du ihr nicht so wichtig«, sagte Robbie frech. »Nur eine weitere Schlampe, wie?«

»Halt's Maul!«, rief ich und versuchte, überzeugend zu klingen.

»Mach weiter, Schlampe! Nimm deine Finger, und zeig uns, wie schnell du dich auf Touren bringen kannst. Oder willst du, dass ich das übernehme?«

»Nein«, antwortete ich.

»Dann mach es selbst. Hier, ich helfe dir.«

Er zog meine Beine auseinander, und nachdem er meine Pussy lange genug betrachtet hatte, schüttelte er den Kopf und lachte. »Du bist ja richtig nass da unten. Du kleines, geiles Stück.«

Ja, ja, ja!, rief meine innere Stimme, und zwar besonders laut, als Robbie seinen Kumpel aufforderte, mein Bein zu halten. Ihre Hände lösten ein elektrisierendes Kribbeln in mir aus, als sie beide meine Schenkel umfassten.

»Mach weiter«, befahl Robbie. »Sonst mach ich's.« Er sah auf seine Uhr. »Auf die Plätze, fertig, los. Schauen wir mal, wie schnell du das schaffst.«

Meine Sexmuskeln zuckten bereits, und meine Hände zitterten. Ich war schon ganz schwach vor Lust und schätzte, dass ich in dreißig Sekunden kommen würde. Daher folgte ich der Aufforderung und bearbeitete meine heiße Stelle mit zwei Fingern. Da Red und Robbie meine Beine hielten und mir beim Masturbieren zusahen, ahnte ich, dass es wirklich nicht lange dauern würde. Ich konnte zwar nicht Carlos sehen, wusste aber, dass er zuschaute. Mein heiseres Stöhnen erfüllte das Zelt, als der Orgasmus mich durchschauerte.

»Gott, du weißt, wie du kommen musst«, sagte Robbie mit rauer Stimme. »Ihre Muskeln würde ich gerne um meinen Schwanz spüren. Kommt sie immer so heftig, Kumpel?«

»Aber klar«, versicherte Red. »Los, nimm sie dir, wenn du willst.«

»Entschuldigt mal!« Ich gab wieder die Entrüstete. »Das entscheide immer noch ich.«

Robbie stieß ein Seufzen aus. »Du weißt, dass du es willst. Du bist ein richtiges Flittchen, nicht wahr? So wie du das eben gemacht hast. Und erzähl mir jetzt nicht, dass du das nicht dauernd machst. Du würdest es dir mit allem besorgen. Du tust nur so, weil du glaubst, dein Lover Boy mag es nicht.«

»Mir macht's nichts, Bliss«, meinte Red.

»Ich sag dir mal was. Wenn dir das besser gefällt, dann fessle ich dich, und du kannst so tun, als würdest du es nicht wollen. Wie wäre das?«

Erst jetzt konnte ich nach meiner Explosion wieder klar denken und bewunderte Robbie. Er schauspielerte nicht nur wie ein Profi, er hatte auch irgendwie ein Stück im Stück geschrieben. Ich beschloss, meine nächste Zeile müsste Schweigen sein, das man so oder so auslegen konnte. Reglos blieb ich liegen, während Robbie etwas vom Boden aufhob. Ich seufzte leise, als ich die schwarzen Lederbänder sah, nicht vor Verlangen, weil ich nach meinem Orgasmus ganz gut befriedigt war, sondern weil mir wohl die Ketten erspart blieben.

Hatte er sich kurz von Carlos einweisen lassen? Zuerst fesselte er meine Handgelenke, zog mir die Arme dann über den Kopf und band mir das Leder schön gleichmäßig um die Unterarme. Ich wusste nicht, wie er mich weiter fesseln sollte, da sich im Zelt nichts Geeignetes fand. Das Torselett passte sich an meine Brüste an, und nun schlang er mir eins der Bänder zweimal um meinen Bauch, genau oberhalb der Scham, verknotete es hinter meinem Rücken, zog es mir noch durch die Ritze nach vorn und band es um meinen linken Oberschenkel. Ich spürte, wie das Band über meinen Anus rieb, als Robbie mir das letzte Lederband mehrmals fest um meinen Knöchel schlang und dann an Carlos' Rucksack befestigte.

Während des Fesselns hatte er ernst und konzentriert ausgesehen, aber als er fertig war, sah er mich mit einem Lächeln an. Doch auch das Lächeln gehörte zu seiner Rolle und war nicht mehr als eine Maske. Ich spürte aber, dass die Lust in seinen Augen nicht unter dem Lächeln verborgen blieb. Meine Sexmuskeln begannen wieder zu pochen, und ich merkte, wie sich meine Augen vor Verlangen verengten. Ich hörte – vielleicht war's auch nur Einbildung –, dass Carlos schwer atmete. Auch Red blieb nicht unbeeindruckt von dem Anblick, den ich bot; vielleicht war ihm ein bisschen unbehaglich zumute, weil auch er die beinahe bedrückende Atmosphäre spürte, die plötzlich in dem Zelt vorherrschte.

»Jetzt kannst du nichts mehr entscheiden, Bliss«, meinte Robbie, und in der aufgeladenen Stille klang seine Stimme noch rauer und lauter. »Ich werde genau das machen, was ich will. Und weißt du was? Ich will dich ficken. Ist das okay?«

»Du hast ja eben gesagt, dass ich dich nicht stoppen kann«, atmete ich schwer.

»Du hast nicht verstanden, was ich meinte. Ich will, dass du sagst, dass es okay ist. Dass es mehr als okay ist. Dass du willst, dass ich es mache.« Ein fast bedrohlicher Ton schlich sich in seine Stimme.

»Ja«, kam es schwach von mir. »Ich will, dass du es machst.«

Er zog seine Jeans aus. »Sag bitte.«

»Bitte«, wiederholte ich. »Bitte fick mich.«

Er rollte das Kondom über seinen harten Schwanz. Ich erinnerte mich, wie gut er geschmeckt und wie geil er in meinem Mund gekommen war. Endlich würde ich ihn in mir spüren, und ohne nachzudenken wiederholte ich meine Bitte.

»Ich will, dass du mich vögelst. Bitte.«

Sein Gesicht war nah an meinem; ich spürte, dass wir dieselbe Luft einatmeten, die schon allmählich feucht wurde, da unser aller Atem an den Zeltinnenwänden kondensierte. Ich wusste, dass auch Carlos und Red von der knisternden Spannung erfasst wurden. Und als Robbie meinen Körper nach vorn zog, sodass mein gefesseltes linkes Bein am Knie einknickte, hob ich meine Hüfte an und bot mich ihm an – stellvertretend für alle drei.

»Willst du wirklich, dass ich es mache, oder wäre dir jeder recht?«

Ich überlegte, welche Antwort er erwartete. »Jeder.«

»Schlampe.«

Meine Muskeln zitterten bei diesem Wort. Wir lächelten einander an; nach wie vor spielten wir unsere Rollen, trotz des Verlangens, das unsere Sinne weiter umnebelte. Ich stöhnte, als er in mich drang.

Endlich. Er bewegte sich langsam, drang aber gleich tief ein. Ich schaute ihn an und wünschte, ich hätte mich selbst sehen können: wie ich dalag, die Arme fast bittend über dem Kopf zusammengebunden, meine Pussy betont vom Torselett und den schwarzen Bändern, mein Knöchel gefesselt an den schweren Rucksack. Endlich war sein Wunsch erfüllt, mich gefesselt zu sehen, und ich fragte mich, wie er sich jetzt fühlte.

»Gefällt es dir, gefesselt zu sein?«, wollte er wissen.

»Ja. Magst du es, mich zu fesseln?«, entgegnete ich.

»Ja. Dann bist du hilflos. Ich kann mit dir machen, was ich will.«

»Ist egal, du kannst alles machen.«

»Selbst eine Nutte wie du muss Grenzen haben.«

Nutte, das war meine Rolle. Meine Sexmuskeln zogen sich zusammen.

»Keine Grenzen.«

Absichtlich wiederholte ich Reds Worte von vor zwei

Wochen. Robbie trieb sich jetzt schneller in mich, und ich war mir sicher, dass auch er sich an die Worte erinnerte. Mit den Fingern strich er leicht über meine Klitoris und wendete den Blick nicht von meinem Gesicht. Ich nickte zustimmend, und daraufhin rieb er fester und beobachtete, wie ich kam. Ich sah das Erstaunen in seiner Miene, und da wurde mir klar, dass er ja zum ersten Mal gespürt hatte, wie heftig meine Kontraktionen waren, obwohl Red und Robbie mich deswegen schon ein paar Mal geneckt hatten. Als er kam, flüsterte er meinen Namen. Ich versuchte, den Augenblick so lange wie möglich auszukosten, und fühlte mich wie eine Jungfrau.

Atemlos zog Robbie sich zurück. Ich wusste, dass wir mit der Show weitermachen mussten, aber ich war kaputt. Er drückte auf meinen Venushügel und löste in mir dieses kribbelnde Nachbeben aus.

»Schätze, du bist wieder dran, Kumpel«, sagte er zu Red. Komisch, die Vorstellung, dass Red mich wieder ficken würde, kam mir wie eine Verletzung der Regeln vor; dabei hatten wir das Spiel ja mit ihm als rechtmäßigem Lover begonnen. Dennoch, es war ja Carlos' Show. Ich hatte als Erste zugestimmt, da konnte ich jetzt keinen Rückzieher machen.

»Diesmal nehme ich sie von hinten«, sagte Red. Er drehte mich auf den Bauch, löste zunächst meinen Fuß vom Rucksack und fesselte mich dann wieder an der anderen Seite. Ich konnte schlecht einschätzen, wie ihm die letzte Szene gefallen hatte. Ich hoffte bloß, dass er diese Stellung nicht deshalb wählte, um mir nicht ins Gesicht sehen zu müssen.

Er positionierte mich so, dass ich auf den Knien und Ellbogen war, und kam hinter mich. »Nett«, sagte er und rieb über das Lederband, das durch meine Ritze über meinen Anus lief. Ohne weitere Ankündigungen stieß er mit seinem langen Schwanz sofort tief in mich – kein langsames Eindringen mehr.

»Gib zu, dass meiner größer ist«, raunte er, während er mich hart rannahm.

»Du bist groß, so groß, dass es fast schon wehtut.«

»Möchtest du, dass man dir wehtut?«, hörte ich Robbies Stimme über meiner linken Schulter. Ich schätzte, er beobachtete, wie Reds Schwanz meine Pussy dehnte – so hatte er es schon viele Male gesehen.

»Nein«, widersprach ich mit Nachdruck. »Ich will nur gebumst werden.«

Ich spürte Reds Hände an meinen Hüften. Bei jedem seiner Stöße zog er mich an dem schwarzen Lederband hart zu sich. Jetzt streckte ich die Arme nach vorn, senkte den Kopf unterwürfig zu Boden und stellte mich ganz auf die großen Hände ein, die mich auf den dicken Schwanz zogen; ich genoss die Stellung, die mich zum passiven, anonymen Objekt machte. Und ich fragte mich, was Carlos wohl dachte und ob er so erregt war, wie er es sich gewünscht hatte.

»Los, sie soll dir wieder einen Steifen machen«, schlug Red vor. »Lass dich von ihr lutschen.«

Ob Robbie ein Déjà-vu hatte, als er sich vor mich kniete und seinen Schwanz zu meinem Mund führte? Red ließ mir etwas Bewegungsfreiheit, sodass ich Robbies noch nicht ganz steifen Schwanz mit meiner Zunge verwöhnen konnte. Ich war überrascht, wie schnell er wieder richtig hart wurde.

»Sollen wir tauschen, Kumpel?«, fragte Red wie zuvor. Wieder lehnte Robbie ab. Red schien lange durchzuhalten, aber er war ja auch schon einmal gekommen.

Jetzt kam Carlos näher zu uns. Wahrscheinlich hatte er nur darauf gewartet, dass ich es gleichzeitig mit beiden trieb.

Red hatte Feuchtigkeit aus meiner Spalte geholt, drückte

das Lederband zur Seite und rieb mit dem kleinen Finger über meinen Anus. Ich wackelte vor Erregung mit dem Hintern.

»Ich könnte sie doch auch anal nehmen. Und du bist gleichzeitig in ihrer Pussy. Wie wäre das, Kumpel?«

»Nein!«, stammelte ich, aber da ich Robbies harten Schwanz halb im Rachen hatte, hörte mich niemand. Reds Finger drang tiefer in mich, und ich zuckte wieder zusammen.

»Sie findet meinen Finger dort geil. Was meinst du?«

Zum Glück zog Robbie seinen Schwanz aus meinem Mund, weil er Reds Fingerspiel sehen wollte.

»Ich sagte Nein«, betonte ich.

»Du hast gesagt ›keine Grenzen‹«, rief Robbie mir in Erinnerung.

»Aber *das* meinte ich damit nicht.«

»Du hast gesagt, ich könne alles mit dir machen. Gib es zu, du magst das, du kleine Hure.«

Mist. Er spielte wieder dieses dumme kleine Spielchen, und ich sollte gewaltsam anal genommen werden. Natürlich konnte er nicht wissen, dass mein Nein diesmal wirklich galt, aber Red wusste, dass ich nicht auf anal stand. Doch er war so von seiner Lust vereinnahmt, er würde es einfach durchziehen – und Robbie und Carlos würden annehmen, dass mein Protest zu meiner Rolle gehörte.

Reds riesiger Kolben bohrte sich immer noch in mich, und jetzt hatte er seinen Zeigefinger in meinem Anus. Mir war leicht schlecht; Red hatte sich gegen das Vergewaltigungsszenario ausgesprochen, aber jetzt war er kurz davor, mich mit Gewalt zu nehmen.

Wieder einmal war ich mit einer Sache vorgeprescht und in Schwierigkeiten geraten. Da Robbie das Ganze hinter mir beobachtete, hatte ich keinen Augenkontakt mehr. Ich würde die Sache abbrechen müssen.

Aber bevor ich mir die passenden Worte zurechtgelegt hatte, verlangsamte Red seinen Rhythmus und zog sich aus mir zurück. Einen schrecklichen Moment lang hatte ich geglaubt, er würde seine Drohung wahrmachen, doch stattdessen löste er meinen Fuß vom Rucksack und drehte mich wieder auf den Rücken.

»Habe ich dir Angst eingejagt?«, fragte er mit samtener Stimme und suchte wieder mit der Hand meinen Kitzler. »Dachtest du, ich meine es ernst?«

»Ja, du Bastard!«, keuchte ich. »Ich hatte echt Angst, du ziehst das durch.«

Nachdenklich sah er mich aus seinen blauen Augen an, während er mich weiter stimulierte.

»Ich dachte, dir gefällt so ein bisschen Angst. Ich frage mich, ob du wirklich dachtest, dass ich einfach weitermachen würde.«

Sacht rieb er über meinen Kitzler und wanderte dann abwechselnd zum Anus und zurück. Ein Schauer erfasste meinen Körper. Jetzt, da ich außer Gefahr war, genoss ich die Angst in der Rückschau.

»Komm schon, Bliss. Ich denke, wir alle möchten noch einmal sehen, wie du kommst.« Seine Finger wurden langsamer, und ich stand unmittelbar vor meinem Höhepunkt. Ich fürchtete, dass ich aus dem Takt käme, wenn er nicht schneller rieb, aber er war derweil damit beschäftigt, sein Gummi mit der anderen Hand abzurollen. Es fiel zu Boden, und er wechselte die Hände, legte die nass-feuchte Hand um seinen Schwanz und die andere auf mich. Während er meinen pulsierenden Punkt schneller bearbeitete, bewegte er die andere Hand an seinem Schaft auf und ab. Augenblicke später spritzte er mir heiß ins Gesicht, und Sekunden danach krampften sich meine Sexmuskeln fest zusammen. Mit vom Keuchen offenen Mund nahm ich seinen Samen auf und leckte mir über die Lippen, um möglichst viel seiner Ladung zu schmecken. Ich schlucke nie, aber irgendwie hatte ich das Gefühl, ihm etwas schuldig zu sein.

Fast hätte ich Carlos vergessen; aber Robbie ließ die Show weiterlaufen. Auch er war inzwischen wieder hart, setzte sich unmittelbar vor Carlos auf den Boden und zog mich auf seinen Schwanz. Ich fühlte mich wie eine Puppe und hatte kaum die letzten Vibrationen meines Orgasmus verdaut, als ich schon wieder den nächsten Schwanz in mir spürte. Ich schätzte, dass Robbie Carlos die Show bot, die er sich gewünscht hatte; und Carlos schien in der Rolle zu sein, die er am liebsten spielte: Er war eben viel lieber der Voyeur und nicht in erster Linie der mit dem Penis. Ich für meinen Teil war befriedigt, und ein Blick in Carlos' Richtung verriet mir, dass auch er bestens zufrieden war. Während Robbie mich auf seinen neu erwachten Schwanz rammte, fuhr ich mir mit der Zunge über die Lippen wie ein Seite-3-Girl und bewegte noch meine Hüften für Carlos.

»Ich hätte da noch eine Bitte. Ich möchte, dass Bliss heute Nacht bei mir schläft«, sagte Carlos und sah mir in die Augen, obwohl die Frage an Robbie gerichtet war.

»Sicher«, meinte Robbie. »Ist das okay, Bliss?«

»Ja, bestens«, sagte ich und verlor mich in diesen braunen Augen. Würden wir ein letztes Mal zusammen vögeln?

Robbie kam, aber ich war mehr an Carlos' Gesicht interessiert. Ich wusste, dass ich in dieser Weise immer Red behandelte, wenn Robbie zuschaute. Mein Körper war mit einem der Jungs verschmolzen, aber im Geiste ließ ich mich schon längst von dem anderen bumsen.

Kurz danach gingen meine Aussies in unser Zelt, während ich meine Isomatte und meinen Schlafsack holte. Es hatte angefangen zu regnen, und die Jungs meinten, es sähe schlecht aus für den nächsten Morgen. Die Felsen werde man wohl kaum sehen können, aber trotzdem wollten sie den Wecker auf sechs Uhr stellen. Carlos versprach mir, mich rechtzeitig zu wecken; meine Hände waren noch gefesselt.

Sowie die beiden fort waren, kam Carlos, nahm mir das Torselett ab und öffnete die Knoten an meinen Handgelenken und Armen.

»Damit hatte ich nicht gerechnet«, sagte ich enttäuscht. Hatte ihn das Zuschauen denn nicht angemacht? Ich wusste, dass er erregt gewesen war, verdammt nochmal. Trotz seiner Vorliebe, seine eigene Befriedigung hinauszuzögern, konnte ich nicht glauben, dass er noch länger warten wollte – nach allem, was er gesehen hatte. Nicht, dass ich ihn für mich allein haben wollte, ich wollte aber, dass er mich begehrte.

Er lachte leise und reichte mir mein T-Shirt, ehe er mir die Hände vor der Brust zusammenband, genau wie bei unserer ersten gemeinsamen Nacht. Die Lederbänder an meinem Bauch und Oberschenkel ließ er so, aber er löste das Band an meinem linken Knöchel und fesselte beide Füße. Ich dachte, ich hätte mich geirrt, dass er sein Vergnügen hinauszögern wollte, aber nein …

»Ich möchte sehen, wie du mit den Fesseln schläfst«, sagte er und deckte mich halb mit meinem Schlafsack zu. »Am Morgen sehen wir dann weiter.«

»Wir wollen doch morgen Früh den verdammten Berg rauf«, sagte ich missmutig. Ich hatte plötzlich das Gefühl, genug Schauobjekt gewesen zu sein.

»Das bezweifele ich«, merkte er trocken an. »Der Regen wird schlimmer. Ich stelle den Wecker, aber ich denke, wir können liegen bleiben. Am Morgen bin ich dann dran. Wenn du willst.«

Er streichelte mein Haar. »Dir hat's gefallen, oder?«

»Das weißt du doch. Dir aber auch.«

»Klar. Danke.«

Er beobachtete mich immer noch, als ich schon einschlief. Wie ein Schutzengel, dachte ich benommen, kurz bevor ich weg war.

Um sechs in der Frühe riss mich der Wecker aus dem Schlaf.

»Hoffnungslos«, wisperte Carlos und stellte den Wecker ab. »Es hat die ganze Nacht geregnet. Schlaf ruhig weiter, ich sag derweil den anderen Bescheid.«

Ich schlief tatsächlich wieder ein und sagte mir im Halbschlaf, dass Carlos ja noch was mit mir vorhatte, sobald wir richtig wach wären.

In meinem Traum stauchte Carlos wieder Susie zusammen; seine Stimme klang hart und wütend, aber als Susie antwortete, hatte sie Robbies Stimme. Er schrie, und plötzlich schrie auch Red. Schließlich wachte ich auf und merkte, dass der Streit sich nicht nur in meinem Kopf abgespielt hatte: Draußen vor dem Zelt ging es hoch her. Carlos zischte etwas in verächtlichem Ton, worauf Robbie wütend antwortete. Was zum Teufel ging da vor?

Kapitel zehn

Es war gar nicht so einfach, aus dem Schlafsack zu kommen, weil meine Hände und Füße ja noch gefesselt waren. Zum Glück war der Reißverschluss nicht ganz bis oben zu, und daher konnte ich ihn mit dem kleinen Finger aufziehen.

Ich versuchte ruhig zu bleiben, aber da ich einmal wach war, hörte ich deutlich, um was es draußen ging: Und das, was sie sagten, war gar nicht schön. Carlos machte sich in höhnischem Ton über Reds und Robbies Versuch lustig, seine Arbeit zu sabotieren.

»Typen wie ihr sollten sich klarmachen, dass sie nur ihre Zeit vergeuden. Dahergelaufene Jungs und heimatlose New-Age-Anhänger wollen es mit der realen Welt aufnehmen? Lachen könnte ich über euch, wenn ich nicht die Schnauze von euch voll hätte. Werdet doch endlich erwachsen, sucht euch einen richtigen Job, und lebt ein anständiges Leben, anstatt sich in Angelegenheiten von anständigen Leuten einzumischen, die nur ihre Arbeit machen und ihre Familien ernähren.«

»Hör mir auf mit diesem ›anständige Leute‹-Mist!«, erwiderte Robbie sauer. »Da du unsere Unterlagen geklaut hast, dürfte dir ja klar sein, dass wir wissen, woher deine Kunden die Angestellten ihrer verfluchten Ferienanlagen kommen lassen. Die Manager kommen aus den Vereinigten Staaten und zahlen den Leuten vor Ort Ausbeuterlöhne für die Drecksarbeit. Wie anständig ist das denn?«

»Wenigstens habt ihr die Unterlagen jetzt nicht mehr«, antwortete Carlos. »Und selbst wenn ihr sie noch hättet. Was, glaubt ihr, könntet ihr mit diesen Informationen anstellen? Es ist nichts Illegales. So läuft es eben überall auf der Welt.«

»Aber doch nur, weil betrügerische Vermittler wie du es immer wieder so machen«, höhnte Robbie. »Und legal bedeutet noch lange nicht das Gleiche wie moralisch in Ordnung. Aber den Unterschied kennst du ja sowieso nicht.«

Inzwischen hatte ich meine Beine aus dem Schlafsack befreit, stellte aber schnell fest, dass ich mit meinen Fesseln nicht aufstehen konnte. Mehrmals wippte ich nach vorn, schaffte es aber nicht, auf die Füße zu kommen. Zum hundertsten Mal wünschte ich, ich hätte mich nicht beim Friseur auf den Trip vorbereitet, sondern im Kraftraum.

Schließlich gab ich's auf und robbte auf der Seite zum Zelteingang. Da kamen mir meine Erfahrungen als Schleimschnecke gerade recht.

»Und was glaubt ihr, habt ihr letzte Nacht gemacht?«, fragte Carlos. »Glaubt ihr, das war moralisch okay?«

»Du brauchst gar nicht erst zu versuchen, uns ein schlechtes Gewissen einzureden«, rief Red. »Wir haben das für Bliss gemacht, weil sie es für dich machen wollte. Außerdem war das deine Idee. Und warum du uns unmoralisches Verhalten vorwirfst und uns gleichzeitig mit einer Waffe bedrohst, ist mir völlig schleierhaft.«

Ich hielt in meinen Schneckenbewegungen inne. Tatsächlich hörte irgendwie alles auf – meine Atmung zum Beispiel. Und ich fragte mich, ob das Pochen in meiner Brust die Vorstufe zu einem Infarkt war.

Glücklicherweise gelang es mir, sowohl meine Atmung als auch mein Gehirn wieder anzukurbeln. Carlos bedrohte also Red und Robbie mit einer Waffe? Er wusste von den

Nachforschungen der Jungs und hatte ihre Unterlagen entwendet. Und ich war an Händen und Füßen gefesselt. Man brauchte kein Genie zu sein, um zu erkennen, dass wir ganz schön in der Scheiße saßen. Und als Carlos wieder das Wort ergriff, hatte ich das Gefühl, dass es noch schlimmer kommen würde.

»Wenn der Ranger zurückkommt, seid ihr wahrscheinlich in echten Schwierigkeiten. Ohne Zelt, Kleidung, Essen und Wasser haltet ihr nicht lange durch. Er wird keinen Grund sehen, schnell hierher zurückzukehren, also wird er sich auf die Suche nach Bliss konzentrieren.«

Großartig. Die Jungs würden an Unterkühlung sterben oder verhungern, aber zumindest wusste ich jetzt, wie ihre Aussichten waren. Und was sollte das mit der Suche nach mir? Wohin wollte er mich denn bringen?

Noch verwirrender war es allerdings, was mit all den anderen Campern war. Waren sie alle in die Berge gewandert, oder glaubten sie, hier werde Straßentheater gespielt?

Plötzlich ging das Zelt auf, und Carlos kam herein, so weit wie es eben ging, ohne auf mich zu treten. In den Händen hielt er einen Stapel Papiere und Filme. Durch den Eingang konnte ich sehen, wie er das gemeint hatte, dass die Jungs ohne Kleidung nicht lange durchhalten würden. Der Boden war weiß von Schnee, und es schneite immer noch.

»Carlos, was ist los?«, fragte ich.

»Ich denke, die Frage hätte ich vorher dir stellen sollen«, erwiderte er zynisch. »Ich weiß, dass du wusstest, was die beiden vorhatten. Ein paar Mal im Laufe unserer Beziehung dachte ich, du würdest endlich beichten, aber dann wurde mir klar, dass euch unsere Beziehung wohl nur dazu diente, mich weiter auszuspionieren.«

Ich war im Begriff zu protestieren, doch da drückte er mir

seine Lippen zu einem flüchtigen Kuss auf meinen Mund. Ehe ich mich entschließen konnte, ob ich ihn nun beißen oder verführen sollte, war er auch schon wieder fort.

»Ich glaube, dafür haben wir jetzt keine Zeit«, sagte er trocken. »Ich muss leider weiter. Der Ranger von diesem Nationalpark glaubt, dass ihr in den frühen Morgenstunden losgewandert seid. Deshalb ist er los, um einen Suchtrupp zusammenzustellen. Er wird eine Weile fort sein, denn hier wird niemand suchen. Aber ich möchte den Ort so schnell wie möglich verlassen.«

Er steckte Robbies Unterlagen und Filmbeweise in seinen Rucksack.

»Was sollte das mit der Waffe?«

»Danke, dass du mich daran erinnerst.«

Es stimmte. Er holte eine Pistole unter seiner Jacke hervor und steckte sie in den Rucksack. Dann sammelte er den Rest seiner Sachen ein.

»Was ist mit all den anderen Leuten?«, fragte ich mit schwacher Stimme und malte mir schon ein Massaker aus.

Er zuckte unbeteiligt mit den Schultern. »Die wurden heute Früh während des Schneetreibens geweckt. Der Ranger riet allen, so schnell wie möglich ins Tal zu gehen, für den Fall, dass es noch schlimmer wird. Die letzten Camper sind vor einer Stunde aufgebrochen.«

»Aber das kannst du doch nicht geplant haben«, sagte ich halb zu mir.

»Nein, einen Schneesturm konnte ich nicht bestellen«, sagte er belustigt. »Ich kam natürlich, um die Dokumente an mich zu bringen, aber es war wirklich meine Absicht, erst noch Weihnachten mit dir zu feiern. Doch dann kam der Schnee, und diese Gelegenheit durfte ich mir nicht entgehen lassen.«

Er begann damit, das Zelt abzubauen. »Ich denke, es wäre besser, wenn du jetzt rausgingst.« Seine Stimme klang beinahe entschuldigend. »Ich fürchte, ich brauche das Zelt noch mal.«

»Ich kann mich kaum bewegen«, zischte ich.

Seine Augen wanderten hinab zu meinen Knöcheln, als habe er ganz vergessen, dass ich noch gefesselt war. »Oh, sorry. Wenn der Schnee nicht gewesen wäre, hätte ich dich heute Früh genießen können. Dennoch, du weißt ja, wie es ist, Bliss. Man muss das Eisen schmieden, solange es heiß ist.«

Er bückte sich und löste die Knoten an meinen Füßen. Ich zielte mit einem Tritt nach seinem Kopf, aber er fing meinen Fuß mit einer Hand auf. Und wieder wünschte ich, ich hätte mich besser auf die Reise vorbereitet; aber seien wir mal ehrlich: Selbst wenn ich noch Kickboxen angefangen hätte, wäre ich wahrscheinlich nicht viel weiter gekommen.

Er lachte über meine kläglichen Versuche der Selbstverteidigung.

»Ich weiß nicht, was daran so lustig sein soll«, antwortete ich so arrogant wie möglich. Eins darf ich nicht vergessen zu erwähnen: Meine Hände waren mir noch über Kreuz auf die Brust gefesselt, und ich trug Lederbänder um meinen Bauch und um den Po. »Du baust das Zelt um mich herum ab und riskierst, dass wir ohne Schutz und Proviant im Schneetreiben erfrieren, richtig? Und da lachst du noch?«

Er wurde ernster. »Ich lasse euch hier nicht zum Sterben zurück, Bliss. Das war nur eine Drohung. Natürlich werde ich euch nichts tun. Auch den beiden nicht. Komm schon, ich hole dir deine Sachen.«

An den losen Enden der Lederbänder zog er mich durch den Zelteingang ins Freie. Red und Robbie saßen Rücken an

Rücken gefesselt vor unserem Zelt. Carlos ließ mich zitternd vor dem Eingang stehen und kehrte mit meinen Klamotten zurück. Er zog mir meine Hose an und befreite erst die eine und dann die andere Hand, um meine Arme in meinen Pullover und meine Fleecejacke zu stecken. Dann fesselte er mich wieder. Socken und Schuhe kamen zuletzt. Es war surreal; ich wurde behutsam wie ein Kind angezogen, von jemandem, der damit gedroht hatte, mich zum Sterben zurückzulassen.

»Ich nehme bloß eure Stiefel mit.« Das sagte er zu uns dreien. »Ihr könnt ja versuchen, ins Tal zu gehen, aber der Schnee liegt schon hoch, und wenn man nur Sandalen oder Turnschuhe hat, schafft man es wohl kaum. Daher rate ich euch, dass ihr euch im Zelt aufhaltet und auf den Ranger wartet. Er wird zu eurem Zelt kommen, um euch aufzufordern, ins Tal zu gehen.«

Drei Paar Stiefel verschwanden auch noch in seinem großen Rucksack. Kein Wunder, dass er sich gefreut hatte, die beiden Weinkartons und den Proviant loszuwerden. Er wusste, dass er den Platz brauchen würde.

»Danke für letzte Nacht, Jungs«, sagte er beschwingt, als er den Rucksack schulterte. »Und, Bliss, danke für alles. Du warst echt scharf.«

Wir schauten ihm nach, wie er über den Zeltplatz zu dem Pfad ging. Zum Glück waren wir im Schutz der Bäume; auf den freien Flächen lag der Schnee schon viel höher und fiel gnadenlos weiter.

Ich sah die Jungs an. »Nicht gerade toll, wie?«

Robbie zuckte mit den Schultern, und ein kleines Lächeln umspielte seine Mundwinkel. »Na ja, so was passiert eben.«

»Wie könnt ihr da so ruhig bleiben?«, fragte ich scharf. »Habt ihr mit Houdini Entfesselungstricks geübt? Oder habt ihr plötzlich eure Vorliebe fürs Bondage entdeckt?«

Sein Lächeln wurde breiter, und schließlich lachte er. »Das ist lustig, aber das erzähle ich dir erst, wenn wir frei sind. Ich habe ziemlich scharfe Zähne, und das Band um deine Handgelenke ist nicht allzu gut verknotet. Komm rüber und lass sehen, was ich machen kann.«

Zwei Stunden später stapften wir gut gelaunt den Berg hinunter. Oder besser gesagt: Wir schlitterten den Pfad mit unseren schlechten Schuhen hinunter, um die wir Tüten und Socken gegen die Kälte und Nässe gewickelt hatten. Zumindest ich hatte Turnschuhe; Reds und Robbies Schuhe taugten nichts im Schnee, aber dank unserer Improvisationskunst blieben unsere Füße weitgehend trocken.

Zu Beginn war ich noch richtig sauer gewesen, obwohl es Robbie gelungen war, meine Fesseln aufzubeißen. Daraufhin hatte ich die beiden befreit. Schließlich erklärte er, dass Carlos ihren Nachforschungen gar nicht so sehr geschadet hatte, wie er glaubte.

Erstens hatten sie die Unterlagen längst zu ihrer Gruppe nach Australien gefaxt oder per Post auf den Weg gebracht. Die Kollegen in Australien hatten sich bereits darangemacht, die Medien auf das Vorhaben in Chiloe und somit auf die Korruption dort aufmerksam zu machen. Außerdem wusste Carlos nichts von den Tondokumenten, die die Jungs gemacht hatten und die ebenfalls in der Post waren.

»Aber er hat eure Filme«, meinte ich.

»Ja. Na ja, ich weiß nichts, wie ich dir das beibringen soll.«

»Was ist?«, fragte ich wütend. »Ich habe sie doch gesehen. Drei Filmdosen.«

»Genau, drei Filme. Bliss in Peru, Bliss in Bolivien und Bliss in San Pedro.«

Die Jungs hatten also befürchtet, dass Carlos während unserer Abwesenheit in ihren Sachen in der Unterkunft herumkramen würde, und daher hatte Robbie die wichtigen Papiere immer bei sich. Im letzten Moment hatte er noch einen Geistesblitz gehabt und die echten Filme gegen meine Urlaubsfotos getauscht.

»Sorry, deine Urlaubsbilder werden ein wenig enttäuschend sein.«

»Und ich dachte, sie wären der Anfang für meine neue Karriere als Fotografin. Aber vielleicht sollte es nicht sein.«

Daher war unsere Laune eigentlich ganz gut, obwohl ich mit einem mulmigen Gefühl an die extrem steile Stelle des Bergpfads denken musste, die noch auf uns wartete. Aber mal ehrlich, ich war ja schon einmal einen Schneehang nach unten gerutscht, allerdings hatte ich da Steigeisen und Eispickel bei mir gehabt. Und jetzt wurde mir allmählich ganz schön kalt. Während unseres Befreiungsversuchs war uns die Kälte nämlich in die Knochen gefahren. Also wäre Thermounterwäsche doch nicht so schlecht gewesen, aber ich hatte mich leider darüber lustig gemacht. Dennoch behielt ich meine Ängste für mich und ahnte, dass auch Red und Robbie bedrückter waren, als sie nach außen zugeben wollten.

Der Schneefall hörte überhaupt nicht auf. Bis zur Station im Tal mochten es noch gut zwei, drei Stunden sein, bedingt durch unsere schlechten Schuhe und den beschwerlichen Abstieg. Gerade trösteten wir uns damit, dass der Ranger bestimmt im Verlauf der Suchaktion noch mal zum Zeltplatz zurückkommen würde, als wir einen Mann erblickten, der schnell auf uns zukam.

»Das ist er!«, rief ich aufgeregt. »Er kommt zurück! Gott sei Dank!«

Wir begannen, dem Mann wild zuzuwinken, der unbeirrt

in unsere Richtung marschierte. Als er uns schließlich erreichte, sahen wir, dass es gar nicht der Ranger war, sondern ein Wanderer mit Gepäck.

»Hey! Uns wurden die Stiefel gestohlen! Können Sie uns helfen?«

Er kam langsam auf uns zu. »Ihnen wurden die Stiefel gestohlen? Von wem denn?«

Er war Engländer, ein fit aussehender Mann mittleren Alters mit wacher Miene und dem unverkennbaren Akzent einer elitären Privatschule. Was uns vielleicht eher zum Nachteil gereichte, weil der Mann uns mit seinem angeborenen britischen Skeptizismus wahrscheinlich für Irrsinnige hielt. Ich habe wohl noch vergessen zu erzählen, wie verrückt wir aussahen: Da ich keine Kopfbedeckung mitgenommen hatte, hatte Red mir seinen alten Hut gegeben und sich unter der Kapuze ein T-Shirt um den Kopf gewickelt. Und weil Robbie keine anderen Socken mehr hatte, mussten Unterhosen als Wickel um die Schuhe herhalten, befestigt mit den schwarzen Lederbändern. Dem Engländer kam es bestimmt seltsam vor, warum jemand ausgerechnet diesen drei Gestalten die Bergstiefel weggenommen haben sollte. Und ehrlich gesagt war es mir peinlich, als Robbie dem Wanderer etwas umständlich erklärte, wir seien Opfer einer internationalen Firma, die sich die halbe Insel unter den Nagel reißen wollte.

Zum Glück glaubte er nicht, dass wir ihn auf den Arm nehmen wollten, da wir ihm von dem Ranger und der Suchaktion erzählten. Der Mann hatte nämlich ein Paar von unserem Zeltplatz getroffen. Daher wusste er, dass der Ranger nach einer vermissten Frau suchte.

»Wir brauchen Stiefel und warme Sachen. Mir wird echt kalt. Ich weiß, dass Sie eben erst den Aufstieg gemacht haben, aber Sie schaffen es schneller ins Tal als wir. Bitte sagen Sie den Rangern, dass wir warme Sachen brauchen«, bat ich ihn.

Er nickte und organisierte dann die ganze Aktion, nachdem er sich bereiterklärt hatte zu helfen. Dank sei der Erziehung in einem englischen Eliteinternat.

»In Ordnung. Ich lasse Ihnen meinen Rucksack hier, während ich Bescheid gebe. So komme ich schneller ins Tal. Nehmen Sie sich ruhig Kleidung oder etwas zu essen. Und gehen Sie nicht weiter, solange Sie kein richtiges Schuhwerk haben. Am besten suchen Sie dort bei der Baumgruppe Schutz und bereiten sich ein heißes Getränk zu. Nehmen Sie meinen Gaskocher und den Kaffee.«

»Prima Idee, Mann«, sagte Robbie. »Wir haben unsere eigene Ausrüstung. Schätze, Sie haben recht: Das wird uns wärmen. Sie waren ja ganz schön fix mit Ihrem Gepäck beim Aufstieg. Da sind Sie bestimmt schneller wieder hier, als wir denken können.«

Ein kleines Lächeln zeigte sich auf dem Gesicht meines Landsmannes. »Hoffen wir es. Ich stelle mich der Herausforderung. Ziehen Sie sich warm an, und kochen Sie sich heißen Kaffee. Ich werde mich beeilen.«

Red und Robbie stellten den Gaskocher auf, während ich einen Pullover aus dem Rucksack des Briten holte. Er war ein bisschen kratzig und lange nicht gewaschen worden, aber das war egal. Also zog ich meine Fleecejacke aus und wollte mir gerade den Pullover über meinen eigenen ziehen, als sich zwei Arme von hinten um meinen Körper schlangen und zwei Hände meine Brüste umschlossen.

»Ich wette, Carlos weiß nicht, wie sexy du aussiehst ohne BH unter der Lammwolle«, sagte Robbie an meinem Ohr. »Lass mich dich ein bisschen wärmen.«

Er machte seine Jacke auf und zog mich eng an seinen Körper. Es war das erste Mal, dass er die Initiative ergriffen hatte und mich berührte, und trotz unserer misslichen Lage war ich sofort erregt. Natürlich fror ich noch, schob Robbies Hände daher zunächst fort, um den Pullover überzuziehen, ehe ich seine Hände wieder ergriff und unter die kratzige Wolle zog. Seine Hände fühlten sich toll an meinen Titten an, und seltsamerweise machte mich der Geruch des fremden Pullovers ziemlich an – diese Mischung aus leicht ranziger, feuchter Wolle und männlichem Schweiß. Red schaute von dem Kocher auf und beobachtete, wie Robbies Hände sich unter dem Pullover bewegten und seine Finger meine härter werdenden Spitzen massierten.

Einladend streckte ich beide Arme nach oben. »Mir wäre wärmer, wenn ich einen von euch in mir hätte.«

Auch Red machte nun seine Jacke auf und schlang seine Arme um mich. Dass Robbies fleißige Hände jetzt auch noch gegen Reds Brust drückten, erregte mich noch mehr. Und als Red seine Hände um meinen Hintern schloss und anfing, meine Backen zu kneten, da ahnte ich, dass er mit den Fingern fast an Robbies Schwanz kam. Ich spürte deutlich, wie beide einen Steifen kriegten; Robbie drückte gegen das Lederband, das ich immer noch trug, und Red gegen meinen Venushügel.

»Wenn es nicht so schneien würde, hätte ich gern mit euch beiden gevögelt«, sagte ich leise. »Aber das müssen wir wohl verschieben.«

Robbie wanderte mit einer Hand nach unten in meine Hose und massierte meine Brüste noch mit der anderen.

»Zumindest kann ich dir Lust verschaffen. Das dürfte dich noch zusätzlich wärmen.«

Langsam tastete er sich vor, bis er entdeckte, wie feucht ich mit einem Mal geworden war. Mit dem Daumen stimulierte er meinen Knopf. Während er mich dort sacht und spielerisch erregte, als hätten wir alle Zeit der Welt, rieb er auch ständig über Reds Schwanz. Da auch Reds Hände gegen Robbies Steifen stießen, stellte ich mir vor, wie die beiden sich gegenseitig aufgeilten, und daher nahm meine Erregung noch zu. Vor meinem geistigen Auge sah ich, wie die beiden mich befriedigten und es gleichzeitig genossen, sich gegenseitig mit den Händen zu stimulieren, bis sie im selben Moment kamen. Ich schmiegte mich noch enger an beide, während Robbies Finger fester über meinen Kitzler strichen und Red mit seinen Fingern an dem Lederband spielte.

Ich hatte mir schon oft ausgemalt, wie es wohl zwei Männer miteinander machten. Neidisch war ich auf diese Darkrooms vieler Schwulenbars, wo man sich anonym in erotischer Atmosphäre mit dem Mund oder den Händen befriedigen konnte. Vielleicht war die Vorstellung ein bisschen pervers, dass meine beiden überaus maskulinen Freunde es miteinander machten. Aber wir drei waren inzwischen in unserer gemeinsamen Suche nach Lust so vertraut miteinander, dass es nur logisch erschien, dass Red und Robbie sich auch mal gegenseitig befriedigen würden – so wie ich beide befriedigen wollte.

Ich erinnerte mich an die Story von Kip von den zwei Typen, die gezwungen wurden, sich gegenseitig zu ficken, und schließlich ganz begeistert davon waren. Und daher stellte ich mir Red und Robbie in eindeutigen Stellungen vor. Bei dieser Fantasie sprang die Ampel meiner Vaginalmuskeln auf Gelb, und ich stieß vor und zurück gegen Robbies Hand und Reds Schwanz und wartete auf das grüne Licht. Als ich mich kurz vor dem Kommen verspannte, zog ich die Jungs mit beiden Händen noch dichter an mich. Und während ich mir vorstellte, wie sie es sich gegenseitig besorgten, katapultierte ich mich in meine Lust und ritt auf den Wellenschüben meines Höhepunkts – stöhnend und keuchend, nur gedämpft von dem Schneefall.

Wir blieben dicht aneinandergeschmiegt stehen. Meine Beine zitterten. Unser Schweigen ließ auf weitere Möglichkeiten hoffen, bis Red die Hände von meinem Po nahm und mir einen Kuss auf die Nasenspitze gab.

»Das müsste dich ein bisschen aufgewärmt haben. Nach einer Tasse Kaffee geht's dir noch besser.« Seine Stimme klang liebevoll, aber auch ein bisschen angespannt, vielleicht bildete ich mir das auch nur ein. Mir war aber auch klar, dass die beiden nichts unternehmen würden, selbst wenn sie das Verlangen verspürten, es miteinander zu treiben. Ich selbst hatte dummerweise einmal mit einem WG-Kumpel gebumst, aber dann endete die Freundschaft in Tränen, und daher wusste ich, dass es auch bei Red und Robbie in einem Desaster enden würde. Deshalb verstaute ich meine Fantasien in der Schublade, in der auch schon die Peitschen, Vergewaltigungsfantasien und andere Abnormitäten lagerten. All diese Szenarien wollte ich nämlich nur in meiner Fantasie aufrufen.

Red machte Kaffee, und wir setzten uns um den Kocher und machten uns über den Weihnachtskuchen her. Wir überlegten, ob wir die Nationalparkregeln brechen und ein richtiges Feuer anmachen sollten, aber da ja Hilfe unterwegs war und wir uns mit Sex, Kaffee und Kuchen aufgewärmt hatten, verwarfen wir die Idee wieder. Wahrscheinlich hätten wir das Feuer noch gar nicht richtig in Gang gebracht, wenn die Hilfe einträfe.

Als mir endlich wärmer war, überlegte ich, ob die Jungs auch ein bisschen Aufmerksamkeit haben wollten. Beide waren ja schließlich hart wie Eisen gewesen, als ich zwischen ihnen stand, aber vermutlich war ihre Erregung wieder abgekühlt. Ich hätte aber nichts dagegen gehabt, wenn wir uns die Zeit des Wartens noch mit ein paar Handaktionen oder Blowjobs vertrieben hätten. Bestimmt wäre uns dann noch wärmer geworden, aber die Jungs wussten ja, dass sie bloß zu fragen brauchten, wenn sie Lust gehabt hätten.

Jeder von uns trank zwei Becher heißen Kaffee, und nachdem wir die Becher an einem Bach ausgespült und den Kocher wieder eingepackt hatten, gab ich beiden zu verstehen, dass sie mich umarmen sollten. Da meine Fantasien abgeflaut waren wie die Steifen der beiden, kuschelten wir uns wie alte Freunde aneinander. Und ich ahnte, dass ich wohl nie wieder so einen Dreier erleben würde.

Plötzlich hörten wir Rufe weiter unten auf dem Pfad.

»Sehr gut, Sie sind okay. Ich fürchtete schon, Sie wären halb erfroren«, sagte der Engländer, der jedoch allein gekommen war. »Ich hätte Ihnen vielleicht nicht raten sollen, sich hinzusetzen, wenn Ihnen schon so kalt war.«

»Nein, alles bestens, Mann. Wir haben uns nur gegenseitig ein bisschen Wärme gespendet«, erklärte Robbie nüchtern. »Wir haben uns Kaffee gekocht, wie Sie's vorgeschlagen haben, und dachten, es wäre wohl das Beste, uns gegenseitig zu wärmen.«

Unser Retter hatte einen Rucksack mitgeschleppt, aus dem er jetzt Socken und drei Paar Stiefel hervorholte.

»Die passen vielleicht nicht richtig, aber besser als nichts. Und die Socken werden helfen. Ich habe auch noch Pullover mitgebracht.«

»Sind Sie denn allein zurückgekommen?«, fragte ich ungläubig. Ich konnte nicht verstehen, dass man ihm Stiefel und Kleidung mitgegeben, ihn dann aber allein losgeschickt hatte.

Er schnaubte. »Nein, aber die waren mir einfach zu langsam. Also beschloss ich, vorzugehen und Ihnen schon mal diese Sachen zu bringen. Ich will dann weiter. Könnte ich meinen Pullover wiederhaben? Die anderen haben etwas zu Essen und Thermoskannen, obwohl die nicht mehr heiß sein werden, wenn sie bei Ihnen ankommen.«

Ich musste ein Lachen unterdrücken, als ich dem Mann den Pullover zurückgab und den Pullover eines weiteren Fremden anzog. Komisch, dass man an manchen Tagen zweimal Dinge tut, die man noch nie zuvor im Leben getan hat. Für einen Moment fragte ich mich, ob das jetzt mit mir so weitergehen würde, dass mich der Schweißgeruch eines fremden Pullovers anmachte. Das könnte man wahrscheinlich leichter durchziehen als Bondage oder Exhibitionismus – meine beiden anderen Vorlieben, die ich während meiner Reise entwickelt hatte.

Der Engländer tat unseren Dank mit einer Handbewegung ab und sagte, er müsse weiter. Red warnte ihn noch, er solle besser nicht dort oben sein Zelt aufschlagen, erntete aber nur ein nachsichtiges Lächeln. Offenbar war der Mann durchtrainiert und erfahren genug, um auf sich selbst aufzupassen. Obwohl er jetzt einen Abstieg und einen weiteren Aufstieg absolviert hatte, schüttelte er uns zum Abschied die Hand und schritt wieder genauso schnell aus wie zuvor.

»Ich wette, der schafft es zu den Felsen und zurück an einem Tag«, sagte Robbie bewundernd.

»Aber wofür?«, fragte ich. »Er kann doch gar nichts sehen bei dem Schnee.«

»Weil die Felsen eben da sind«, sagten die Jungs fast wie aus einem Munde. Na ja, so denken wahrscheinlich nur Männer.

Als wir uns, unseren Gastgebern und den anderen Gästen am Abend mit Wein zuprosteten, kamen mir die Ereignisse des Tages bizarr vor. Am Morgen waren wir noch gefesselt in einem Schneesturm oben auf dem Berg gewesen, am Abend bekamen wir in einem warmen, gemütlichen Gasthaus ein Weihnachtsessen: der Gegensatz hätte größer nicht sein können. Ich dachte schon, ich hätte das alles nur geträumt. Oder noch besser: Das Festmahl war nur eine Halluzination nach der Unterkühlung.

Die Bergretter kamen gerade an, als Robbie und ich uns die Stiefel schnürten; Reds Füße waren selbst für das größte Paar zu groß. Die beiden Männer kamen von der Unterkunft im Tal und waren froh, uns zu sehen. Ich denke, sie hielten den Engländer für nicht ganz dicht, weil er vorgelaufen war mit den Pullovern und Stiefeln. Sie hatten tatsächlich Thermoskannen dabei, und der Tee war immer noch warm. Dazu gab es Empanadas, die südamerikanische Variante einer Cornish Pasty. Ich überließ Red und Robbie das Sprechen, da sie viel besser Spanisch konnten als ich.

Wir folgten den Männern hinunter ins Tal, ließen die Schneegrenze hinter uns und trafen an der Unterkunft zwei Ranger des Nationalparks. Einer von ihnen war zuvor auf dem Zeltplatz gewesen. Robbie erklärte ihnen, dass es sich bei mir um die angeblich vermisste Frau handelte. Letzten Endes kicherten sie bei unserer Story – es war ja auch eine unglaubliche Geschichte –, aber was blieb ihnen anderes übrig, als zu akzeptieren, dass man uns die Stiefel geklaut hatte. Nach einem kurzen Gespräch in furchtbar schnellem Spanisch brachten die Ranger uns zum Ausgang des Parks, wo wir gerade noch den letzten Bus vor den Weihnachtsfeiertagen kriegten.

Die Wirtin unseres Gästehauses war überrascht, uns schon

einen Tag nach unserem Bergtrip wiederzusehen. Robbie antwortete ihr mit einem Lächeln; die wahre Story klang irgendwie zu unglaubwürdig. Daher erklärte er nur, der Schneefall sei zu heftig gewesen und unsere Ausrüstung habe nicht ausgereicht. Wir hatten Glück. Sie hatte noch ein Zimmer für uns frei und lud uns ein, gemeinsam mit ihrer Familie und den anderen Gästen das Weihnachtsessen einzunehmen.

Wir gingen schließlich ins Bett, als mir einfiel, dass wir ja eigentlich noch zur Polizei gehen müssten.

»Oder haben die Ranger schon die Polizei benachrichtigt?«

»Nein, das werden sie kaum gemacht haben«, antwortete Red neutral.

Ich war verwirrt. »Wieso nicht? Jemand bedroht drei Leute mit einer Waffe, und die Behörden unternehmen nichts? Das wäre wohl eine ziemlich schlechte Werbung für Wanderer im Nationalpark.«

Red und Robbie tauschten einen ihrer wissenden Blicke, der wohl so viel bedeuten sollte wie: Sagen wir's ihr oder besser nicht?

»Wir konnten ihnen nicht die Wahrheit sagen«, meinte Red. »Weißt du noch, wie der Engländer uns angeguckt hat, als wir ihm erzählen wollten, was geschehen ist? Egal, uns ist ja nichts passiert, abgesehen davon, dass wir unsere Stiefel nicht mehr haben.«

»Nichts passiert?«, wiederholte ich ungläubig. »Er hat euch mit einer Waffe bedroht. Wir hätten da oben erfrieren können, und er hat eure Unterlagen geklaut, ganz zu schweigen von meinen Filmen. Wieso soll er damit durchkommen? Wir müssen zur Polizei.«

Red zog mich aufs Bett. Es war groß genug für uns drei, aber wir hatten alle keine Power mehr.

»In den Augen der Polizei ist Carlos ein respektabler peruanischer Geschäftsmann. Wir sind bloß ausländische Rucksacktouristen, zwei von uns noch Studenten. Wenn wir Anzeige erstatten gegen Carlos, glaubst du da nicht, dass sie eher ihm glauben als uns? Insbesondere wenn er ihnen erzählt, dass wir ihn bei einem absolut legalen Geschäft behindern wollten, nur weil wir überzeugte Antikapitalisten sind?«

»Aber er hat doch die Ranger belogen, als er sagte, ich werde vermisst«, setzte ich hartnäckig nach. »Damit kriegen wir ihn doch.«

»Der Ranger wird sich nicht mal mehr erinnern, wie Carlos aussah«, sagte Robbie nachsichtig. »Und ich wette, Carlos hat ein Alibi. Dass er die Weihnachtstage mit Fesselspielchen bei Susie verbracht hat oder so was in der Art.«

»Haha«, machte ich freudlos. »Aber ich wette, der Ranger erinnert sich an ihn. Ihr irrt euch.«

Wieder diese Blicke. »Was soll das?«, rief ich. »Sagt mir das endlich, oder ich schrei das Haus zusammen.«

»Na ja, ich musste denen ja irgendwas sagen. Also erzählte ich, dass du Carlos mit uns betrogen hast, und deshalb klaute er uns unsere Sachen. Aber dann hat er wohl doch Bedenken gehabt, dass wir sterben könnten, und hat den Rangern gesagt, du würdest vermisst.«

»Toll«, schmollte ich. »Hatte ich also doch recht, dass die Ranger mich so komisch angegrinst haben. Wahrscheinlich halten sie mich für eine richtige Schlampe.«

Red brach in Lachen aus. »So falsch liegen sie da ja nicht, oder? Schließlich magst du die Rolle der Schlampe ja.«

Sehr lustig, dachte ich angesäuert, während ich mich auszog und meine Sachen auf den Boden warf. Ich bekam kaum noch mit, dass Red neben mir ins Bett kam. Oder war es Robbie? Es war mir gleich.

Drei Tage später waren wir wieder unterwegs. Diesmal überquerten wir die letzte Grenze nach Argentinien. Mir blieben noch weniger als zwei Wochen, und ich hatte noch längst nicht alles gesehen, was ich mir vorgenommen hatte.

Am Ersten Weihnachtstag war nichts los. Alle Läden hatten zu, und unsere Weihnachtsfeier hatte am Tag davor stattgefunden. Wir lagen im Bett, standen auf, um ein bisschen durchs TV zu zappen, schlenderten durch die zugige Stadt und gingen wieder ins Bett. Robbie verbrachte fast den ganzen nächsten Tag im Internet-Café, schrieb E-Mails an Freunde zu Hause und in den Staaten. Und selbst ich schrieb eine Mail an Kip und erklärte ihm haarklein, in was er mich da hineingeritten hatte – dabei hasse ich es eigentlich, auf einer Reise mit der Heimat kommunizieren zu müssen.

Wir verbrachten eine grandiose Woche mit Sightseeing auf der argentinischen Seite Patagoniens, aber die Zeit lief uns davon. In weniger als einer Woche musste ich meinen Flieger in Buenos Aires kriegen. Eigentlich hatten meine Aussies zu diesem Zeitpunkt eine andere Route geplant, wollten mich aber nicht allein lassen. Sie zeigten zwar nicht ihre wahren Gefühle – immerhin waren sie immer noch Australier –, aber sie meinten, man könne schließlich am besten in der Hauptstadt neue Stiefel kaufen, damit sie die geplanten Wanderungen noch machen konnten. Natürlich wusste ich nach all unseren gemeinsamen Erlebnissen, dass sie sich nicht an irgendeiner Bushaltestelle von mir verabschieden wollten. Also beschlossen sie, mich zu begleiten, um später noch weiter nach Süden zu reisen.

Nach einem Zwischenstopp am Meer, um die lange, monotone Busfahrt zu unterbrechen, erreichten wir die Hauptstadt vier Tage vor meinem Abflug. Zum ersten Mal seit Langem war es richtig heiß, und nachdem wir in einem Hotel eingecheckt hatten, weil wir die letzten gemeinsamen Nächte stilvoll verbringen wollten, kramten wir wieder die kurzen Hosen hervor, spazierten durch die vollen Straßen und genossen das pralle Stadtleben.

Abgesehen von den Sehenswürdigkeiten, die ich mir in der City vorgenommen hatte, wollte ich unbedingt einen Tangokurs machen. Red und Robbie sagten gleich, da könne ich allein hingehen, aber schließlich gelang es mir doch, die beiden am ersten Abend zu einer Tanzstunde mitzunehmen. Natürlich waren sie hoffnungslose Fälle, doch ich war begeistert. Die meisten Tanzstile kamen mir immer banal und langweilig vor oder sind einfach nur peinlich, aber der Tango hat was. Die meiste Zeit versuchte ich, den Tanzlehrer, Luis, in Beschlag zu nehmen. Er war zwar nicht attraktiv – eher klein und ein bisschen dick –, aber er (oder seine Tanzkunst) vermittelte mir das tolle Gefühl, dass ich die begehrenswerteste Frau auf der ganzen Welt war. Wenn er mich nach hinten bog und mir in die Augen schaute, schmolz ich dahin.

Die Straßen waren voller Menschen, als wir den Kurs verließen; zumeist schlenderten Paare vorbei, die Frauen in ärmellosen Tops und kurzen, eng anliegenden Hosen, die Männer in weißen T-Shirts und Jeans. Die heiße, vom Neonlicht erfüllte Nacht pulsierte voller Energie und Verheißungen, und in meinem Körper wirkte noch der erotische Rhythmus des Tangos nach. Wir saßen in einem Restaurant, aßen Steak und tranken Wein, aber die Jungs ahnten, dass ich mit meinen Gedanken schon wieder woanders war. Unsere Gespräche beschränkten sich auf ein Minimum, aber unsere

Blicke und das angedeutete Lächeln verrieten deutlich, was wir als Nächstes geplant hatten.

Wir ließen den Kaffee aus und gingen zurück ins Hotel. Obwohl wir einen Ventilator hatten, öffneten wir die Balkontür, um die Kakofonie aus Großstadtgeräuschen und den Sound des Plattenladens von der gegenüberliegenden Straßenseite hereinzulassen. Im Schein einer Nachttischlampe zog Red mich aus, während Robbie mit gewohnt rauer Stimme die Vorzüge meines Körpers beschrieb und vorschlug, was sie mit mir anstellen könnten. Die Hitze, die Sinnlichkeit des Tanzes und die Vorstellung, dass es jetzt auch bestimmt die Paare in der Stadt machten, durchströmten mich mit Verlangen. Wie im Rausch legte ich mich lang aufs Bett. Red und Robbie erkannten meinen Wunsch, passiv zu bleiben, und berührten langsam jeden Zoll meines Körpers. Ich verspürte ein Kribbeln am ganzen Leib. Sämtliche Nervenenden schienen gereizt zu sein, bis ich vor Lust und Verlangen kaum noch wusste, wo mir der Kopf stand. Aber die beiden gönnten mir noch keine Erlösung von meinen Qualen.

»Es ist zu heiß, um zu schlafen. Wir werden es mit dir bis zum Morgengrauen machen«, versprach Robbie wie aus weiter Ferne. Dann kniete er sich auf den Boden am Bettende und strich zärtlich über die weichen Innenseiten meiner Schenkel, die nicht nur vom Schweiß feucht waren, sondern auch von den Säften meiner Pussy. »Das ist alles für dich, Bliss. Wir wollen deinen ganzen Körper mit virtuellen Tattoos überziehen, damit du dich immer an uns erinnerst.«

Ich erzitterte, als er mit den Fingern federleicht über meine empfindliche Haut fuhr und keine Stelle außer Acht ließ, als sei er ein Künstler, der meinen Körper mit kleinen Pinseltupfern bedeckte. Aber ich konnte mich nicht richtig konzentrieren, weil Red derweil am Kopfende stand und mit seinen Fingern über meine Arme strich: von den Handgelenken bis zu den Haaren, die ich in den Achseln hatte wachsen lassen. Langsam streichelte er die Haare dort, als Verheißung auf weitere Liebkosungen in dem dichteren Flaum zwischen meinen Schenkeln.

Auf die Zärtlichkeiten folgten Küsse, mit denen sie die Spuren ihrer Finger nachzeichneten, bis sie beide wie Babies an meinen Spitzen nuckelten und schließlich mit den Zungen in mich drangen, einer oben, der andere unten. Ich erwiderte Reds Kuss mit vor Lust geschwollenen Lippen und nahm seine Zunge gierig in mich auf, während Robbie meine heiße Pussy mit Zungenstrichen verwöhnte.

Ich wollte ihn bitten, mich endlich kommen zu lassen; er sollte mit der Zunge zu meiner Perle wandern und sie mit kurzen, schnellen Strichen hart werden lassen, aber ich war noch in mein Zungenspiel mit Red vertieft. Da ich meinen Wunsch nicht aussprechen konnte, begann mein Körper vor Erregung zu zittern. Als habe Robbie die Signale verstanden, schob er mir beide Hände unter den Po, hob meine Hüften an und drückte mich Red entgegen, der jetzt von meinem Mund abließ und mit dem Kopf nach unten wanderte. Während Robbie seine Zunge um meinen Anus kreisen ließ, leckte Red leicht über meine Klitoris und machte sie härter und härter, bis ich explodierte.

Es war kurz vor Morgengrauen.

Ich wachte gegen halb neun auf und spürte Robbies steifen Schwanz im Rücken. Anders als während des Liebesspiels in der Nacht zog er mich jetzt ohne Vorankündigung auf sich und drang direkt in mich ein. Fast sardonisch entschuldigte er sich für sein Vorpreschen, da er davon ausging, ich sei schön befriedigt. Mich amüsierte seine Direktheit, und weil ich nichts gegen seinen Vorstoß einzuwenden hatte, ritt ich ihn hart und schnell und genoss den Fick. Red schlief noch, obwohl das Bett vibrierte, und nachdem Robbie gekommen war, sanken wir wieder aufs Kissen und schlummerten ein. Als ich dann erneut aufwachte, war Robbie unter der Dusche, und ich gönnte Red einen ähnlich schnellen Fick, sodass wir alle für den Tag bereit waren.

Trotz der intensiven Erotik aus der vorigen Nacht lehnten meine Aussies es schlichtweg ab, noch einmal mit mir zum Tangokurs zu gehen. Ich war sogar erleichtert, obwohl ich mich noch einmal gern mit ihnen in den Zauber des Tangos hätte fallen lassen wollen. Aber so würde Red mich in seiner Ungeschicklichkeit nicht wie einen Sack Kartoffeln übers Parkett schleifen. Im Übrigen hätten wir dadurch vielleicht die traumhaften Stunden der Nacht verdorben. Der Kurs dauerte sowieso nur eineinhalb Stunden, und so verabredeten wir uns für später an der Bar. Außerdem ahnte ich, dass die beiden sich langsam wieder an ihre Zweierfreundschaft gewöhnen mussten, weil ich bald weg sein würde. Und da entsprach es wohl der australischen Art, bei ein paar Bier wieder zueinander zu finden.

Derweil genoss ich das Tanzen erneut und war richtig high, als ich die beiden wiedertraf. Wahrscheinlich hatten sie schon mehr als genug getrunken, aber wir bestellten noch Tapas, und ich bestellte Wein, während die Jungs beim Bier blieben. Wir tranken, alberten wie die besten Freunde herum und fielen schließlich ins Bett, ohne an Sex zu denken. Das erschien uns als die beste Vereinbarung, also beschlossen wir, es am kommenden Abend genauso zu machen.

Allerdings klingelte am nächsten Abend das Telefon in unserem Zimmer. Die Jungs hatten schon früh die Bar angesteuert, angeblich weil sie halb dehydriert waren. Der Mann von der Rezeption kündigte einen Besucher für mich an. Ich nahm den Aufzug nach unten und überlegte noch, wer diese Person sein mochte, aber tief in meinem Innern wusste ich, dass es nur einer sein konnte. Und mein Gefühl hatte mich nicht getrogen. An der Rezeption wartete Carlos. Er trug seinen coolen cremefarbenen Anzug und begrüßte mich mit einem breiten Lächeln.

Kapitel elf

»Bliss! Ich habe dich vermisst. Du siehst toll aus.«

Sein Tonfall war zärtlich, und wie selbstverständlich legte er den Arm um mich. Was jetzt wohl der Mann an der Rezeption dachte? Denn immerhin teilte ich das Zimmer schon mit zwei anderen Männern. Vielleicht dachte auch er, dass wir Geschwister waren.

»Ich sehe wahrscheinlich ein bisschen besser aus als beim letzten Mal, oder?«, sagte ich nicht eben freundlich.

Er lachte und hielt mir eine Tasche hin. »Ich fand noch ein paar Sachen von dir und den Jungs. Oh, und ich habe deine Fotos für dich entwickelt.«

Ein lustiges Glitzern lag in seinen Augen, was mich erschreckte. Hätte er nicht total enttäuscht sein müssen, als er feststellte, dass er nicht die Beweisfotos der Aussies, sondern meine Urlaubsbilder in Händen hielt?

»Danke«, murmelte ich kurz angebunden und nahm die Tasche entgegen. Ich spähte hinein; drei Paar Stiefel und jede Menge Schnappschüsse aus dem Urlaub. Dazu einen Stapel Papier.

»Du hast ein paar Unterlagen vergessen«, sagte ich sarkastisch.

»Nein, die gehören den Jungs. Sag ihnen doch bitte, dass es mir leidtut, wenn es so aussah, als wäre ich damit weggelaufen.«

»Keine Sorge«, sagte ich, fast schon mit australischem

Akzent, um ihm zu demonstrieren, wo meine Loyalität lag. »Sie hatten alles längst kopiert. Außerdem hatten sie das ihren Freunden schon gefaxt, damit die sich gleich an die Arbeit machen konnten.«

Ich sah ihn mit einem triumphierenden Lächeln an, während ich ihm erzählte, dass er mit seinen krummen Geschäften auf die Nase fallen würde. Leider wirkte er alles andere als erschrocken.

»Ich war davon ausgegangen, dass die beiden das längst gemacht hatten, aber ich wollte trotzdem gern lesen, was sie so zusammengetragen hatten. Wie dem auch sei, bring doch die Tasche schnell nach oben. Dann gehen wir zwei essen.«

Ich konnte nicht glauben, wie durchtrieben er war. Aufgebracht entriss ich ihm die Tasche und wandte mich halb ab. »Ich bin schon zum Essen verabredet. Außerdem besuche ich gleich noch einen Kurs. Ich fürchte, dein Weg hierher war umsonst.«

»Oh, was für einen Kurs machst du denn?«, wollte er wissen. »Spanisch?« Er schien wirklich interessiert zu sein.

Ich starrte ihn wütend an. »Nein, Tango. Wenn du mich also jetzt entschuldigen würdest, ich muss mich noch fertig machen und in die Stadt.«

»Bliss, komm von deinem hohen Ross. Bring die Tasche nach oben, und dann fahre ich dich, wohin du willst. Ich möchte noch mit dir reden, ehe du nach Hause fliegst. Auch wenn wir nicht viel Zeit haben.«

Ja, ich weiß, ich hätte ihm sagen müssen, er solle sich verpissen, bevor ich noch die Polizei rief. Aber ich war einfach noch perplex, wie gleichgültig er es aufgefasst hatte, dass die Unterlagen längst in anderen Händen waren. Und wieso hatte es ihn so amüsiert, meine Urlaubsfotos in Händen zu halten? Auf meinem Weg zurück zum Aufzug musste ich akzeptieren, dass der Aufruhr, den Carlos in meinem Körper ausgelöst hatte, nicht allein auf meine Wut zurückzuführen war. Die Jungs würden bestimmt nicht glauben, dass er uns nichts tun wollte; ich hingegen schon.

Außerdem war es toll, wieder in seine kaffeebraunen Augen zu schauen. Und die Vorstellung gefiel mir, mich von einem Mann in einem cremefarbenen Anzug durch Buenos Aires kutschieren zu lassen. Von einem Mann, der ein sexy Aftershave aufgelegt hatte.

Seine Augen weiteten sich voller Bewunderung, als ich kurz darauf die Lobby betrat, schick angezogen für den Tanzkurs. Okay, das Outfit war vielleicht ein bisschen zu extravagant, aber schon nach dem ersten Abend hatte ich shoppen gehen wollen, auf der Suche nach einem schicken Tanzkleid: ein kurzes, ärmelloses rotes Kleid mit verstärktem Top und ein paar hochhackige Sandalen. Vielleicht nicht wirklich stilvoll, aber eben preiswert und obendrein sexy – und genau so fühlte ich mich auch, als ich es anzog. Sowie ich mich ein letztes Mal vor dem Spiegel im Zimmer betrachtet hatte, stand mein Entschluss fest: Ich würde Carlos zwar nicht vergeben, aber es sprach auch nichts dagegen, wieder ein bisschen mit ihm zu flirten.

Er fuhr rasant und aggressiv mit seinem Mietwagen zu der Adresse, die ich ihm genannt hatte, hielt vor der Tanzschule und schaute auf seine Uhr. »Halb acht. Hast du noch Zeit für einen Drink?«

Jetzt musste ich lachen. Da ich ursprünglich zu Fuß gegangen wäre und die U-Bahn genommen hätte, war es klar, dass noch Zeit bis zum Kurs blieb.

»Prima.«

Wir saßen in einer Ecke einer altmodischen Bar mit dunkler Holzvertäfelung. Die Buntglasfenster ließen ein diffuses

Licht der Abendsonne herein. Ich bestellte einen Wodka Tonic und warf Carlos einen herausfordernden Blick zu.

»Bist du wirklich gekommen, um mich zu sehen?«

»Und um dir die Sachen zurückzugeben«, scherzte er. »Nein, ich hatte auch noch geschäftlich hier zu tun.«

»War ja klar. Was gibt es hier für dich? Ich dachte, Buenos Aires ist genug entwickelt.«

Seine Mundwinkel zuckten. »Es gibt immer noch Platz für Entwicklungen. Es dürfte dich sogar interessieren, weil die Firma aus Holland kommt. Sie testen einen neuen Softdrink auf dem Markt, und zwar in ganz Südamerika. Und unsere Aufgabe ist es, mögliche Orte für die Fabriken an den Stadträndern ausfindig zu machen.«

Wieder dieses Déjà-vu-Gefühl!

»Warte mal einen Augenblick. Geht es da um einen Drink, der so ein bisschen wie ein Milchshake mit Brauseeffekt schmeckt?«

»So sagte man mir. Probiert habe ich ihn noch nicht.«

Er sah verdutzt aus, als ich laut lachte. Aber ich beschloss, ihm nicht zu erzählen, dass ich ausgerechnet mit seinem Kunden – oder genauer gesagt mit einem der Marketingleute der Firma – im Flugzeug gebumst hatte. Wahrscheinlich hätte Carlos sich sowieso nicht mehr an meine Story erinnert. Ich stellte mir derweil vor, dass weltweit operierende Konzerne ihre Fühler bis zu jedem Kontinent ausstreckten und den Globus wie mit einem Spinnennetz überzogen.

Carlos legte mir eine Hand auf meinen bloßen Arm und rückte näher mit seinem Stuhl an mich heran.

»Bliss, du weißt doch, dass ich nie zugelassen hätte, dass dir was zustößt.«

Ich glaubte ihm, wollte mich aber nicht so leicht von ihm um den Finger wickeln lassen.

»Vielleicht hältst du mich für beschränkt. Aber wie, um alles in der Welt, hast du wissen können, dass es mir gut geht, nachdem du dich aus dem Staub gemacht hattest?«

»Ach, das war nicht so schwer«, antwortete er grinsend. »Ich rief an und sagte, ich hätte Neuigkeiten bezüglich der vermissten Frau. Ich wollte so tun, als habe jemand sie oben auf dem Zeltplatz zusammen mit zwei Männern gesehen. Der Parkranger verstand mich aber falsch und dachte, ich würde mich nach der vermissten Frau erkundigen. Also erfuhr ich, dass sie und die zwei Männer längst gefunden seien.«

»Hm«, machte ich. »Ich weiß nicht, warum ich dir glauben soll. Und warum hast du Red und Robbie mit der Pistole bedroht?«

»Die war doch gar nicht geladen. Ich wollte ihnen nur begreiflich machen, dass man sich die Finger verbrennt, wenn man mit dem Feuer spielt. Hast du nicht gesehen, wie nachlässig ich die Waffe in meinen Rucksack stopfte? In deiner Karriere als Spionin hast du wohl nicht allzu viel gelernt.«

»Hör auf zu lachen!«, schimpfte ich. »Du solltest lieber nicht mit Waffen herumfuchteln, ob sie nun geladen sind oder nicht. Ich hätte fast einen Herzinfarkt bekommen.«

Doch da lachte er noch lauter. »Oh, Bliss, ich werde dich wirklich vermissen«, sagte er dann voller Zuneigung. »Amerikanerinnen haben einfach nicht diesen Sinn für Humor.«

»Wie geht's übrigens Susie?«, fragte ich trocken.

»Gut. Ich denke, sie hätte dich grüßen lassen, wenn sie gewusst hätte, dass wir uns hier sehen. Sie verbringt ein paar Tage in Santiago. Bestimmt mit Fesselspielen mit dem armen Jorge.«

»Ich habe mich schon gefragt, ob er auch mal die Seiten

wechselt, oder wie man das auch immer nennt. Susie sagte mal, du wärst nicht daran interessiert.«

»Stimmt, ich habe lieber die Kontrolle.«

»Was du nicht sagst.« Ich nippte an meinem Wodka. »Was hast du jetzt vor? Jetzt, da Red und Robbie deine Pläne in Chiloe durchkreuzt haben.«

»Ich hoffe, dass sie das nicht wirklich glauben.« Er lachte. »So naiv werden sie doch wohl nicht sein.«

Da hatte ich ihm nicht mal verraten, dass selbst meine Aussies meinten, es sei alles reine Zeitverschwendung gewesen, und jetzt dachte er auch noch, die beiden wären dämliche Naivlinge.

»In der linken Presse sorgen sie vielleicht für ein bisschen Publicity, aber mehr wird nicht dabei herausspringen«, erklärte er mir, als wäre ich ein Kind. »Falls die Pläne letzten Endes weiterlaufen.«

»Wieso sollte das nicht klappen?« Ich war schon ganz durcheinander. »Soll das etwa heißen, das ganze Projekt wurde gekippt, obwohl Leute bestochen wurden und Susie sich prostituiert hat? Ich dachte, die Standorte und Mitarbeiter seien längst fest eingeplant.«

Er grinste. »Mann, hast du all diese Unterlagen gelesen? Nein, sehr wahrscheinlich kommt die Sache nicht in Fahrt. Solche Großprojekte werden manchmal im letzten Moment abgeblasen. Kommt immer wieder vor.«

Ich war definitiv verwirrt. »Willst du mir damit sagen, dass all diese Intrigen und Planungen und die Korruption letzten Endes zu nichts führten? Das muss doch ein Vermögen gekostet haben! Wie kann jemand so viel Geld zum Fenster rauswerfen?«

»Bliss, du weißt nicht, wie das läuft in der Welt. Wir reden hier von riesigen Konzernen mit gewaltigen Umsätzen. Diesen Firmen macht es nichts aus, Tausende von Dollar für Pläne auszugeben, die sich letzten Endes doch nicht realisieren lassen. Besser, man gibt eine Machbarkeitsstudie in Auftrag und steigt im letzten Moment aus, ehe man Unsummen verbrennt. Und wenn man die Möglichkeiten nicht wenigstens auslotet, kommt die Konkurrenz und sahnt ab.«

Meine Verwirrung nahm zu. »Aber ich dachte, ein Hauptargument gegen den globalen Kapitalismus lautet, dass die Konzerne Gelder einsparen, da sie Sklavenarbeit in der dritten Welt in Anspruch nehmen. Wie können sie das machen, wenn sie diese Summen für Projektanalysen ausgeben?«

Carlos zuckte mit den Schultern. »Ich schätze, deine Freunde werden dir erklären, dass das ein gutes Beispiel dafür ist, was an dieser Arbeitsmethode falsch ist. Aber was sie auch immer denken oder tun, ändern werden sie nichts.«

Ich hatte das Gefühl, dass alles nur ein großes Spiel war. Die multinationalen Konzerne spielen mit dem Gedanken, irgendwo eine Niederlassung zu eröffnen, aber im letzten Moment überlegen sie es sich anders und realisieren ihr Projekt sonst wo. Die Aktivisten versuchen, die Konzerne daran zu hindern, müssen aber erkennen, dass sie nicht viel ausrichten können. Also lassen die Firmen nur kurz ihre Muskeln spielen, um zu verdeutlichen, wer am längeren Hebel sitzt – so wie Carlos, der Red und Robbie mit einer (nicht geladenen) Waffe bedrohte.

Es war Zeit für den Tanzkurs.

»Kann ich nicht mitkommen? Ich weiß, wie Tango geht.«

Ich schüttelte den Kopf, ahnte aber, dass Carlos sich nicht abwimmeln lassen würde. Ich konnte ihn nicht aufhalten, genau wie Red und Robbie nicht die erbarmungslose Politik der multinationalen Konzerne verhindern konnten. Wirklich, dachte ich, ich möchte meinen Kopf wieder in den Sand stecken, wenn es um Geschäftliches und Politik geht.

Carlos ging ab wie Dynamit. Ich tanze selten mit Männern; wie ich ja schon sagte, meistens finde ich Tanzen banal und langweilig. Tatsächlich tanzte ich an jenem Abend zum ersten Mal mit einem Lover, insbesondere mit einem, der mich in schwarzes Leder gehüllt, mir Ketten angelegt und mir so viele süße Qualen der Vorfreude, Furcht und Scham bereitet hatte. Trotz der Ereignisse der letzten beiden Wochen fand ich Carlos immer noch verdammt sexy, und er drückte mich fest an sich und führte mich übers Parkett mit derselben Intimität wie im Bett. Nach dem ersten Tanz lief mir der Schweiß nicht nur wegen der dreißig Grad am Körper hinab, und die Feuchtigkeit hatte sich nicht nur auf meinem Rücken gebildet.

Zu meiner leichten Verärgerung kam Luis und vollführte den nächsten Tanz mit mir, um mir noch ein paar Feinheiten beizubringen, aber ich war nicht konzentriert, weil ich Carlos und eine andere Frau beobachtete. Sie schien aus Buenos Aires zu sein, und so lachten sie und unterhielten sich in rasend schnellem Spanisch. Carlos hätte bestimmt keine Schwierigkeiten gehabt, die Frau später mit zu seinem Hotel zu nehmen. Und ich spürte den Stachel der Eifersucht – meine Entscheidung, mich nicht noch einmal sexuell auf Carlos einzulassen, geriet ins Wanken.

Den Rest der Tanzstunde tanzten wir zusammen und verließen den Saal schweigend. In meinem Kopf schwirrten alle möglichen Szenarien herum. Sollte ich mich jetzt davonstehlen und zu Red und Robbie an die Bar eilen? Hätten meine Aussies Lust, die Szene auf dem Zeltplatz neu aufleben zu lassen? Oder würde Carlos mich zu seinem Hotel schleifen für eine allerletzte sengende Nacht in Ketten? Und all meine Proteste ignorieren? Würde ich überhaupt protestieren?

Wie ein Chauffeur öffnete er mir die Wagentür. »Wohin bitte, Madam?«

Das verunsicherte mich ein wenig. Erwartete er jetzt, dass ich ihn bat, mich zu seinem Hotel zu fahren, oder vermutete er, dass ich nicht interessiert war? Unschlüssig nannte ich ihm schließlich die Adresse der Bar, in der ich die Jungs treffen wollte. Er stieg ein, machte den Motor an und fuhr ohne Kommentar denselben Weg zurück, den wir gekommen waren. Fast wäre er an der Bar vorbeigerauscht, stoppte dann aber abrupt, stieg aus, hielt mir die Wagentür auf und half mir beim Aussteigen.

»Morgen um die gleiche Zeit wieder hier?«

»Um was zu tun?«, fragte ich verdutzt.

»Um Tango zu tanzen. Mir hat's Spaß gemacht. Dir nicht? Wir tanzen prima zusammen, findest du nicht? Aber zuerst natürlich ein Drink. Immerhin ist es dein letzter Abend. Bitte lass mich dir noch Lebewohl sagen.«

Er hatte mich auf dem falschen Fuß erwischt. Also nickte ich, worauf er mir ein Küsschen auf die Wange gab, wieder ins Auto stieg und losfuhr. Als ich mich zur Bar umdrehte, sah ich, dass Red und Robbie mich vom Fenster aus beobachteten.

»War's schön?«, fragte Red gelassen. »Wir dachten, du wolltest zum Tangokurs.«

»War ich ja auch. Er tauchte im Hotel auf, bevor ich loswollte.«

Ich beschrieb ihnen den Abend, verschwieg aber meine Unentschlossenheit, mit wem ich nun die Nacht verbringen sollte – oder mit wem ich die Nacht verbracht hätte, wenn

Carlos mir ein Angebot gemacht hätte. Carlos' Auftauchen schien die beiden nicht im Geringsten zu wundern. Stattdessen waren sie froh, dass das Chiloe-Projekt im Sande verlief und dass sie ihre Stiefel wiederhatten. Entweder glaubten sie, dass ich kein Interesse mehr an Carlos hatte, oder sie taten einfach nur cool. Jedenfalls ließen sie sich nicht anmerken, ob sie eifersüchtig waren. Sie wollten nicht mal wissen, was Carlos und ich sonst noch so gemacht hatten. Ich fühlte mich ein bisschen vernachlässigt. Wollte Carlos mich etwa nicht mehr? War es Red und Robbie gleich, ob Carlos noch etwas an mir lag oder nicht? Ich vermutete, dass sich alle drei Lover schon innerlich von mir verabschiedet hatten, weil ich bald nicht mehr da wäre. Ich fühlte mich niedergeschlagen.

Auch an diesem Abend trank ich zu viel und schlief ein, sobald ich im Bett lag. Drei Stunden später wachte ich schweißgebadet auf und hatte einen Mordsdurst. Red schnarchte neben mir, Robbie lag dicht neben ihm. Ich versank in Selbstmitleid und fühlte mich außen vor und von allen verlassen. Ich trank bestimmt einen ganzen Liter Wasser und goss mir den Rest über meinen schweißfeuchten Körper. Dann kroch ich zurück ins Bett.

Der nächste Abend lief nach demselben Muster ab. Carlos holte mich ab, und wir bestellten einen Drink in der Bar und gingen später zum Tangokurs. Ich konzentrierte mich wirklich auf die Tanzschritte und wünschte, ich hätte noch mehr Zeit, um den Tango perfekt zu beherrschen. Irgendwann mitten im Kurs zog Carlos mich zu sich und murmelte: »Komm heute Abend mit zu mir. Ich kann dich nicht einfach so gehen lassen, ohne noch einmal mit dir zu schlafen.«

»Nein«, wisperte ich und vollführte die Drehung zu behäbig, weil seine Worte mich aufwühlten. »Ich kann nicht. Die Jungs warten auf mich.«

»Aber du willst es doch auch?« Seine Stimme war tief und befehlend.

»Ja. Aber ich kann dir nicht vertrauen. Weißt du nicht mehr, was passiert ist, als ich mich zuletzt von dir fesseln ließ?«

Carlos lachte laut und erntete dafür einen missbilligenden Blick von Luis. Wir sahen einander schuldbewusst an, weil wir die Atmosphäre im Kurs gestört hatten.

»Du bleibst ohne Fesseln«, drängte er hartnäckig weiter. »Ich möchte nur noch einmal deinen Körper berühren.«

»Das tust du doch jetzt auch zur Genüge«, betonte ich, während ich ein Bein um ihn schlang. »Es ist nicht so, dass ich keinen Sex mit dir haben will, Carlos. Das Timing ist nur schlecht.«

»Eher wie *Der letzte Tango in Paris*«, scherzte er. »Im Ernst, Bliss. Ich will dich wirklich.«

Ich nickte in Richtung der Frau, mit der er am Abend zuvor getanzt hatte. »Frag doch sie. Ich bin mir sicher, sie mag dich.«

»Du wärst eifersüchtig.«

Mist, natürlich wäre ich das. Aber nach allem, was wir erlebt hatten, war ich nicht bereit, die letzte Nacht ohne Red und Robbie zu verbringen.

Er zog mich zurück und beugte sich weit über mich; sein Gesicht berührte fast meins. »Komm, wir gehen jetzt. Nebenan ist ein Hotel. Wir nehmen uns ein Zimmer für eine halbe Stunde.«

Das Anrüchige bei dieser Vorstellung raubte mir schier den Atem. Fast betäubt nickte ich, und egal, was Luis und die anderen dachten, wir hörten mitten im Tanz auf und verließen den Saal.

Dem Mann an der Rezeption gab er ein paar Dollarnoten, und schon gingen wir die Treppe hinauf; es gab keinen Aufzug. Die Farbe blätterte von den Wänden, der Teppichläufer auf den Stufen war ausgefranst. Doch das matte Licht der Glühlampen beließ viele schäbige Details im Verborgenen. Zimmer 212 war dunkel, die Luft stickig. Es roch nach dem letzten Gast und Zigarettenqualm, aber mir war's egal – je heruntergekommener, desto besser. Carlos trat die Tür mit dem Absatz zu, packte mich und küsste mich mit einem Heißhunger, der mir schier den Atem verschlug. Mit den Händen fuhr er über meine Brüste, holte sie aus dem sexy Dekolletee und spielte an meinen Spitzen. Er unterbrach den Kuss auch nicht, als er mich gegen die Wand drückte, mit den Händen über meine Schenkel streichelte und mir schließlich den Slip auszog. Ich schüttelte den Slip ab, während Carlos meinen Rock anhob und mich betrachtete. Sein Blick huschte zwischen meiner Pussy und meinen Titten hin und her; dazwischen war nur der billige rote Stoff des Kleids. Ich hatte noch meine High Heels an und genoss Carlos' lustvolle Blicke. Schließlich hielt ich meinen Rock selbst hoch, damit Carlos sich ausziehen konnte und dabei immer noch meine heiße Pussy sah.

Die Tür knarrte und schwang halb auf. In seiner Eile hatte er sie wohl nicht richtig geschlossen. Mit den Händen war er gerade mit der Hose beschäftigt, schenkte mir ein Lächeln, zog sich aber weiter aus, ohne sich um die Tür zu kümmern. Auch mir war die Tür egal, und daher hielt ich es nicht für nötig, den Rock wieder runterzulassen. Wäre jetzt jemand draußen über den Hotelflur gegangen, hätte er mich als geile, exhibitionistische Schlampe erlebt, die um Aufmerksamkeit bettelte. Aber in einem Etablissement wie diesem wären die Gäste sowieso alle mit Sex im Kopf in die Zimmer geeilt. In meiner Vorstellung machte es mich jedenfalls an, dass mein Anblick die Lust der anderen noch steigern könnte. Bislang hatte es mich scharf gemacht, mit verbundenen Augen und geknebelt auf Carlos' Aktionen zu warten. Jetzt törnte es mich an, wie eine Hure in einem billigen Kleid in einem schäbigen Zimmer eines Stundenhotels zu stehen.

Carlos drückte mich mit seinem Körper fest gegen die Wand und rieb sich mit seinem Steifen an mir. Dann schob er mich zum Bett, wo ich mich auf die alte Überdecke sinken ließ und die Beine spreizte. Ich brauchte jetzt keine extra Stimulierung, sondern wollte sofort seinen Schwanz in mir spüren; Carlos sollte mich so hart bumsen, wie er nur konnte.

Wir hatten bloß eine halbe Stunde Zeit, aber er überstürzte nichts. Es war unser letztes Mal, und ich verstand, warum er mich umdrehte und mich von hinten nahm. Kurz darauf streckte er sich lang auf dem Bett aus und ließ sich von mir bumsen. Ich streifte mir das Kleid über den Kopf, damit Carlos sehen konnte, wie ich meine Nippel massierte, während ich ihn ritt. Die Tür stand immer noch halb offen, und obwohl ich niemanden auf dem Gang gehört hatte, stellte ich mir vor, dass wir Zuschauer hatten. Während ich mich mit meinem Kitzler an Carlos rieb, spürte ich, dass ich kurz vorm Kommen war. Auch er würde jeden Moment abspritzen, und daher suchte er mit seinen Fingern meine Perle, um sicherzugehen, dass wir gleichzeitig kamen.

Uns blieben noch fünf Minuten für eine schnelle Dusche im Bad am Ende des Flurs, ehe die halbe Stunde um war. Dann stiegen wir wieder ins Auto und fuhren schweigend zurück zur Bar, aber im Gegensatz zum Abend davor gab es zwischen uns keine unausgesprochenen Fragen mehr. Irgendwie war alles geklärt; unser Spiel war zu Ende.

Wie am Vorabend schoss er auch diesmal fast über das Ziel hinaus und brachte das Auto mit quietschenden Bremsen an der Bar zum Stehen. Wieder kam er zur Beifahrerseite, öffnete mir die Tür, und als ich ausstieg, vollführte er eine galante Verbeugung und hauchte mir einen Kuss auf den Handrücken. Im Augenblick unseres Abschieds verspürte ich eine Mischung aus Zuneigung und Bedauern, doch ehe ich etwas sagen konnte, zog Carlos mich plötzlich in seine Arme und küsste mich erneut leidenschaftlich. Ich war fast überrascht, ließ mich aber gern in den heißen Kuss fallen. Fordernd drang seine Zunge in meinen Mund, während er meinen Hintern umfasste und mich noch enger an sich zog. Unwillkürlich bog ich den Rücken durch, als wären wir immer noch beim Tango. Er hatte nicht geduscht und roch nach Schweiß und Sex und nach mir.

Mit einem Mal unterbrach er den Kuss und richtete sich auf, umarmte mich noch einmal kurz, stieg wortlos ins Auto und fuhr davon. Noch ganz unter dem Eindruck des heißblütigen Abschieds, nahm ich erst mit Verzögerung wahr, dass die Leute stehen geblieben waren, um uns zuzuschauen. Zwei dieser Leute waren Red und Robbie, die am Eingang der Bar standen.

»Hallo«, rief Red. »War der Kurs schön?«

Ich nickte und war plötzlich reumütig. »Ja, danke. Schätze, ich werde keine Gelegenheit mehr haben, noch einmal Tango zu tanzen.«

»Er hat sich heiß von dir verabschiedet«, stellte Red nonchalant fest. »Schade, dass er nicht noch einen Moment geblieben ist. Dann hätten wir ihn noch auf einen letzten Drink eingeladen. Wir wollten ihm sowieso sagen, dass wir nichts dagegen gehabt hätten, wenn er dich vor uns gewollt hätte.«

»Entschuldigt mal! Ich dachte, wir hätten vereinbart, dass eure Meinung da nicht zählt.«

»Nein, Bliss, das hast du falsch verstanden«, sagte Robbie,

als er meinen Arm ergriff und mit mir ein Stück die Straße hinunterging. Offensichtlich sollte es nicht in die Bar gehen. »Du bist diejenige, die nicht mehr zählt, da du bewiesen hast, was für eine Schlampe du bist.«

Mir stockte der Atem. War das nun echt, oder sollte das unser letztes Spielchen werden?

»Wir wissen, was für eine Art Tanz du im Verlauf der letzten Stunde hattest«, meinte Red. »Hast du speziell für ihn getanzt oder nur die Beine breitgemacht?«

Die Beine, die ich für ihn breitgemacht hatte, zitterten jetzt ein bisschen. »Beides. Wir tanzten erst und sind dann in ein Hotel.«

»Hört sich verdorben an«, sagte Robbie. »Aber das passt ja zu dir. Falls du dich fragst, was wir davon halten, wir denken, dass du uns was schuldig bist. Nach der netten Zeit, die wir dir neulich nachts gegönnt haben, meinen wir, dass wir jetzt an der Reihe sind. Zumal du ja deinen Spaß mit Carlos hattest.« Sein Lächeln war fast düster. »Wir werden dich nicht fesseln, solange du uns versprichst, alles zu tun, was wir wollen.«

»Okay«, kam es von mir, und ich hoffte, es möge gut enden.

»Gut. Du hättest ohnehin keine Wahl gehabt.«

»Könnten wir zuerst was essen?«

Red grinste über das ganze Gesicht. »Wir haben schon gegessen. Wenn du wirklich gut bist, dann laden wir dich vielleicht nachher auf einen Drink ein. Und vielleicht bekommst du auch noch was zu essen, aber verlass dich nicht drauf.«

»Ist okay.«

Ich kam nicht über ein Flüstern hinaus und ging durch die Straßen von Buenos Aires, flankiert von zwei netten Jungs.

Und ich wusste, dass meine letzte Nacht in Südamerika keine Enttäuschung sein würde. Allerdings fragte ich mich, ob sie wirklich wussten, dass Carlos und ich gevögelt hatten, oder ob sie es nur geraten hatten. Aber ich wusste auch, dass es ihnen eigentlich klar war.

Verglichen mit Buenos Aires war London einfach nur kalt, düster und grau in grau. Kein Pulsieren, keine Farbenpracht, nichts wirklich Aufregendes. Die Menschen auf den Straßen wirkten eintönig. Und im Gegensatz zu den höflichen Argentiniern waren die Männer, die ich von nun an wiedertraf, absolute Idioten. Ich konnte einfach nicht glauben, dass ich freiwillig Carlos, Red und Robbie verlassen hatte und nun dauernd auf irgendwelche Langweiler traf. Ich hatte das Gefühl, als hätte ich einen David Ginola und zwei Mel-Gibson-Typen eingetauscht gegen schlechte Kopien von David Beckham oder Robbie Williams.

Mir wurde auch schnell klar, dass sich mein Berufswechsel doch nicht so leicht realisieren ließ, wie ich anfangs in meinem Übermut gedacht hatte. Niemand war an meinen Fotografien interessiert, obwohl ich immer noch der Meinung bin, dass mir manche Aufnahmen echt gelungen sind. Ich musste akzeptieren, dass jemand mit einem Kunsthochschulabschluss, der in den letzten fünf Jahren Stoffe entworfen hatte, wahrscheinlich keinen Job als Fotograf bekäme. Ich bewarb mich auf einen Job in Nottingham, der sich vielversprechend anhörte, aber ich wusste, dass ich London nicht den Rücken kehren konnte, so mies die Stadt auch manchmal war. Viel wahrscheinlicher war es deshalb, dass ich in meinen alten Job zurückmüsste, aber ich zögerte den Anruf immer weiter hinaus, um zu sagen, dass ich wieder im

Land war. Und jeden Tag wünschte ich, ich wäre noch in Südamerika.

Kip war wie verzaubert von meinen Abenteuern und ließ sich von meinen Bondage-Stories inspirieren. Doch er wollte immer eine Belohnung dafür haben, dass er sich fesseln ließ, in Form von Schmerzen, versteht sich. Ein paar Mal probierten wir Fesselszenarien durch, aber mir machte der aktive Part keinen Spaß. Und sich von einem langweiligen Masochisten in Ketten legen zu lassen war absolut nichts für mich. Sein Freund Stevenson bot sich an, mit uns beiden zu experimentieren, aber ich mochte den Typen nicht, und überhaupt: Sobald ich mit zwei Männern zusammen war, vermisste ich meine Aussies.

Reds und Robbies Postkarten waren der einzige Lichtblick in meinem Leben. Anstatt weiter durch Patagonien zu reisen, waren sie in den Norden Argentiniens gefahren und hatten dort die Grenze nach Brasilien überquert. Sie schrieben, sie wünschten, ich wäre noch bei ihnen; die zweite Karte der Jungs bestand aus nichts anderem als WIR VERMISSEN DICH, BLISS; mit diesem Satz hatten sie abwechselnd die ganze Postkarte vollgeschrieben. Ich hätte weinen können. Bestimmt waren meine Jungs sehr beliebt bei den sexy, braungebrannten Brasilianerinnen, und wenn ich nur daran dachte, wurde ich eifersüchtig.

Ständig musste ich an unsere letzte gemeinsame Nacht denken. Zuerst hatten sie mich dazu gebracht, dass ich mein letztes Mal mit Carlos in allen Einzelheiten beschrieb. Als ich ihnen von der halb offenen Hotelzimmertür erzählte, musste Red grinsen. Er zog die Jalousien hoch, machte das Licht an und meinte, dass vielleicht die Bewohner aus dem gegenüberliegenden Apartmentblock interessiert seien. Also musste ich an der Balkontür stehen und mich dort langsam um die eigene

Achse drehen, damit möglichst viele Zuschauer in den Wohnungen auf der anderen Straßenseite auf mich aufmerksam wurden. Ich kam mir wie eine Nutte im Rotlichtviertel von Amsterdam vor. Später musste ich für die beiden tanzen und bewegte mich wie eine Lap-Tänzerin, nur noch bekleidet von Strapsen und meinen hochhackigen Schuhen. Währenddessen zog ich die Jungs aus und verwöhnte Red mit einem Handjob, indem ich mit meinem billigen, roten Kleid über seinen Steifen strich. Er spritzte in den Stoff. Ich habe das Kleid immer noch nicht gewaschen.

Wann immer ich an diese Nacht zurückdenke, beschleunigt sich mein Puls. Ich spüre dann ein Ziehen in der Pussy, sinke auf den Boden, ziehe meinen Slip aus, berühre mich an meinem heißen Punkt und erlebe noch einmal, wie Robbie mir sagte, jetzt sei ich an der Reihe mit dem Sextalk. Ich beschrieb ihnen meine wildesten Fantasien, verschwieg allerdings, wie gut ich mir vorstellen könnte, dass die beiden es miteinander trieben. Während ich redete, tat ich, was immer sie von mir wollten: Ich streichelte Robbies harten Schwanz und unterbrach meine Beschreibungen nur dann, wenn ich Red lutschte, damit er wieder steif wurde. Dann fuhr ich in meiner Rolle fort, befingerte mich selbst und masturbierte mit allen möglichen Gegenständen, die meine Jungs für mich aussuchten. So kamen die berühmten Stablampen zum Einsatz, auch der Stiel meiner Bürste und sogar zwei Zahnbürsten – während ich mit der einen ganz vorsichtig über meinen Kitzler strich, vögelte ich mich mit der anderen.

Als ich wieder in Stratford war, drückte ich mir mit einer flachen Hand auf den Venushügel, stimulierte mich mit der anderen Hand und dachte an die letzte heiße Nacht zurück, als die Jungs dicht bei mir gelegen hatten, die Beine ineinander verschlungen. Ich spürte sowohl Reds als auch Robbies

Schwanz und senkte mich abwechselnd auf den einen und dann auf den anderen herab. Und während ich Reds langen Schaft in mich aufnahm, spürte ich Robbies etwas kleineren Steifen an meinem Kitzler. Wenn ich auf Robbies Schwanz wechselte, massierte Red meinen Arsch. Das war Akrobatik pur, und deshalb taten mir bald die Beine weh, aber ich konzentrierte mich auf meine angespannten Sexmuskeln und machte weiter, bis Robbie in mir abspritzte. Ich behielt seinen Penis in mir, bis Robbies Stöhnen schwächer wurde, und schob mich dann wieder auf Reds Steifen. Auch er war kurz vorm Höhepunkt, und während ich ihn hart ritt, tastete Robbie nach meiner überhitzten Klitoris und rieb sie mit meinem eigenen Sexsaft ein, bis auch ich kam.

In meiner Wohnung erreichte ich meinen Höhepunkt genau in dem Moment, als ich mich an diesen letzten fast simultanen Orgasmus mit den beiden erinnerte. Aber meine Selbstbefriedigung war natürlich nur ein blasser Abklatsch dieser gewaltigen Explosion; außerdem war ich danach nicht umschlungen von Reds und Robbies Armen.

Nach ein paar Wochen riss ich mich zusammen. Ich konnte nicht länger in meiner Wohnung hocken und allein Sex haben. Ich musste raus und Leute kennenlernen. Außerdem war es Zeit, wieder zu arbeiten. Daher rief ich bei meiner alten Firma an und vereinbarte, in der kommenden Woche anzufangen. Dann erhielt ich einen Anruf von Marcus Livingston.

Er sei ein Freund von Red und Robbie, wie er mir sagte. Er wisse, was ich mit seinen Kumpels in Chile gemacht habe, und wollte mich treffen. Na ja, jeder Freund von den beiden ist auch mein Freund, dachte ich, und so verabredeten wir uns für den nächsten Abend.

Am folgenden Tag bekam ich eine E-Mail von meinen Freunden, in der sie mir mitteilten, dass Marcus Livingston mich kontaktieren werde, der ein Freund von ihnen sei usw. Sie meinten, er habe dieselben Interessen wie sie, und glaubten, ich könne ihm bei einem seiner Projekte zur Hand gehen.

Ich nahm an, die ähnlichen Interessen bezögen sich nicht auf Sex, sondern auf politische Fragen, aber man kann ja nie wissen. Für das Treffen mit Marcus in einem Pub kleidete ich mich nicht zu grell: ich trug meinen kurzen Rock, der zu jeder Gelegenheit passte, und dazu ein schwarzes Top; darunter hatte ich allerdings, weil Red darauf stand, die schwarzen Strumpfhalter. Marcus war ein kleiner, fast unscheinbarer Typ, und seine Leidenschaft gehörte der Politik; daher sprachen wir über die Globalisierung. Trotz meines Spionageeinsatzes erzählte er mir noch viel mehr Dinge über das Chiloe-Projekt, von denen ich noch gar nichts wusste. Marcus gehörte zur Führungsriege einer Organisation, die genauso effizient operierte wie Reds und Robbies Gruppe. Und er bot mir einen Job an.

»Soll ich wieder spionieren?«

»Gewissermaßen. Ich fürchte, ich kann dir keinen Job bei der Organisation anbieten. Wir haben nämlich kein Geld. Wir suchen aber noch jemanden, der als Kellnerin arbeiten will.«

Ich werde hier jetzt nicht den Namen der Restaurantkette hinausposaunen, um meinen Undercover-Job nicht zu gefährden. Aber ich sage Ihnen, nicht nur in der Dritten Welt werden Arbeitnehmer ausgebeutet. Hoffentlich können Sie eines Tages meinen schockierenden Bericht in einer der landesweiten Zeitungen lesen, aber genau wie Red und Robbie habe auch ich mich an die Apathie der Medien gewöhnt. Also werde ich mich nicht zurückhalten.

Alle denken, dass ich verrückt sein muss, wenn ich Sklavenarbeit als Kellnerin mache und mich nur im Niedriglohnsektor bewege. Und das, obwohl ich schon das Angebot hatte, wieder in meinem alten Job anzufangen. Manchmal glaube ich, ich müsste das Ganze für einen Fernsehsender machen, wo ich obendrein wenigstens noch das Honorar einer Journalistin einstreichen könnte. Aber, hey, wir sprechen ja nur von Geld. Mein Südamerika-Trip hatte weniger gekostet, als ich dachte, weil ich so viele Nächte im Zelt verbracht hatte. Daher hatte ich noch etwas über. Und das wollte ich auch auf den Kopf hauen; sobald ich Geld herumliegen habe, werde ich nervös. Ehrlich, wenn ich am Monatsende nicht vor dem finanziellen Kollaps stehe, habe ich das Gefühl, nicht richtig zu leben. Geld gaukelt dir Sicherheit vor, und wer will schon ewig diese Sicherheit?

Abgesehen davon, dass ich mich für meine Spionagetätigkeit begeisterte, fand ich auch schnell heraus, was Marcus' Gruppe machte. Wir tauschen unsere Informationen mit den anderen Gruppen in Australien und den USA aus. Die Jungs sind inzwischen wieder in Perth, und einmal die Woche treffe ich mich mit Marcus in seinem Haus und downloade die Infos der anderen Organisationen. Und sobald die anderen Mitarbeiter fort sind, freuen Marcus und ich uns auf eine spezielle Online-Session mit den Jungs. Diese Woche zum Beispiel fing Robbie damit an, ich solle mich bis auf die Unterwäsche ausziehen. Dann benutzte Robbie Marcus' Finger, um über meinen Kitzler zu streicheln, während auf dem Bildschirmtext noch jede Menge Aufmunterungen und Anfeuerungen erschienen.

Diese Woche war sehr speziell. Denn obwohl ich schon einmal darum gebeten hatte, war es nun das erste Mal, dass Red mir erlaubte, Robbies Hand an Reds Schwanz zu legen! Ich beugte mich über die Tastatur, um Robbie zu schreiben, wie toll seine Finger mich rieben, doch ich hörte auf, als ich kam.

Daher übernahm Red und beschrieb mir, wie geil ich ihm einen runterholte. Als seine Botschaft lautete: *fuck fuck fuck fuck fuck*, ahnte ich, dass er gekommen war. Marcus gefiel die Vorstellung, dass Red und Robbie es sich gegenseitig mit der Hand besorgten, auch wenn es nur stellvertretend gemeint war. Ich habe das Gefühl, er vergöttert die beiden, und auch wenn er nicht schwul ist, könnte es ihm gefallen, einen Handjob von einem der beiden zu bekommen, virtuell oder wirklich. Viel mehr holt er für sich nicht aus den Sessions heraus, doch ich schätze, dass er danach immer irgendwo abwichst, wenn ich fort bin. Vielleicht bitten Red und Robbie ihn eines Tages, mich für sie zu ficken, aber ich vermute, dass sie es bleiben lassen werden.

Jetzt, da Red und Robbie meine Fantasie ausgeführt hatten, indem sie es miteinander machten, müsste ich mich vielleicht mit einer Gegenleistung bei ihnen bedanken. Mir schwebt da zum Beispiel vor, mich mit einem schmalen Vibrator, den Marcus hält, anal ficken zu lassen. Aber diese Möglichkeit lasse ich vorerst nur in meinem Kopf Gestalt annehmen.

Meine politische Bildung habe ich ein bisschen vernachlässigt, wie Sie sich ja denken können bei meiner neuen Karriere. Aber je mehr ich lerne, desto engagierter werde ich. Wer für einen riesigen Konzern für einen miserablen Lohn schuftet, begreift schnell, wie leicht diese Konzerne damit durchkommen. Ich weiß nicht, ob es für mich weitergeht, wenn ich genügend Infos im Job bekommen habe, aber mir ist's gleich. Eins steht für mich fest: In den alten Job will ich nicht mehr zurück. In ein paar Monaten werde ich einunddreißig, und ich möchte nicht eines Tages merken, dass ich einundfünfzig bin und zwanzig Jahre meines Lebens verplempert habe, weil ich tagein, tagaus dieselbe Routine durchlaufe.

Mum war natürlich stinksauer auf mich, weil sie meint, ich

würde es im Leben nicht weit bringen ohne einen guten Beschäftigungsnachweis. Ich musste lachen, da ihr eigener furchtbar ist. Also fragte ich sie ungläubig, ob sie es denn lieber sähe, wenn ich hart arbeite und mich genauso benehme wie ein Willem van Bon? Sie musste mir recht geben, dass das entschieden zu weit ginge.

Über die Zukunft mache ich mir eigentlich keine Sorgen, zumal Red und Robbie nach dem Studienabschluss einen Trip nach Vietnam planen. Es sollte allerdings kein neuer Auftrag werden, sondern nur ein Urlaub. Sie möchten unbedingt, dass ich mitkomme, und vielleicht mache ich das auch. Sie haben versprochen, dass sie mich während der nächsten Online-Session dazu zwingen werden. Marcus freut sich schon, aber nicht so sehr wie ich.